끝나지 않는 대화

끝나지 않는 대화

시는 가장 낮은 곳에 머문다

이성복 대담

윤상수 이문재
김정희 송민주
문일완 김행숙
김양헌 김민영
김이듬 김민정
정우영 박지혜
케이비에스
즐거운 책읽기
신형철 박준상

열화당

서序

1983년부터 2014년에 걸쳐 이루어진 이 대담들은 시는 무엇이 며 어떻게 쓰고 어떻게 살아야 하는가의 물음을 둘러싸고 있고, 그에 대한 조심스러운 대답들 가운데 하나가 '시는 가장 낮은 곳에 머문다'일 것이다. 사람이 시 없이 살 수 없고, 시는 가장 낮은 곳에 머무는 것이라면, 사람이 머물러야 할 곳은 가장 낮은 자리이다. 한 번도 어둡고 차가운 바닥에 머문 적 없고, 머물러야 한다는 말만 되풀이해 온 쑥스러움을 어디에 숨길 수 있을까. 정성스럽게 맞아 주시고 들어 주시던 대담자들의 눈빛을 잊지 못한다.

2014년 7월
이성복

차례

이 책을 펴내면서 엮은이는 대담자와의 상의 아래
원문의 많은 부분을 다듬었다. 대담은 시간의 순서에 따라 수록했고,
대담자들의 직함은 대담이 이루어지던 때의 것이다.

시 · 삶 · 역사

윤상수 계명대 교육학과 학생

시의 언어

이렇게 자리를 같이해 주셔서 고맙습니다. 우선 근간의 문학적인 조짐에 관한 선생님의 견해를 듣고 싶습니다. 그동안 시작詩作을 해 오면서 개인적인 역량과 무관하게 시가 속성적으로 내포하고 있는 한계를 느낀다면, 그 한계에 대한 의식은 어떤 종류의 것입니까.

시의 독자적인 한계를 이야기할 때 우선 그 비교 대상으로서 소설의 언어를 생각해 봐야 할 것 같습니다. 소설의 언어가 일상적인 세계를 그대로 수용하고 진열할 수 있는 데 반해 서정시가 일상성을 도입할 경우 많은 어려움이 따른다고 봅니다. 그렇다면 시라는 것이 대체 무엇이냐, 라는 물음이 따를 텐데, 지금 제가 하고 싶은 얘기는 한 편의 시는 일상적인 삶을 그대로 드러내는 것 이상이라는 점이지요. 근래에 와서 특히 시의 속성적인 한계가 문제되는 것은, 시 또한 혼돈된 삶의 모습을 증언하고 그것을 개선하는 데 도움이 돼야 한다는 절박한 요구 때문이 아닐까 해요. 시가 진실의 추구를 지향할 때, 시는 결코 자유로운 옷은 될 수 없지요. 그러나 문학의 다른 어떤 장르도 그것이 하나의 옷이라는 점에서, 결코 잠옷처럼 헐거운 것은 아니지요. 지금 저는 그 불편이 그리 크게 의식되지는 않습니다. 오히려 그 불편함 때문에 생겨나는 시의 마력적인 울림, 의미의 진동이 무척 즐겁습니다. 모든 자유는 한계나 갇힘 위에서만 가능하고, 모든 행복은 불행이라는 틀 속에서만 태어나는 것이 아닐까요.

시가 일차적으로 언어를 도구로 해서 어떤 대상을 표현하는 것이라면 그 둘 사이에 어떤 불가분의 관계가 성립된다는 것은 필연적이라고 생각됩니다. 그렇다면 그 관계는 어떤 것이라고 생각하십니까.

언어와 대상과의 관계가 고정적이고 획일적인 것일 때, 그 언어는 대상에 대한 단순한 기호에 불과할 것입니다. 만약 문학의 언어가 단순한 기호의 차원에 머문다면, 그것은 현실의 반영에 그치고 말 것입니다. 그러나 제 생각에는 문학이 결코 현실의 단순한 반영일 수는 없을 것 같습니다. 문학공간과 현실공간은 엄연히 혼동될 수 없는 것이 아닐까요. 이러한 혼동이 바로 소박한 사실주의자들이 흔히 간과하는 문제일 것 같은데, 그들의 신념 이면에는 감각으로 파악할 수 있는 것만이 진실이며 우리의 감각은 그 진실에 도달할 수 있다는 낙관론이 깔려 있다고 생각됩니다.

그리고 이러한 혼동은 문학이 구체적인 삶의 변혁에 이바지해야 한다는 윤리적인 신념이 강할수록 더욱 빈번히 일어나는 것 같습니다. 그러나 문학언어가 곧 현실대상을 지시하는 기호에 불과한 것 같지는 않아요. 일단 현실이 문학 속에 들어오면 작가 자신의 체험과 상상력에 의해 굴절되고 변형되어 하나의 이미지가 되는 것으로 볼 수 있겠지요. 독자가 한 작품을 대한다는 것은 바로 그 굴절된 이미지에 접하는 것이 아닐까요. 가령 내가 시 속에서 '아버지'라고 했을 때 그 아버지는 이미 현실의 내 아버지는 아닙니다. 그 아버지는 시를 읽는 사람의 아버지가 될 수도 있고 하느님 아버지가 될 수도 있겠지요. 그런 점에서 시의 언어는 우리를 꿈꾸게 해 주고, 만나게 해 주고, 나아가서는 감추어졌거나 망각되었던 삶의 모습들을 드러내 줌으로써, 우리에게 깨어남의 기쁨을 되찾게 해 주는 것이지요. 시의 언어는 되찾아진 현실, 다시 태어난 현실이며, 또한 우리를 다시 태어나게 하는 현실이 아닐까 생각됩니다.

난해함과 시의 객관화

혼히들 선생님의 시가 개인적인 자장磁場을 벗어나지 못하고 있다고 얘기하고 있습니다. 그것은 시가 주관적이고, 하여 난해하다는 말과 통할 것 같은데, 난해함에 대한 방치는 오히려 독자의 접근을 멀리하는 폐쇄적인 사고에 그 원인을 두고 있는 것은 아닌지요.

시가 주관적 개인적 체험의 토로의 장에 그친다면, 그것은 말할 것도 없이 시로서의 의미를 가질 수 없겠지요. 당연한 이야기지만 시인은 자신의 삶을 이야기함으로써 다른 사람들과 만나고, 다른 사람들이 그가 되고, 다른 사람들이 그들 자신이 되는 구체적인 계기를 만드는 사람이라 볼 수 있겠지요. 그러나 여기서 몇 가지 분명히 해 두어야 할 것이 있을 것 같습니다. 그 하나는 시인이 노래하는 현실이 사회적 시대적 현실이라 할지라도 그것은 그에게 '보여진' 현실이라는 점입니다. 그것을 간과할 때, 다시 말해 시인이 자신의 주관적 개인적 체험의 변용을 배제하거나 포기할 때, 시는 어떤 행위를 위한 수단으로 바뀌고 말 것입니다. 그렇다면 시가 다른 여러 가지 문화적인 표현들과 다른 점이 무엇인가 하는 문제가 제기될 것 같습니다. 이 말은 결코 시가 어떤 행위를 위한 수단으로 사용될 수 없다는 이야기가 아니라, 시의 독자적인 영역이 무엇인가 하는 질문으로 이어지는 것입니다.

다음으로 난해성 문제인데, 물론 되도록 많은 사람들이 이해할 수 있는 시를 추구해야 한다는 데 대해서는 저로서도 이의가 없습니다. 그러나 이러한 요구의 이면에, 쉽게 접근할 수 없는 시는 좋은 시가 아니다, 라는 규범적 단정이나 다수결주의가 내재해 있다면 그것은 위험한 일이 아닐까요. 그것은 결국 시의 평준화, 대중화를 초래할 위험이 있지 않을까요. 오히려 한 나라의 문화 가운데 쉽게 접근될 수 없는 모호한 부분이 남아 있다는 것도 다행한 일이 아닐까 해요. 그것이 문화의 평가절하를 막는 부식제 역할을 해 줄 수 있을지도 모르지요.

무엇을 어떻게

공감의 문제가 시의 본원적인 문제를 저해하지 않는다는 선상에서 공감에 대한 배려가 가능하다는 얘기가 될 수 있겠습니다. 그렇다면 시에 있어서 '무엇을' 말할 것인가와 '어떻게' 말할 것인가에 대해서는 어떻게 생각하시는지요.

지금 시에서 '무엇을'이라는 문제와 '어떻게'라는 문제를 갈라 놓고 시작하셨는데, 그렇게 명백히 가를 수 있는가 하는 의문은 일단 미뤄 두고, 편의상 나누어서 생각해 봅시다.

제 생각으로는, 우선 시에서 '무엇을'에 해당될 수 없는 것은 없습니다. 즉 우리가 살아가면서 보고 느끼는 모든 것이 시 속에 수용될 수 있다는 것입니다. 저로서는 그 점이 무척 다행스럽습니다. 시는 나뭇잎 끝의 작고 투명한 물방울부터 가장 추악하고 비속한 현실의 모습들까지 두루 안을 수 있다는 점에서 분명히 삶과 가장 허물없는 사이가 될 수 있을 겁니다. 살아 있는 시는 우리에게 어떤 금기도 내세우지 않습니다. 우리의 구체적인 삶은 시의 뿌리이고, 시에 금기를 두는 것은 바로 그 뿌리를 자르는 일이지요. 시에서 혁명이란 훼손된 그 뿌리를 다시 내리는 일이 아닐까요.

다음으로 '어떻게'라는 문제로 넘어가자면, 우선 제가 말하고 싶은 것은, '무엇을'에 뿌리를 내리지 않은 '어떻게', 다시 말해 내용에 젖줄을 대고 있지 않은 형식은 이미 살아 있는 형식이 아니라는 점입니다. 내용은, 그 자신만으로는 우리에게 나타날 수 없고 형식을 업고서만 일어설 수 있습니다. 그러나 내용과 형식의 관계가 결코 화해적인 것만은 아닌 것 같아요. 이 둘은 서로 갈등함으로써만 살아 있는 관계를 유지할 수 있습니다. 가령 내부의 팽창에 의해 갈라 터진 과일이나 꺼멓게 익어 금이 쭉쭉 간 막대기 빵 같은 것을 볼 때 우리는 숨 막히는 힘을 느낍니다. 그 갈라 터진 모습은 바로 알맹이와 껍질, 내용과 형식의 치열한 싸움의 결과이며, 그 힘은 바로 우리 자신의 삶의 갈등의 힘이며, 시의 힘이며, 감동의 모체라고 생각됩니다.

시적 대상과 방법적인 차원의 비중을 함께 두신다는 말씀 같은데, 내용이 형식을 업고 태동한다는 것은 밥을 먹을 때 수저까지 함께 먹어야 한다는 얘기가 되지 않을까요.
밥의 '밥'이라는 속성이 포크가 아닌 '수저'를 부른다는 것이지요. 요컨대 어떤 '내용'이 '어떻게'라는 문제를 촉발시킨다는 얘기가 될 수 있을 것 같아요.

시와 현실적 삶

그럼 이제 우리의 일상적인 삶과 시의 연계성에 대해 얘기해 보도록 합시다.
앞에서도 잠깐 이야기된 것 같습니다만, 우선 결론부터 말씀 드리자면 시는 우리의 구체적 삶의 아들이며 딸이라는 생각입니다. 어머니 없이 어떤 자식도 생각할 수 없듯이, 시라는 것은 우리의 현실적인 삶이 낳고 키우고 가꾸는 사랑스러운 자식들입니다. 우리가 시를 사랑하는 것은 바로 우리가 생을 사랑하기 때문입니다. 우리 삶의 아주 하찮은 것들조차 시의 어머니입니다. 저에게는 이 세상과, 이 세상에서의 삶 가운데서 소중하지 않은 것은 하나도 없다는 생각이 들어요. 그러니까 아들의 사랑이 언제나 그 어머니의 사랑에 미치지 못하듯이, 우리가 쓰는 시는 언제나 이 세상에, 그리고 우리들 삶에 빚지고 있다는 것이겠지요. 마치 '하느님이 이토록 세상을 사랑하시기에…'라는 말처럼 시는 우리와 현실의 지극한 사랑에서 태어나는 것이지요. 그러므로 시는 언제나 미진하고 부족한 것입니다. 완벽을 가장假裝하는 시에는 인간이 들어 있지 않아요.

그러나, 한편 거꾸로 생각해 보면, 우리의 삶과 현실은 우리에게 직접적으로 자신을 드러내지는 않지요. 요컨대 은폐된 현실의 참모습을 드러내고 닫혀 있는 현실의 입을 열어 주는 것이 시인의 역할이라면, 시는 곧 현실의 진정한 모습이며 진정한 목소리라고 할 수 있지 않을까요. 마치 대지가 자신이 키우는 나무나 꽃들을 통해 자신의 살아 있는 모습을 보여 주듯이 말입니다. 그러니까 시인은 언제나 부족하고 불편하고 불완전한 현실의 입이라고나 할까요. 어떻든 시와 현실은 이처럼 상호 보합의 관계에 있는 것이고, 어느 하나 없이는 다른 하나도 존재할 수 없는 것이 아닐까 해요. 그 보합의 관계는 결코 화해로운 관계는 아니어서, 서로 죽일 놈 살릴 놈 하면서도 끊지 못하는 숙명적인 관계일 거라고 생각됩니다.

상상력과 현실

그렇다면 시와 현실 사이의 중간자적인 입장으로서 상상력을 생각해 볼 수 있을 것 같은데, 이에 대해서는 어떻게 생각하십니까.

저로서는 상상력이 어떤 가공의 현실을 만들어내는 기능이라고는 생각하고 싶지 않습니다. 오히려 상상력은 현실의 진정한 모습을 드러내 주는 기능, 현실의 혼돈된 삶에 질서를 부여하는, 아니 그 질서를 되찾아내는 기능이라고 생각돼요. 그러므로 가장 현실적인 것이야말로 가장 상상적인 것이며, 가장 상상적인 것이야말로 가장 현실적인 것이라는 역설이 성립하는 것 같습니다. 이러한 역설은 단순한 말장난이 아닙니다. 우리는 인간관계 속에서, 그리고 자연의 모습 속에서 우리의 상상력을 뛰어넘는 무한한 신비를 만나며, 또한 우리는 예술을 통하여 우리의 범속한 삶 가운데서 전혀 눈치채지 못했던 놀라운 사실들을 발견하게 됩니다. 그렇다면 이 역설 또한 하나의 신비겠지요. 어머니는 결코 아이를 만들어내지 못합니다. 다만 그 몸을 통하여 낳을 수 있을 뿐이지요.

시를 읽음으로써 괴롭고 고통스러운 현실로부터 순간적인 해방감을 맛보는 것만으로는 충분하지 않다고 생각합니다. 그동안 선생님의 시를 통해 나타난 상상력의 문이 너무나 거대하다는 얘기를 하고 싶습니다. 그것이 망각의 기능 쪽으로 작용되지는 않았다고 생각하시는지요.

저는 유토피아적 광경을 보여 줌으로써 독자를 순간적인 마비의 상태로 이르게 하는 것이 상상력의 기능이라고 생각하지 않습니다. 다시 말해 상상력이란 혼란된 삶의 질서를 재구성하여 삶 자체를 새로이 인식시키는 기능이라는 얘기입니다. 그러니까 상상력이란 시인 자신의 체험과 꿈과 기억의 다른 이름이라는 것이지요.

상상력이 당대의 현실과 닿아 있을 때 비로소 제 기능을 유지할 수 있다면, 시인의 삶은 시대 전체가 앓고 있는 아픔으로까지 나아가야 하지 않을까요.

저는 이 문제에 대해 우선 두 가지 의문을 제기하고 싶습니다. 그 하나는 개인적인 삶과 시대적인 삶 혹은 사회적인 삶을 그렇게 명백히 가를 수 있느냐 하는 문제입니다. 어쩌면 이러한 구분 자체가 우리의 현실적인 삶의 핍박함의 증거가 아닐까요. 당연한 얘기지만 어떤 개인적인 삶도 당대의 사회적인 삶에 침염浸染되지 않을 수 없습니다. 우리의 개인적인 의식주나 본능적인 욕망까지도 당대의 사회적 체계 속에 구속, 변질되는 것을 볼 수 있습니다. 가령 고려시대와 조선시대에 나타나는 성적인 욕망의 양상은 분명히 그 성격과 색채를 달리하는 것처럼 보이는데, 이것은 당대의 사회체제나 시대적 삶의 곤핍困乏함과 분리하여 생각할 수는 없는 것이지요. 또한 왜곡된 체제 속에서는, 한 개인의 양심적인 삶으로써만 시대적인 삶의 궁핍함으로부터 면책될 수 없는 것이 아닐까요. 더욱이 우리 시대와 같이 인간의 집단화나 물량화가 팽배하는 시대에는, 개인적인 행복은 그 개인이 속하고 있는 공동체의 행복을 떠나서는 근원적으로 존재할 수 없다고까지 보입니다.

따라서 사회적인 존재로서의 인간의 모습이 인간의 전 면모로 부각되는 것은 어쩌면 당연한 얘기일지도 모르지요. 그러나 이러한 획일적인 관점은 또한 인간의 다른 여러 모습들을 훼손시킬 우려가 있는 것이 아닐까요. 가령 우리가 밥을 먹거나 연애를 할 때도 반드시 사회적인 존재로서 그렇게 하는가 하는 문제도 생각해 봐야 할 것 같습니다. 제 얘기는, 인간을 사회적인 존재로만 규정할 때, 그 규정의 의도가 어떠하든 인간은 결코 자유로울 수가 없다는 것입니다. 개인적인 삶은 응당 시대적인 삶에 채색되고 변화되지만, 그것이 반드시 시대적인 삶으로만 수렴될 수는 없잖아요.

또 하나의 의문은 가시적인 삶과 불가시적인 삶, 물량적 현실적 삶과 정신적 내면적 삶의 구분 문제인데, 이것 또한 앞서의 구분과 연관이 있다고 생각됩니다. 즉 사회적인 존재로서의 인간의 강조는 당연히 인간의 가시적 물량적 현실적 삶의 강조로 이어지고, 그러므로 인간의 비가시적 정신적 내면적 삶의 망각으로 이어질 위험이 있다는 것입니다. 이 또한 부분적인 진실의 과장으로 인해 인간의 전체적인 모습을 훼손시킬 우려가 있다는 얘기지요. 요컨대 살아 있는 인간은 언제나 이러한 대립적인 구분을 넘어서 있는 것이 아닐까요. 그러므로 인간의 전체적인 모습을 보려는 노력이 필요하고, 또한 이러한 노력은 언제나 관점의 자기반성에서 이루어지리라고 봅니다.

시와 역사

여기서 시대 혹은 사회라고 할 때, 그것은 역사적인 의식을 전제로 하는 이야기일 것입니다. 인간의 삶은 역사라는 거대한 강 속에서 재편성됨으로써만 정체되지 않고 더욱 넓고 깊은 곳으로 나아갈 수 있지 않겠습니까.

저는 역사가 결국 인간을 자유롭게 해 줄 수 있으리라는 믿음을 그대로 받아들일 수 없습니다. 그렇다고 해서 제가 역사를 부정하는 것은 아닙니다. 저는 인간의 불행이 사회체제의 변화로 불식될 수 있으리라고 생각하지 않습니다. 또한 그렇다고 해서 제가 지금 우리에게 부과된 체제를 긍정하거나 방관하는 것은 아닙니다. 인간은 어떤 방법으로든 가능한 한 행복해지려고 노력해야 합니다. 그 노력은 세상과의 싸움이기도 하겠지만 눈에 보이지 않는 자신과의 싸움이기도 합니다. 그런 점에서 시는 어떤 체제든 기성의 것에 대한 근본적인 불신이며, 상투화되고 강요된 삶에 대한 근원적인 모반입니다. 우리들이 꿈꾸는 역사가 있다면, 그 역사는 이 지점에서부터 언제나 다시 출발할 수 있지 않을까요.

약속의 땅

제가 가장 최근에 읽은 선생님의 시편들로는 우선 「약속의 땅」을 들 수가 있겠는데, 그것을 읽으면서 저는 선생님의 첫 시집인 『뒹구는 돌은 언제 잠 깨는가』보다는 「분지 일기」를 비롯한 일련의 시들과 그 맥락을 더 가까이한다고 생각되었습니다. 그것은 삶의 여러 가지 양상을 작가의 개입 없이 드러내 놓는다는 의미에서는 『뒹구는 돌은 언제 잠 깨는가』에 가깝다고 할 수 있지만, 그 속에 들어 있는 잠언적인 어투 등으로 보면 전체적인 시적 분위기라든가 모티프는 오히려 후자를 연상시켜 주더군요.

이 삶을 숙명적인 것으로 파악할 때 잠언적인 진술이 가능해지는 것 아니겠습니까. 예를 들자면 구약의 욥기, 흑인 영가, 고대 민요에서 삶이 하나의 무거운 짐으로 나타날 때 흘러나오는 것이 지혜이면서 동시에 거부인 잠언이겠지요. 방금 말씀하신 「약속의 땅」은 삶의 세목細目들이 그대로 드러난다는 점에서 『뒹구는 돌은 언제 잠 깨는가』와 가깝고, 잠언성이 짙게 배어 있다는 점에서 「분지 일기」와 만난다고 할 수 있겠지요.

근간의 선생님의 시가 역사에서의 통시적인 측면과 공시적인 측면, 즉 종적인 측면과 횡적인 측면이 만날 수 있다는, 혹은 만남을 지향한다는 이야기가 됩니까.

그 만남은 우연한 만남이 아니라 갈등하고 부딪치는 만남, 즉 한편으로는 역사 쪽이다, 다른 한편으로는 역사는 아무것도 변화시켜 주지 않는다, 하는 주장들이 서로 치고받는 만남이지요. 그리하여 그 둘의 이데올로기나 독단성을 제거하는 것이 현실의 삶을 있는 그대로 드러내는 길이 아닌가 하는 생각이죠. 그곳이 바로 역사가 회귀하고 다시 출발할 수 있는 지점이 아닌가 합니다.

있는 것을 그대로 드러냄으로써 무엇을 꿈꾸거나 기대할 수 있다는 이야기입니까.

꿈꾼다기보다는 삶의 원초적인 모습들을 떠올리고, 그 떠올림으로써 우리가 살았던 개인적인 혹은 시대적인 삶을 그대로 기록하고 싶다는 것이지요. 마치 우리가 등산 가서 바윗돌에 무얼 새겨 넣고 싶다는 생각과 같은 것입니다. 다시 말해 지금 우리가 옛날 신라시대의 불상들을 보면서 당시에 살았던 사람들의 미소나 좌절이나 초월 등을 그대로 만날 수 있듯이, 오늘의 우리들의 고통스러운 삶을 붙잡아 놓고 싶다는 안타까움이 바로 그 드러냄의 초점이 되겠지요.

문학에 해당하는 값이 그 안타까움, 붙잡고 싶음으로만은 부족하지 않을까요. 기록, 남김 이외에도, 문학은 당대의 삶에, 그것이 어떠한 양태라 할지라도 영향력을 행사하게 된다는 것은 피할 수 없는 사실이라고 여겨집니다. 그렇다면 그러한 영향력에 대한 반성과 배려도 중요하겠지요. 선생님의 위와 같은 견해는 이러한 당대 삶에서의 문학적인 영향력을 도외시하는 결과가 되지 않을까요.

나는 문학이라는 것이 다른 여러 행위들과 같은 인간의 작업이긴 하지만, 유용성이라는 측면에서는 다른 문화적인 작업에 비해서 미약하다고 생각합니다.

어차피 문학의 효용에 관해서는 비관적인 견해시군요.

내가 지향하는 문학은 단지 아름다움을 만들어낸다는 것만으로 만족할 수는 없고, 진실을, 개인과 시대에 따라 달라질 수도 있는 그 진실을 드러내는 것에 주안점이 있는 것이 아닐까 하는 생각입니다. 그 진실을 드러냄으로써 읽는 사람으로 하여금 삶다운 삶이란 뭔가, 인간다운 삶이란 뭔가, 우리가 왜 여기서 살아야 하는가, 어떻게 행복하게 살 수 있는가, 그런 의문들을 끊임없이 제기해 주는 역할이지요. 이것이 유용성에 배치된다고 말할 수는 없지 않을까요. 다만 직접적인 유용성으로 나아가지는 않는다고 하더라도, 유용성이 거기에서 출발할 수 있으니까요. 만약에 진정한 삶의 변혁이 있다면, 그것은 바로 이 지점에서 출발해야 한다고 생각해요. 그러지 않는 한, 체제의 피상적인 탈바꿈일 뿐이지 근본적인 개혁은 될 수 없다고 생각됩니다.

삶의 근원적 슬픔

그럼에도 불구하고 근간의 선생님의 시편들 중에서는 잠언적인 구절이 많이 등장하고 있습니다. 잠언적인 투라는 것은 대개가 삶의 귀결이라고나 할까, 해답 같은 것을 내놓을 수 있는 분위기에 해당하지 않을까요. 이를테면 '너희는 내 목소리를 들으라' 하는 식의?

아니죠. 그 잠언이라는 것이 표현형식으로서, 혹은 삶의 태도로서의 잠언에 국한되는 것으로 얘기되면 곤란하다고 생각합니다. 그러니까 이전의 시편들에 비해서 잠언투로 옮겨 왔다는 이야기는 이전의 시편들이 개인적인 삶의 개진이었다면, 지금은 개인을 통한 집단적인 삶의 개진으로 바뀌었다는 것입니다. 한 시대의 모든 사람들의 욕망이나 갈등, 그리움 같은 것들이 나라는 사람의 입을 빌려서 나온 목소리라고 생각하는 거지요. 그것을 삶의 혜안을 깨친 것으로 생각해선 안 될 것 같아요. 나는 혜안을 바라지 않습니다. 내가 바라는 것은 삶으로부터 초월하거나 이탈하는 것이 아니고, 살아 있는 삶 자체를 그대로 건지려고 하는 노력이지요. 나는 한 시대를 함께 겪어 나가는 사람들의 목소리가 내 입을 통해서 노래할 수 있게 되기를 바라는 것입니다.

부패와 싱싱함

집단 속에 숨겨진 목소리라는 것은 그 무언가를 개진시키면서 또 그 자체 내의 의지적인 속성을 이미 내포하고 있어야 하는 것이 아니겠습니까. 그렇다면 한 개인의 목소리가 집단으로 통하는 문의 역할을 수행하기 위해서는 의지적인 자아로까지 나아가야만 나름대로의 구실을 충분히 해낼 수 있는 것이 아니겠습니까.

우리가 의지라고 할 때, 저는 시에서 나타나는 부정의 정신 이상으로 강한 의지는 없다고 생각합니다. 그 부정 자체를 현실주의적인 혹은 역사주의적인 입장에서 피상적으로 파악할 때는 현실의 방기 내지 허무주의로 매도할 수도 있겠지요. 그러나 어쩌면 그 부정이 가장 혁명적이고도 지칠 줄 모르는 긍정적인 의지의 표현이 아닐까요. 그 부정이 부정 자체의 관습화로 치닫게 되면 물론 문제가 생기겠지만, 스스로를 반성하는 부정이라면 그 부정보다 더 의미있는 긍정은 있을 수 없다고 생각합니다.

그렇지만 그 부정 자체가 허무주의로 떨어지지 않기 위해서는 부정 이전에 받치고 있는 건강함이 전제되어야 하지 않겠습니까. 선생님의 시편들에서는 근본적인 건강성이라든지 인간의 삶을 조명하는 데 있어서 싱싱함 쪽보다는 오히려 부패 쪽에 더 많은 비중을 두고 있지 않습니까.

그렇지요. 그러나 싱싱함이라는 것에 대해서는 좀 더 생각해 볼 필요가 있을 것 같습니다.

공기로 말하자면 질소나 탄소보다는 산소 쪽을 말하겠지요. 즉 어떤 식으로든 생성에 기여한다는 이야기지요. 자생된 비전 자체를 시사시켜 줄 만큼의 가능성과 징조를 내포하고 있어야 하는 것 아니겠습니까.

싱싱함이나 건강함은 그것을 어떻게 규정하느냐에 따라 달라지리라고 봅니다. 건강이냐 아니냐 하는 것은 문화나 도덕규범 내에서, 인간이 이미 세워 놓은 가치체계 안에서의 판단인데, 만약 그러한 문화나 도덕규범을 넘어선다면 문제는 달라지지 않을까요. 이건 윤리적인 차원에서 이야기될 수 있겠는데, 가령 다른 동물들과의 관계에서 인간이 근본적으로 선하다고 할 수 있는가 하는 생각을 해 본다면, 우리가 세워 놓은 선악의 규범이 여지없이 허물어지는 것은 아닐까요. 역으로 이야기하자면, 지금까지 세워 놓은 종교나 윤리 체계는 인간을 위해서 면죄부를 떼어 준 역할을 한 것이나 다름없다는 이야깁니다. 나는 궁극적으로 인간의 역사라는 것이 인간을 완전한 행복으로 인도한다고는 생각하지 않습니다. 그럼에도 불구하고 역사 속에서 우리를 변화시켜 나가야 한다는 점에 나는 동의합니다. 하지만 우리는 인간의 한계에 대한 문제도 염두에 두어야 하리라고 생각합니다. 어떻든 이 두 가지의 엇갈림 속에서, 즉 역사에 대한 부끄러움과 또 한편으로는 역사의 부질없음에 대한 안타까움 사이에서, 어떤 쪽으로든 완전히 기울지 않고 그 균형을 유지함으로써만 획일적인 관념에 상투화되지 않은, 삶의 있는 그대로의 모습을 떠올려 줄 수 있지 않을까 하는 것이 나의 관심사입니다. 뿐만 아니라 우리 사회 안에서 이 두 가지 노력이 공존하는 것도 어쩌면 바람직한 일이 아닐까 생각됩니다. 한쪽이 인간의 현실적인 집을 지어 준다면 다른 한쪽은 정신적인 집을 지어 주는 것으로 보는 거지요. 만약에 인간이 이 두 개의 집 가운데서 어느 하나만을 가지게 된다면, 그것은 인간을 위해 그리 행복한 일이 못 되는 것 같아요.

시, 곡예적 삶의 노력

줄 위에 선 곡예사를 예로 들 수 있겠군요. 줄 위에서 더 이상 앞으로 나아가지도, 그렇다고 포기하고 밑으로 내려가지도 못하는 진퇴양난의 긴장 사이에서 과연 어떤 양태의 시가 생산될 수 있는가, 라는 회의가 있을 수 있겠군요. 역사주의적인 안목에서는 앞으로 더 이상 나아가지 않는다는 점이, 또 존재론자들에게는 밑으로 내려갈 수 없다는 측면이 각각 그 나름대로 비난의 대상이 되겠군요. 그렇다면 존재도 아니고 역사도 아니라는 이야기가 되지 않겠습니까.

사실은 그 양 극단의 부정에 의해서 우리들 삶의 있는 그대로의 모습을 드러내 줄 수도 있을 것 같아요. 마치, 한편으로는 도학자道學者들의 현실이탈적인 명상과, 다른 한편으로는 현실주의자들의 물량적인 행복의 비전 사이에서 스스로를 지켜 나가는 것도 당대의 예술가에게 부여된 몫일 것입니다.

그러니까 어느 쪽이든 간에 선택 이전의 문제나 삶을 다루어야겠다는 말씀이십니까.

다시 말해, 어떤 극단적인 관점 하나를 택했을 때 인간의 모습이 훼손되는 것에 대해 우려하는 것이지요. 진정한 초월적인 시인은 언제나 살아 있는 현실의 인간과 접촉을 할 수밖에 없으며, 현실주의적인 시인 또한 존재론적인 삶에로까지 뿌리를 확장시켜야 한다는 얘기입니다. 나의 시에서 잠언은 바로 그 양쪽 어느 곳에도 머물러 있을 수 없는 한 인간의 낮은 탄식과도 같은 중얼거림이라고 여겨집니다. 나는 예술이라는 것이 우리 자신의 모습을 보여 주는 거울과 같은 것이라고 생각합니다. 그 거울이 우리의 현실적인 행복을 위해 곧바로 도움이 된다면 좋겠지만, 나는 그런 소박한 낙관주의 쪽으로 쉽게 기울어질 수가 없습니다.

시와 삶의 변혁

우리가 시를 읽는 순간 삶에 대한 새로운 충격과 감동을 받으면서 그 이후의 생활, 나아가서는 삶의 총체적인 측면에까지 영향을 미치게 되는, 그런 시가 바람직한 시라고 한다면, 그 충격은 깨어남의 속성을 지녀야 할 것이고, 그 깨어남이란 당대의 현황을 저버리고는 불가능하리라고 생각됩니다.

나 또한 한 인간의 개인적 불행이 모든 시대의 불행과 맞닿아 있다고 말하는 것이 결과적으로는 당대의 체제를 긍정하게 되는 것이 아닌가 하는 염려를 하게 됩니다. 가령 봉건사회에서 평등사회로 왔다고 할 때 나는 그것이 일단 역사의 발전이라는 생각을 합니다. 그러나 그 발전 이면에 도사리고 있는 근원적인 악이 쉽게 변화했을까 하는 점에 대해서는 비관적인 것이지요. 그러니까 발전이냐 변천이냐에 대해서는 나 자신 이렇다 할 확신을 가질 수 없다는 것이지요. 이러한 생각이 물론 앞으로 얼마든지 바뀔 수는 있겠지요. 거기에 대한 가능성까지 폐쇄시키고 싶지는 않습니다. 우리가 살고 있는 시대에서는 개인적인 삶이 사회적인 삶과 아주 긴밀하게 얽혀 있기 때문에 결코 분리시켜서 생각할 수는 없습니다. 그렇다면 한 시대의 예술가의 작업이란 시대적인 삶 속에서 인간의 본원적인 모습을 보여 주는 것이리라 생각됩니다. 그러니까 시인은 자신의 시대적 삶을 통해서 인간의 보편적인 삶을 추적해야지, 이미 인간의 삶을 추상화시켜 놓은 다음 시대적인 삶을 이야기해서는 살아 있는 인간의 모습을 그릴 수 없다는 거죠. 저에게는 변화하는 이 삶, 이것보다 더 중요한 것은 없다고 생각됩니다.

돌아봄과 바라봄

이상의 논지와 맥락을 같이해서 칠십년대 문학의 의미를 개인적으로는 어떻게 수용하고 있는지에 관하여 말씀해 주셨으면 합니다.

칠십년대 이전에 여러 시인들의 선각적인 노력이 있었지만, 칠십년대 우리 시는 시라는 것이 맹목적인 상상력의 펼침이라든가 과거지향적인 전통회복과는 다른 것이라는 점에 주목했고, 또한 시가 현실과의 간극을 좁히려고 부단히 노력했다는 점에서 평가받을 수 있다고 생각합니다. 더불어 사회적인 현실이 핍박해짐으로 인해 시의 영역이 협소화되었다는 점도 고려해야만 할 것 같습니다. 어떤 이념이나 이데올로기든지 그것이 문학을 선도하면 문학은 필시 그 속으로 수렴되기 마련인데, 그러한 점이 칠십년대 문학에서 되새겨 보아야 할 문제가 아닌가 합니다.

그러한 현실적 바탕 위에서 어느 정도 문학 전반에 대한 전망이나 기대가 있다면 말씀해 주시지요.

전前 시대의 문학이 현실을 사회적 역사적 현실로 국한시킴으로써 현실의 폭을 좁혀 놓은 데 반해, 앞으로의 문학은 보다 자유로운 인간의 모습을 보여 줘야 할 것 같습니다. 시대의 현실적인 모습을 보여 주는 것도 중요하지만 아울러 인간의 존재론적인 문제, 인간 구원의 문제와 시가 단절되어서는 안 될 것 같아요. 또한 살아 있는 현실의 인간에 좀 더 가까이 접근할수록 여러 관념적인 문제들을 극복할 수 있으리라고 봅니다. 근래에 와서 팔십년대 초의 문학이 흔들리고 있다는 얘기들을 합니다만, 이것은 시를 사회적 현실로만 접근시키고, 시의 뿌리인 인간의 보편적인 문제에는 관심을 두지 않았기 때문에 일어난 결과가 아닐까 합니다. 마치 집을 지키지 않고 바깥으로 나와 싸우다 보니 갑자기 돌아갈 집이 없어지는 것 같은 느낌이 팔십년대 벽두의 정신적 혼란이 아닌가 생각합니다.

　그동안 많은 문제에 걸쳐 상당히 오랜 시간 동안 많은 말씀을 해 주신 것 같습니다. 끝으로 개인적인 시적 방향의 모색에 대해 말씀해 주셨으면 합니다.

　저는 아무런 시적 방향도 염두에 두고 싶지 않습니다. 그 말은, 어떤 방향 아래서 우리들의 삶을 고찰하고 싶지 않다는 이야기입니다. 인간의 전체적인 삶을 바라보면서, 언제나 삶에 부대끼는 인간으로 남아 있으면서 조금씩 '세속적인 트임'에 다가가고 싶은 마음뿐입니다.

　수고하셨습니다.

중년, 시와의 불화

이문재 시인

대구로 내려가는 고속도로는, 대전까지는 길이 아니었다. 정체. 정체. 대전을 지나서야 정체는 길로, 고속도로로 바뀌었다. 10월 2일, 연휴의 가운데, 시월 초순의 산하는 잘 말라 가고 있었지만, 가을 햇빛에 드러나는 고속도로 바닥은 누더기였다. 속도와 하중을 견디지 못한 증거들이었다. 우리들 삶도 그러해서… 수시로 기워야 하는 것이리라. 고속버스 안에서 펼쳐 든 그의 시집 『호랑가시나무의 기억』(문학과지성사)에서 자주 눈길이 빠져나와 차창 밖으로 튀어 나간다. 중년, 그래, 시인 이성복 그도 이젠 중년인 것이구나.

"지금까지 내가 버린 것이 내가 간직한 것과 다른 것이 아니구나"(「높은 나무 흰 꽃들은 燈을 세우고 4」)에서거나, 혹은 "어제 저녁엔 어머니, 내 눈썹 끝에 매달려 울고 계셨네"(「높은 나무 흰 꽃들은 燈을 세우고 15」)라거나, "거기 있을 때 나는 남편이며 아버지였지만 여기서 나는 다시 아들이 된다"(「높은 나무 흰 꽃들은 燈을 세우고 17」), 또는 "세상에는 아내가 있고 아이들이 있다 이런 세상에, 어쩌자고, 이럴 수가"(「높은 나무 흰 꽃들은 燈을 세우고 22」)와 같은 시구들을 나는 중얼거리고 있었다. 그러면서 속으로 '오늘 이야기는 중년으로 풀어 나가야겠구나'라고 마음먹고 있었다. 그리고 잠자리 날개처럼 가벼운, 흔들리는 가을 낮잠 한 줌.

햇수로 십이 년 전, 그러니까 1982년 가을에 나는 처음으로 '젊은 시인 이성복'을 대구에서 만난 적이 있다. 그때 그는 『뒹구는 돌은 언제 잠 깨는가』를 내 놓은 지 이 년 지난 뒤였고, 막 대구에 착근한 직후였다. 대구 고속버스터미널에서 가까운 아파트 근처, 비탈길에 붙박여 있는 허름한 술집에서였다. 그때 그는, 그해 봄에 시를 처음 발표하기 시작한 나에게 "시는 그렇지 않은데, 소도둑처럼 생겼네" 했다. 그 맑은 웃음이 지금도 선연하다. 그해 늦여름과 가을, 그리고 초겨울을 나는 대구에서 났다.

손꼽아 보니, 그 후로부터 지금까지 대구와 김현金炫 선생 묘소에서 서너 번쯤 그와 만났다. '문학동네의 일' 때문에 서로 약속을 한 것은 이번이 처음이어서 약간 설레기도 했지만, 그보다는 부담이 더 컸다. 내가 알아 오기로, 그는 타인에게 여간해서 곁을 잘 내주지 않는다. 두어 달쯤 전에 그는 이번 지면에 나오기가 어렵다고 사양했었다. 네번째 시집 『호랑가시나무의 기억』을 펴낸 이후, 일 년 반이 넘도록 시를 한 편도 쓰지 못했다는 것이었다. 이사도 겹쳐 있고. "창간호인데…" 하면서. "한번 내려가겠습니다"라고 막무가내로 대구행 날짜를 잡았다. 그제서야 그는 "그럼 한번 오세요" 했다.

대구직할시 수성구 범어동. 스포츠플라자 일층 찻집에 그는 먼저 나와 있었다. "내가 약속을 어기는 편이 아닌데" 하면서 그는 아직 시를 완성하지 못했다고 했다. 타이핑된 시 '원고'는 여러 번 덧칠해져 있었다. 고치고 고친 육필원고는 상처의 속살을 보는 듯해 아찔하고 아련했다. 나는 유리창 밖으로 눈을 돌렸다. 오후 세시의 햇빛인데도 어느새 황금빛이 돈다. '중년'으로 얼른 들어가야 했다.

이야기는 중년, 시와의 불화, 지적 편력, 테니스에의 몰입, 언어에 대한 새로운 사랑, 동자무당, 그리고 '발견의 시학'에 대한 '강론'으로 이어진다. 이야기의 순서를 바꾸거나 하진 않았으며, 가능한 한 시인의 '육성'이 전해졌으면 하는 바람으로 여기에 옮겨 적었다. 미리 귀띔을 하자면 이 이야기는 시인 이성복의, 시와의 불화, 별거에 대한 '고백성사'로 들리는 대목이 종종 있을 터이다.

선생님 나이도 벌써 마흔셋이지요? 이번 시집에 중년의 목소리가 많이 엿보입니다.

이번 시집을 내고 중년에 관한 산문을 네 편 발표했어요. 내가 중년이 되기 전에 중년은 음탕한 이미지로 보였습니다. 그 이유는 모르겠지만, 아마 섹스와 돈 버는 일에 바쳐지는 사회생활 그 자체가 음탕해 보였는지 모르겠습니다. 나이가 차오르면 몰리게 되어, 나이나 세상에 대하여 과도한 의미를 부여하지 않나 싶었던 것이지요. 음탕의 '음淫'자는 '유流'자와 같은 지나침, 무절제라는 뜻이어서 좋은 의미는 아니지요.

사십대는 제삼자가 보기에 바람이 나는 나이라고들 하는데, 막상 내가 사십대가 돼 보니까 자기정리가 필요하게 되더군요.

마흔이 불혹不惑이라고들 하는데, 사실 마흔에 가장 안 되는 것이 불혹이라고 해요. 쉰이 지천명知天命이라는 말도 마찬가지지요. 쉰에 가장 어려운 것이 천명을 아는 것이라고 합니다. 나는 이 지적이 훨씬 일리가 있다고 봅니다. 원불교 대종사 한 분이 "나이 사십부터는 보따리를 챙겨라"라고 말씀하신 적이 있습니다. 그렇지 않으면 저승 갈 때 조바심이 난다는 겁니다. 사십대를 그냥 지나치다간 미처 처리 못 하는 일이 생긴다는 것이지요.

그럼 그 자기정리는 어떤 식이었나요.

그동안의 내 사상적 편력을 돌아보았습니다. 니체, 보들레르, 카프카와 같은 서양에서 출발했다가, 1984년 프랑스에 갔다 와서는 일대 전환을 일으켜 소월素月, 만해萬海의 연애시를 다시 읽고 이를 육화肉化했지요. 『뒹구는 돌은 언제 잠 깨는가』에서 『그 여름의 끝』에 이르는 과정이 그러했습니다. 그 사이에 있는 『남해 금산』은 과도기였구요. 연애시를 쓰면서 『논어』 『주역』과 같은 동양사상에 빠졌습니다. 지금도 『논어』는 참 좋아합니다.

그런데 세번째 시집을 내고 나서 일대 반성을 하게 되었습니다. 이 시집은 형태는 연애시지만 사실은 세상과 인생을 역학적易學的 관계에서 따져 본 것입니다. 그 때문에 시에 대한 배반을 했던 것이지요. 나는 시를 인생에 대한 사상적 탐구의 도구라고 여기고 있었고, 그로 인해 이 시집은 수사와 모호함에 빠져 버리고 말았던 것입니다.

연애시집을 내면서 나는 삶에는 자연과 같이 이법理法이 있다고 생각했어요. 이 이법에 저항할 때 장애가 발생합니다. 서양에서 보는 죽음이나 고통이란 이 이법을 따르지 않기 때문에 생기는 것입니다. 이법을 알고 그대로 살면 삶은 낙樂이 되겠지요.

그런데 세번째 시집에서 나는 너무 이법 쪽으로 삶을 몰아가 추상화하고 탈색시켜 버리고 말았습니다. 나뭇잎을 요오드에 넣듯이, 또는 잇몸 없는 입으로 밥을 씹듯이 말입니다. 삶은 이법적으로 추상화되는 것이 아니지요. 그 때문에 다시 이법에서 삶으로 나아가는 길을 모색하게 되었습니다.

『그 여름의 끝』을 내고 다시 프랑스에 가셨는데, 그 프랑스행이 어떤 변화를 가져왔습니까.

두번째로 프랑스에 가기 직전부터 불교에 관심을 갖고 있었습니다. '즉卽해 있다'고 할 때의 '즉'의 개념으로 현상/본질, 삶/죽음, 이상/현실 등을 다시 보려고 했습니다. 불교에서 "처음 한 마음 낼 때 정각正覺에 이른다"는 말이 있어요. 삶의 이치를 가공하지 않고 삶의 이치에 즉해 삶을 이야기하자고 생각했지요. 법法을 가리키는 '달마Dharma'라는 말에는 세 가지 뜻이 있다고 합니다. 첫째는 부처의 말씀 즉 최고의 진리이고, 둘째는 사물 속에 있는 이치, 그리고 세번째는 사물이라는 뜻입니다. 사물 그 자체가 진리에 즉해 있다는 것이지요. 똥이며 돌, 그 어느 한 가지라도 이치 없는 것은 없다는 것입니다. 그리하여 나는 최고의 진리가 어디에나 다 배어 있는데 따로 찾으려 했던 것은 아닌가, 애 업은 사람이 애 찾는 격은 아니었던가, 이런 의문을 가지면서, 다시 현실로 나아갈 수 없을까를 생각해 보았습니다. 낙樂 이전의 괴로움 그 자체로, 지혜 이전의 어리석음 그 자체로 말입니다.

그럼 두번째 프랑스에 갔을 때는 구체적으로 무엇을 붙잡고 사유했나요.

1984년 프랑스에서 돌아오면서 나는 동양을 찾았습니다. 그리고 두번째 프랑스에 다녀오면서는 서양을 찾아 왔습니다. 두번째 가 있는 동안, 그곳 유학생들과 만나서 '서당'과 같은 모임을 만들어 동양 고전과 원불교 교전敎典을 읽으며 토론도 했습니다. 불교 공부의 맥락이었는데, 그것이 서양의 후기구조주의와 이상하게 맞아들어 갔습니다. 탈중심과 탈이치라는 것이었지요. 불교로 간 길이 희한하게도 다시 서양과 만났습니다.

프랑스에 있을 때의 메모를 바탕으로 이곳에 와서 일 년 동안 손본 것이 네번째 시집입니다. 세번째 시집의 화자가 절대적 주관의 위치에 있었다면, 즉 화자가 세계를 다 내다보고 지배하였다면, 이번 시집에서는 화자가 삶에 대하여 자신 없어 합니다. 미혹하기 시작한 것이지요. 불혹이 아니라 '혹'으로 들어가는, 혹은 들어가려는 사십대의 시집입니다.

다시 서양에 관심을 갖게 되었다고 했는데, 어떤 맥락입니까.

서양 현대사상 쪽입니다. 이십세기 초에 서양 현대사상의 터전을 만든 프로이트나 니체와 다시 합류한 것이지요. 그러나 이번의 합류는 스승 또는 '우상'과 제자 사이가 아닙니다. 이십대의 그 열정은 지금 없습니다. 내가 세상을 보는 눈이 달라진 것이지요. 그러나 서양의 현대사상가들이 가깝게 느껴지는 걸 보면 세번째 시집과는 또 많이 달라졌어요.

동양 쪽 공부에는 관심이 많이 떨어졌습니다. 내 책꽂이에서 나와 가장 가까이에 꽂혀 있던 책들은 유가에서 불가로, 그리고 서양 현대 쪽으로 변했습니다. 지난 십 년간 내 사상의 편력이 지요.

그런데 지난 일 년 반 넘게 시를 쓰지 못한 이유는 무엇입니까.
지난해 제주도에서 '한일 작가 교류회의'가 열렸을 때 거기에서 메모한 것이 있습니다.(이번에 발표한 시가 그 메모에서 나온 것이다—대담자) 다소 음악적입니다. 의미의 상관은 좀 뚜렷하지 않아도 좋습니다. 영혼의 목소리를 내고 싶었고, 내가 듣고 싶고, 내가 필요로 하는 그 무엇이 그 메모에 들어 있었습니다. 그런데 막상 다시 꺼내 보니 자신이 없어졌습니다.

나는 시에 대한 원한이 많아요. 내가 시를 사랑하는 것만큼 시는 나를 사랑하지 않습니다. 이 시와의 불화는 애인들 사이의 불화와 닮아 있어요. 시를 사랑하게 되면 시 이외에 하고 싶은 것은 없어지지요. 그런데 요즘은 시와 가깝지를 않아요. 내가 글로 이 정도는 써야 하는데, 그런 수준이란 게 있는데, 막상 손을 대면 안 되는 거예요. 지난 일 년간 시와 별거했습니다. 일종의 투정이었겠지요. '시, 네가 그렇게 깨끗한 것이냐….'

지난 일 년 동안 테니스를 많이 쳤습니다. 시가 본처라면 테니스는 애인인 셈이죠. 난 원래 운동신경이 없는 편입니다. 그런데 테니스를 배우니까 상당한 재미가 있어요. 학교 사람들과도 친해졌습니다. 사람들도 심각하던 내 표정이 밝아졌다고들 합니다.

몸을 '쓴다'는 것에 대한 체험이 꽤나 새삼스러웠겠네요.

운동을 혐오하고 경멸했었지요. 초등학교 삼사학년 때 시골에서는 잘 뛰어놀았는데 홀로 상경한 뒤로는 운동과 거리를 두었습니다. 테니스는 매우 새로운 경험입니다. 본래 나라는 타입은 떠돌이 근성이 있어서, 한군데에 쑥 빠졌다가 나올 때는 언제 그랬냐는 듯이 돌아섭니다. 연애도 그랬고, 유교, 불교 공부도 그랬습니다. 일단 빠지면 이것 하나밖에 없다고 달려들었다가도, 나오고 나면 내가 왜 거기에 빠졌는지를 모르겠고는 합니다. 한 우물을 못 파는 이같은 성격은 결국 후회로 남지요. 치명적입니다. 하지만 부모, 아내, 아이들과 같은 바꿀 수 없는 것에는 문제를 삼지 않고 일찍 적응합니다. 나의 이같은 삶의 방식은 화전민식입니다. 아마 이같은 지적 편력이 지금의 불모不毛와 절필絶筆을 가져오지 않았나 싶습니다.

운전을 처음 배우셨을 때 자동차에 관한 탁월한 산문들을 남기셨는데, 테니스에 대해서도 할 말씀이 많겠습니다.

테니스의 즐거움 가운데 하나는 몸에 대하여 새롭게 생각하게 된다는 것입니다. 그동안 나의 몸은 너무 무시당했습니다. 언어도 몸의 소산이고 반영입니다. 몸이 바깥으로 드러난 것이 언어예요. 몸은 껍질이면서 속살입니다. 때垢와 살肉이 구분이 없다는 걸 나는 서른 넘어서 깨달았습니다. 그러나 알기는 했어도, 일상에서는 때와 살의 구분이 여전히 나의 의식을 지배합니다. 더러움과 깨끗함을 구분하는 이 이분법은 버려지기 힘듭니다.

언어도 실체가 없어요. 미끄러진다고 말하잖아요. 시니피앙의 미끄러짐. 모든 언어는 다른 언어들과의 연계 속에서 일시적으로 정지해 있는 것입니다. 계속 유동적으로 흘러야 하는데 그걸 정지시키니까 괴로움이 따르는 것입니다. 언어는 본질을 감추는 게 아니지요. 프루스트나 유식불교唯識佛敎에서도 우리의 자아는 하나의 알맹이가 아니라 무수한 흔적과 종자들로 이루어졌다고 봅니다. 모든 말들은 그런 식으로 여러 겹의 두께를 가지고 있어요.

예를 들면, '청도'라는 말은 청도-도청-광주사태, 또는 청도-청나라-하늘색 등으로 번지잖아요. 유사 이래, 혹은 이전의 무수한 흔적의 누적이 언어입니다. 몸이 겹으로 이루어져 있듯이 언어 역시 겹의 성층成層입니다. 몸의 언어는 곧 욕망인데, 이때 몸은 숨어 있는 것이고 언어는 드러나는 것입니다. 보통 일상의 언어는 목적과 유용성을 가지지만, 시의 언어는 몸의 언어이고 말장난의 언어입니다.

말라르메의 시에 '아볼리 비벌로 디나니테 소노르Aboli bibelot d'i-nanité sonore'라는 유명한 구절이 있어요. 의미는 매우 모호하지만, 중요한 것은 말의 음악성이지요. 이 문장을 각각 B, L, I, O 음에 유의해서 차례로 읽어 보세요. 여러 겹의 음악을 느낄 수 있지요. 여기서 보여지듯이 시의 언어는 말장난, 욕망, 광기, 어리석음, 또는 지혜라는 특성을 지닙니다. 몸이 언어로 나타나기 때문이지요. 이 음악성, 물질성, 말의 몸 등이 최근 내 시학에 들어오고 있습니다. 지금까지 나에게 시는 인생 탐구였기 때문에 언어에는 무관심했습니다. 이제 몸을 통해 언어를 새로 보는 것이지요.

저 같은 경우는 시를 안 쓰고 있을 때 시를 가장 많이 생각하는 데요. 미안함, 죄스러움 같은 것 말입니다.

화가나 서예가가 그렇다고 해요. 한참 붓을 놓으면 손 자체가 말을 듣지 않는답니다. 나도 하도 시가 안 돼서 화가 친구의 이 젤을 빌려다 놓고 그 위에 메모를 걸어 놓고 생각했습니다. 이 건 언어가 만드는 그림이다…. 그러나 안 되는 거예요. 메모라 는 디딤돌로 실제 시가 가능할까. 이런 생각이 자꾸 들면서, 숨 이 막혀 그만두게 되었습니다.

하지만 불화는 아직 애정이 남아 있다는 증거입니다. 지금까 지의 사상 편력이 내 삶인데, 이제 외도를 마치고 본처(시)와의 새로운 삶의 설계도를 그려 보려고 해도 거기에는 본처의 용서 가 전제되어야 합니다. 자신이 없어요. 초조하기도 하고. 남들 같으면 한창 일할 나이인데 글 앞에 서면 한두 시간도 마주할 수가 없습니다. 최근에는 그래요.

이번 네번째 시집은 "물에 잠긴 밥알처럼 희미한 웃음"을 웃는 고모나 어머니, 가족, 고향 등이 자주 등장하고 있어서, 중년을 잘 넘어서고 있구나, 화해의 아름다움이구나 싶었는데요.

첫 시집을 펴내기 직전인 칠십년대 말이 시와의 행복한 신혼 이었다면 이후에는 계속 불화였습니다. 불화 속에서 아이들(시 집)을 생산했지요. 지금은 별거 상태입니다. 이번 시집도 밖에 서 보면 '부부관계'가 좋아 보일 듯도 하지만, 머리는 안 따라가 고 욕심만 승합니다. 욕심을 줄이면 쉽고 자연스러울 텐데 나는 자꾸 어렵게만 생각합니다. 고민을 너무 많이 하다 보면 프로포

즈도 못 하고 말지요. 앞으로도 그럴 것 같습니다.

'애인'인 테니스는 어떻게 만났습니까.

처음에 시 쓰는 의사 선생님과 배드민턴을 하다가 배우게 됐지요. 굉장히 못 합니다. 공의 생리를 생각하지 않고 내 식으로 설칩니다. 무엇이건 내 식으로 정리해내야 속 시원한 것 말입니다. 테니스 코치 말로는 공을 치기 전에 충분한 여유가 있다는 것입니다. 공이 날아오면 밀어 주면 되는데, 나는 어떤 경우에든 내 식으로 치려고 듭니다. 아마 이것이 글을 못 쓰게 하는 직접적인 원인이 아닌가 싶어요. 운동 잘하는 사람은 세상살이가 부드럽습니다. 힘이 있다는 것과는 다르지요. 상대방의 흐름에 자기를 맞출 줄 알아요. 그러나 나는 공만 오면 때리려고 달려듭니다. 온갖 맹세가 소용없어요. 앞으로도 잘 안 될 겁니다. 그런데 그 안 되는 것이 도리어 몸에 대하여 생각하게 합니다. 이것이 바로 문학의 공간이 아닐까요.

산문은 간혹 쓰잖아요.

산문 쓰는 일은 편해요. 컴퓨터로 한 문단씩 써 내려가는 게 부담스럽지 않습니다. 그러나 어떻든 쓴다는 점에서는 괴롭지요. 산문을 쓰다 보면 어떤 부분은 시보다 나은 경우도 있어요. 테니스에서 공에 집착하듯이 시에 너무 많은 부담을 갖고 있기 때문일 겁니다. 갓난애는 물에 빠져도 뜨는데 어른들은 가라앉습니다. 갓난애는 가만히 있지만, 어른들은 뜨려고 애를 쓰거든요. 내가 이렇게 애를 쓰니 시가 얼마나 불편하겠어요. 연애라고 생각해 보세요. 상대방이 천리만리 도망가겠지요. 그렇지만

산문은 좀 달라요. 산문은 지치기는 해도 '변비'하듯이 쓸 만은
합니다. 산문에는 막막함이 덜해요.

　사실 나의 요즘 삶은 즐겁습니다. 시 안 되는 것만 빼면, 학교
생활도 그렇고 집에서도 그렇고 걱정이 없어요. 오직 시 때문에
즐겁지 않은 것이지요. 이게 도대체 뭔가 싶어요. 이 결벽성이
나를 나이게 하는 족쇄이겠지요. 그래서 나는 어딜 가나 즐거울
수가 없습니다. 안 쓰면 어떠냐, 하겠지만 그건 내가 아닙니다.

**중년이 될수록 '마음의 나이'를 과장하게 된다는데 선생님은
어떻습니까.**

　나이는 사십을 넘었지만, 속생각은 아직 어린애입니다. 철이
없지요. 지금 나의 부모님들 다 살아 계시고 내 아이들은 내 손
안에서 자랍니다. 사람 한 생애에 이보다 더 즐거울 수가 없지
요. 그러나 마음속의 나는 수긍하지 않습니다. 장마 뒤에 망초
대궁 다 쓰러지듯이 정다운 사람들 다 떠나 버리면 내 속의 어
린애가 말할 것입니다. '참 좋은 시절이 있었지. 그런데 난 언제
철이 들지?'

　어딜 가도 내가 불편한 것은 본질적으로 어린애이기 때문에
그렇습니다. 뜨내기 근성은 마음속의 어린애가 시키는 것입니
다. 그 어린애는 늙지도 않고, 철도 들지 않고, 만족도 모릅니
다. 시는 그 어린애의 말입니다. 동자무당 말이지요. 모든 이들
에게는 저마다 숨겨 놓거나 혹은 가둬 놓은 그 어린애가 있습니
다. 그 어린애가 삶의 실상을 폭로하는 것입니다. 시의 언어가
말장난이고 광기이고 욕망인 것은 동자무당의 말이기 때문입니

다. 요즘 시를 못 쓰는 것도 마음속의 동자무당이 침묵하기 때문이겠지요. 옛날 시의 분위기를 떠올리려 하면 곧 동자무당이 입을 다물어 버립니다.

그 마음속 '동자'의 입을 열게 하는 방법은 없을까요.

앞으로 추상적인 지혜에는 관심을 두지 않으려 합니다. 몸을 통한 지혜에 유념하려 합니다. 몸을 억압하고 지배하는 지혜가 아닙니다. 리듬, 말장난의 언어로 이루어지는 시를 생각해야죠. 그렇다고 이 동자무당이 낭만주의자들이 말하는 '영감'과는 다릅니다. 몸이 하는 말, 내가 듣고 싶어 하는 내 속의 말이 동자의 말입니다. 몸으로 하여금 말을 하게 하려면 내가 가만히 있어야 합니다. 내가 너무 자신만만해하면 동자는 말하지 않지요. 내가 추상적 지혜를 높게 생각하고, 내 삶의 즐거움이 클수록 동자는 입을 다뭅니다. 내가 불안하고 자신이 없을 때 동자는 말을 할 것입니다.

시를 다시 쓰는 것은 역설적이게도 내가 자신 없어질 때일 것입니다. 그러나 나는 지금 너무 꽉 차서 빈틈이 없어요. 학교와 가정만 해도 나는 너무 많아요. 연구실에 책이 가득해서 내가 움직일 수 있는 공간도 없습니다. 이젠 이것이냐 저것이냐를 선택해야 할 때가 온 것 같아요. 처음 학교에 올 때는 연구실에 책을 가득 꽂는 게 꿈이었는데, 지금은 조교도 쫓아내야 할 판입니다. 지식, 처세술, 중산층의 자기만족 등 아무리 반성을 해도 소용이 없습니다. 저 책들을 들어내기 전에는요.

그렇다면 아직 쓰지 않은 시, 써야 할 시는 어떤 것입니까.

간단히 말해, 이번에 발표한 「비가」보다 더 압축되고 밀도가 있는, 동자의 목소리지요. 지금의 말보다 비약이 더 크고 훨씬 더 죽음에 가깝고 음악에 가까운 말. 지혜에 대해서는 절대 말하지 않겠습니다. 지혜로는 지혜에 들어갈 수가 없습니다. 탈출구가 없는 딜레마입니다. 다른 사람들 같으면 '에이, 씨' 욕 한마디 하고 제삼의 길로 돌아 나갈 테지만 난 안 됩니다. 소설은 눈사람처럼 굴리면 커지는데, 시는 굴릴수록 진흙만 묻어요.

한국시를 '묘사·고백/진술·발견'으로 대별할 수 있지 않을까요. 그러면 한국시가 어디에 편중되어 있는지 살핌으로써, 그 문제점들을 극복할 수 있는 방법을 찾을 수 있지 않을까 최근 들어 생각하고 있습니다. "사랑의 눈으로 안 보이는 것은 없다"라는 이번 시집 뒤표지의 말이 언뜻 떠오르는데요.

묘사는 대상에의 집착입니다. 내가 공을 때리려고 덤비는 것처럼요. 묘사도 실제로는 주관적이고 직정적이고 이데올로기적입니다. 객관적 현실이 있을 수 있나요. 자기주장이지요. 고백은 반대로 대상을 무시하는 것입니다. 머릿속에서 세계를 지식으로 조립합니다. 이때 세계는 방해물입니다. 여기 이 탁자는 그릇을 놓는 물건인데, 이 탁자를 돌아가려 하지 않고 치우려고 합니다. 방해물로 보는 거지요. 자의식으로 세상을 왜곡하는 겁니다. 해체주의자들의 언어 역시 자의식의 과도한 팽배일 뿐입니다.

발견은 절대로 사랑 없이는, 인생에 대한 애정 없이는 안 됩니다. 대상이 '벌려 주지' 않으면 발견은 불가능해요. 미국에서는 아내가 남편을 강간으로 고소하기도 하잖아요. 사랑이 없이 달려드는 것을 인정하지 않는 것이지요. 투자한 만큼만 발견할 수 있습니다. 문학은 더도 덜도 아닙니다. 발견은 투자한 사랑 만큼만 나와요. 그러니까 관찰 그 자체보다는 사랑이 담긴 시선이 더 중요하지요. 사랑 없는 관찰은 있을 수 없습니다. 낚시찌를 드리운 낚시꾼은 찌에서 한순간도 눈을 떼어서는 안 됩니다. 언제 찌가 움직일지 모르기 때문입니다. 프루스트가 말했듯이, 그렇게 찾던 것이 어느 순간 옵니다. 참으로 오래 기다린 사람에게 말입니다. 그는 보상받을 만한 사람입니다. 인생이 헛일이라고 말하는 사람은 투자를 안 한 사람입니다.

발견은 사랑하는 사람과 사랑받는 것과의 관계에서만 일어납니다. 이 발견의 길이 가장 튼튼하고 안전하고 즐거운 길입니다. 라마크리슈나의 글에 보면, 신에게 가는 길은 두 가지가 있는데 하나는 신을 안는 길이고 또 하나는 신에게 안기는 길이라고 나옵니다. 두번째 길이 안전합니다. 자력 신앙과 타력 신앙 이야기지요. 자력 신앙은 지혜로 가는 길입니다만 어렵지요. 일자무식이 천국에 더 쉽게 간다는 말도 있습니다. 해체주의는 한순간 번쩍할 수 있지만 가파른 길이어서 지칩니다. 그러나 발견의 길은 어느 때, 어디에서나 가능한 길입니다.

발견의 시학은 급소와 경락을 짚는 것입니다. 그러므로 시가 길 수가 없지요. 생에도 그런 순간이 있는데, 발견은 절대 길 수가 없어요. 그런데 그 급소, 경락 들은 죽음과 항상 가깝습니다. 바닷가에 시체가 떠밀려 오면 파리가 가장 먼저 몰려듭니다. 시인의 자리가 거기지요. 순간적인 죽음들을 항상 발견해야 합니다.

문학의 아름다움은 죽음과 덧없음입니다. 죽음과 대면하는 순간은 언제든지 있잖아요. 벼랑, 단애斷崖 앞에서 인생을 살펴보는 것이지요. 거기서는 뛰어내려도 아무도 받아 줄 수가 없습니다. 그 막막함, 단애에 서기까지의 전 과정, 그리고 짧은 삶을 회한으로 돌아보는 것입니다. 그렇게 단애에 섰기 때문에 돌아본 삶이 귀중해지는 것입니다.

시와의 불화, 별거를 귀담아 듣는 자리는 그렇게 뜨뜻한 자리가 아니었다. 기실 시와 원앙처럼 더불어 지내는 자 있다면, 그는 시선詩仙이거나 아니면 '가짜'이리라. 그렇다고 이 반시反詩, 비시非詩의 시절에 시선을 꿈꾸기란 또 가능하기나 할 것인가. 어쩌면 시는 '시인과의 불화' 안에서 존재하는지도 모른다는 생각이 들었다. 이성복 시인의 안에 있으며, 내 속에도 있고, 우리들 모두에게 있는 '동자'는 그렇게 심술궂은 것이어서, 꺼내어 내팽개칠 수도, 그런 것은 없다고 자기최면을 걸 수도, 무조건 굴복할 수도 없는, 속수무책의 존재인 것은 아닐까. 동자, 즉 문학의 신은 저렇게 칼날같이 예리하고 첨예한, 올라서면 발바닥이 갈라지고 마는 칼날/불화의 경계 위에 살고 있는지도 모른다.

대구에서의 '경청'은, 오래갈 것 같았다. 대구행의 당초 목적이 그의 시세계와 시 쓰기에 대한 캐묻기나 확인하기는 아니었다. 시의 텍스트 안으로 들어가 현미경을 들이대는 것도 중요하지만, 텍스트 밖에서 이 시대를 우리와 더불어 살아가는 한 탁월한 시인의 내면의 목소리를 들을 수 있다면 하는 바람이었다. 시의 밖에서 시를 향해 던지는 시인의 '방백'을 말이다. 그 바람

은 '기대 이상'이었다. 돌아와서 나는 지금 다시 그의 시 한 대
목을 읽는다.

　　한때 그는 벌집같이 많은 눈을 가졌네 이제 씨가 빠진 해
바라기 꽃대궁처럼 그의 눈은 텅 비었네 그의 고통은 말라
버렸네 겨울에 그의 꽃대궁이 꺾여 눈발에 묻힐 때 그의 생
애는 완성되네 그가 본 것은 환상이었네

　　이성복 시인의 네번째 시집에 실린 「천사의 눈」 2연이다. 이
시의 '그'가 일인칭이 아니고 삼인칭으로 읽힌다면 그대는 아직
희망이 있는 것이다.

맑은 눈, 정신의 옷깃, 그 명징함

김정희 『BOOKIAN』 기자

서울에 새로 마련한 시인의 아파트에는 아직 가구들이 채 들여 있지 않았다. 인터뷰를 하기 위해 시인을 따라 들어선 가구 하나 없는 방은 직사각형의 형태를 온전히 드러내고 있었으며, 커튼이 쳐 있지 않은 넓은 창은 오전의 부드러운 빛을 충만하게 받아들이고 있었다. 그 빛을 받으며 이제 이순耳順의 나이 대로 접어든 시인의 눈은 여전히 맑고 단호한 고집이 어려 있었다. 시인은 대뜸 요즘 읽고 있다는 책『예술가로 산다는 것』을 만지작거리며 그 책의 표지를 보고 '울었다'고 고백한다.

나는 왜 글을 쓰지 못하는가

『뒹구는 돌은 언제 잠 깨는가』(1980),『남해 금산』(1986),『그 여름의 끝』(1990),『호랑가시나무의 기억』(1993)의 이성복 시인은 아포리즘『네 고통은 나뭇잎 하나 푸르게 하지 못한다』와 산문집『나는 왜 비에 젖은 석류 꽃잎에 대해 아무 말도 못 했는가』를 최근 출간했다. 산문집은 1990년 '살림'에서 출간된 『꽃핀 나무들의 괴로움』에서 삼분의 일을, 1994년에 간행된 『이성복 문학앨범: 사랑으로 가는 먼 길』에서 삼분의 일을 가려 뽑고, 나머지는 그 후 여러 지면에 발표했던 글들을 시인이 간 추려 엮은 것이다. 잠언집 역시 1990년 '살림'에서 발간된 『그 대에게 가는 먼 길』에 실린 구백여 개의 아포리즘에서 '힘깨나 쓰는 놈들'을 골랐다며 '일단 줄였다는 데 의미가 있다'고 한다.

"외국 같은 경우에는 시집을 평생 한 권 내면서 계속 증보하 는 식으로 하고 있어요. 한 가지 문제의식을 계속 파고드는 것 이지요. 도봉산을 올라간다고 해도 이쪽에서 올라갈 수도 있고 저쪽에서 올라갈 수도 있어요. 같은 문제의식을 놓고서도 나이 에 따라 보는 각도가 달라지지만 중심 주제는 늘 하나일 테지 요. 그런 점에서 이번 재출간의 의미를 찾을 수 있겠지요."

시인은 이번 산문집이 '나는 왜 글을 쓰지 못하는가'라는 문 제를 끝까지 파고들어 간 것이라 한다. 또한 자신이 '글의 목을 졸라매고 글이 자신의 목을 졸라매는 과정에서, 졸라매는 양자 가 이 곤경을 벗어나기 위해 공동으로 벌이는 분석 작업'이라 한다. 그는 1993년 『호랑가시나무의 기억』을 끝으로 아직 다른 시집을 출산하지 않고 있다. 시인은 그 두 권의 책에서 자신의 깊은 내면으로 들어가, 그가 시를 쓰지 못하는 이유를 끝까지 물고 늘어진다. 그는 조심스럽게, 자신에게 '날림공사를 하면 안 된다'는 강박관념이 있음을 밝힌다.

"우리 문화의 콤플렉스는 날림공사예요. 문학, 정치, 교육…

우리 삶 전체가 날림공사라는 생각이 들어요. 가령 어떤 사람이 번역을 하면 다음 사람이 그것을 딛고 더 나아갈 수 있어야 하는데, 모든 게 날림공사이기 때문에 처음부터 다시 해야 해요. 문학적인 글들도 순도純度가 많이 떨어지는, 전부 버려야 하는 것들이 많아요. 저는 그런 데 대해 어떤 원한 같은 것이 있어요. '내가 이 일에 대해서는 할 수 있는 한까지 했다'고 말할 수 있는 자세가 너무 아쉬운 거예요."

그는 저마다 최선을 다하는 태도가 이 사회에 갖춰져 있었더라면, 자신은 마음 놓고 '날라리'가 될 수 있었을 텐데 하며 웃었다. 그는 자신 또한 그 뿌리 깊은 날림공사의 혐의에서 벗어나지 못하고 있음을 고백했다. 그가 이번에 출간한 두 책을 원래 있었던 글에 덧붙여 낸 것도 이같은 자기반성에서였을 것이다.

"새로운 글을 모아 책을 내는 방법도 있었겠지요. 그렇지만 하나를 가지고 끝까지 성실하게 해 보겠다는 것, 잘하든 못하든 날림공사를 했다는 소리만은 듣지 않겠다는 것, 그것이 지금까지 내 글쓰기의 '모험'이고 '예술가로 사는 방식'이라고 생각합니다. 한마디로 말해 '나 이렇게 살았습니다. 이렇게 살고 싶었습니다'라고 하고 싶었던 거지요."

시인의 산문집을 살펴보면 각각의 문단이 열두 행 내외로 이루어져 있으며, 문단이 끝날 때마다 한 호흡 쉬어 갈 수 있게 행갈이가 되어 있음을 알 수 있다. 이러한 글쓰기 방법은 글쓰기 자체를 힘겨워하는 시인이 어쩔 수 없이 선택한 것이라 한다.

"이 글쓰기 방식 때문에 내 산문이 어쩔 수 없이 딱딱해진다고 생각해요. 또한 그것이 내 사유의 고유한 방식이라 할 수 있습니다. 이 방식은 어떻게 보면 지나치게 고전적인 느낌을 줍니다. 겉으로는 고전적으로 엄숙하게 보이는 사람들이 안을 들여다보면 허약하고 무질서한 경우가 많지요. 내가 딱딱해질 수밖에 없는 것은 내 안의 무질서가 겁나기 때문이에요. 정신을 제멋대로 놀게 내버려 두는 것이 두려운 거지요."

시인에게 있어서 글쓰기

시인을 끊임없이 반성하고 회의하게 하며 고통스럽게 만드는 '글쓰기'라는 것은 과연 무엇인가. 시인은 『예술가로 산다는 것』의 표지를 보고 울었던 이유를 말하며, 자신을 사로잡고 있는 '원장면'에 대해 이야기한다. 가령 양피지에 쓰인 글자를 지우면 잉크는 없어지지만 눌린 자국은 그대로 남는데, 그것이 일종의 원장면 같은 것이라 한다. 그것은 대개 유아기 어린애의 뇌리에 박힌 기억인데, 성장한 아이는 그 기억을 까맣게 잃어버리지만, 나중에 어떤 사건을 계기로 촉발된 기억이 되살아난다. '아무도 위로할 수 없고 위로받을 수 없는' 그 원장면과 대면하는 것, 그것이 시인에게 있어서 글쓰기이다.

"글을 쓴다는 것은 그 원초적 장면, 그 절대 고독을 기억하고 조명하는 것입니다. 텔레비전이나 영화에서, 시체공시소에 간

형사가 천을 들추고 들여다볼 때 시체는 보여 주지 않고 찡그리는 얼굴만 보여 주잖아요. 글쓰기 또한 그처럼 두렵고 고통스러운 대면입니다. 그래서 끊임없이 피하려고만 하는 것이지요. 나는 원초적인 인간입니다. 아무에게도 말할 수 없고, 아무 말도 해 줄 수 없으며, 아무 소리도 들리지 않는 순간이 시의 순간입니다. 나는 그 순간이 늘 두렵습니다. 우리가 궁극적으로 사는 것을 좁혀 가면 '귀'만 남을 것입니다. 남는 건 '귀'고 나머지는 사막 같은 고요함뿐인 공간, 그 백지 같은 공포가 나를 압도하는 정서입니다."

보고 싶지 않아 가려 버리는 부분을 끝끝내 들춰 보는 것이 글쓰기이기 때문에, 시인의 글쓰기는 자기가학을 동반한다. 그리고 그 고통스러움 때문에 글쓰기를 회피하는 것이 자신의 비겁함이라고 시인은 말한다. 또한 이 비겁함이 극도로 날림공사를 싫어하는 사고방식과 맞물린 결과가 지금의 자신이라고 말한다. 시인은 앞으로 시를 계속 쓸지 모르지만, 결국 자신이 걸어 들어가는 자리는 그 '원초적 장면'일 것이라고 말한다. 그리고 자신은 목욕탕에 가도 뜨거운 물에 들어갈 용기가 없어 발만 넣었다 빼는 사람이라고 웃으며 말한다.

시인을 요즘 기쁘게 하는 것

자신의 첫 시집 『뒹구는 돌은 언제 잠 깨는가』를 '철저히 카프카적이고 니체적이며 보들레르적'이었다고 평가하는 시인은,

1984년 프랑스에 다녀온 후 사상의 전회轉回를 일으켜 김소월金素月과 한용운韓龍雲의 시, 『논어論語』와 『주역周易』에 심취했다. 그 결과 1989년 「네르발 시의 역학적易學的 이해」로 학위논문을 완성하고, 1991년 다시 프랑스에 갔다 온 후 또 다른 삶의 방식의 모색으로 불교와 후기구조주의에 관심을 갖게 되었다. 최근 그는 정신분석에 빠져 있다.

"되돌아보면 내 사고방식이 협소했다는 생각은 들지만, 그게 내 삶에 큰 지장을 주지는 않았어요. 다양한 관심사를 두기보다는 하나를 철저히 하려 했고, 사랑을 주고받는 사람이 주위에 늘 있었기 때문에 큰 고민이나 불편은 없었어요. 딱 한 가지, 내가 시를 못 쓴다는 것! 그것 때문에 정신분석에 관심을 가지게 되었어요. 나는 다른 욕심은 없어요. 그런데 글쓰기에 대해서만은 물가에 선 어린애 같다는 생각이 들어요."

시인은 정신분석에 관련된 책들이 많은 도움을 주고 있다고 했다. 특히 리언 솔의 『아동기 감정양식』을 좋아한다고 했다. 요즘 시인에게 또 다른 즐거움은 새로운 글쓰기에 대한 가능성의 발견이다. 그는 얼마 전 학생들과 함께했던 '마라톤 글쓰기'에 대해 말한다.

"이건 하나도 어렵지 않아요. 십여 명이 빙 둘러앉아 각자 제목을 준비해요. 그 제목들 가운데 하나를 제비뽑기해서 십 분 동안 쓰고 십 분 동안 돌아가며 읽고 잠시 휴식. 그리고 다시 뽑아서 이번에는 이십 분 쓰고 이십 분 발표. 그렇게 일박 이일을 보냈어요. 그것을 하면서 결국 내 모든 것이 글쓰기로 돌아가는 구나 하는 것을 깨달았어요."

시인은 특히 '창밖을 바라보는 개'라는 제목으로 글을 쓸 때 그런 기분을 느꼈다며, 노트에 볼펜으로 적은 한 페이지 조금 넘는 분량의 글을 읽어내려 갔다. 그의 얼굴에 밝고 따뜻한 빛이 감돌았다. 읽기를 마친 그는 늘 글쓰기를 두려워하던 자신이 이 글을 쓰면서 비로소 '아, 내가 쓰고 싶은 것을 썼구나' 하는 느낌을 받았다고 한다. 그리고 이제 이런 방식으로 써 나가면 되겠구나 하는 생각이 들었다고 한다.

이어 시인은 불문학 논문들을 묶어 책으로 내고 싶은 바람, 네르발의 소설을 번역해 보고 싶다는 생각, 그가 좋아하는 책들에서 뽑은 명문장에 단상을 덧붙인 책을 내고 싶다는 마음 등 앞으로의 계획을 말한다. 오후로 접어드는 겨울 햇살은 그 농도가 짙어지고, 글쓰기에 대한 사랑과 괴로움, 그리고 거기에 젖어 자신을 관찰하고 주시하는 시인의 정신은 눈이 부실 정도로 맑은 거울에 되비쳐 나오는 듯 명징했다.

'날림'에 대한 지독한 강박

이문재 시인

무슨 접선 같았다. 인공폭포를 지나 우회전해서 나이아가라 호텔 뒤쪽에 있는 아파트 단지 정문 앞에 오면, 두세 동짜리 신축 빌라가 있다. 일층 입구에서 호수를 눌러야 문이 열린다…. 서울에서 이성복 시인과 '접선'하는 일은 낯설었다. 1982년, 대구에서 처음 만난 이래(그때, 이성복 시인이 내게 던진 첫마디가 잊혀지지 않는다. "시는 그렇지 않은데, 소도둑같이 생겼네." 그때 나는 문명 이전의 몰골이었다), 그는 대구로 내려가야 만날 수 있는 '대구 사람'이었다.

지난 1월 29일 오전, 김포공항 가는 큰길에서 오른쪽으로 꺾어 들어, 새로 지은 빌라를 찾아갔다. 입구에서 호수를 누르자, 소리 없이 출입문이 열렸다. 원격 조정, 엘리베이터 출입문에 비닐 포장이 아직 그대로 붙어 있었다. 이성복 시인은 칠층 현관 밖에 나와 있었다. 간편한 옷차림. 지난 가을에 견주어 체중이 약간 늘어 있는 것 같았다. 햇빛이 가득 들어와 있는 실내에는 아무도, 아무것도 없었다. 거실 한켠에 십자가와 묵주, 그리고 교계 월간지 한 권이 단정하게 놓여 있는 것이 눈에 띄자, 정갈한 실내가 수도원 기도실처럼 보이기도 했다.

한 시간 사십 분 남짓 진행된 인터뷰에서 시인은 완벽을 지향하는 자신의 글쓰기가 어디에서 비롯되었는지를 최근에 나온 산문집『나는 왜 비에 젖은 석류 꽃잎에 대해 아무 말도 못 했는가』와 아포리즘『네 고통은 나뭇잎 하나 푸르게 하지 못한다』를 중심으로 털어놓았다. 날림에 대한 강박에서 출발한 그의 고통스런 글쓰기는 1970년대 후반 저 아포리즘의 세계로 돌아가 있다.

이성복 시인은 지난해 불문과 교수에서 문예창작과 교수로 자리를 옮긴 뒤 일어난 변화, 최근 논의가 한창인 생태론에 대한 자신의 입장, 정신분석에 대한 관심, 그리고 '글쓰기는 곧 리듬'이라는 발견 등에 대해서 깊이있는 답변을 내놓았다.

이렇게 서울에서 뵈니까 낯설기까지 합니다. 무슨 일로 오셨는지요.

보들레르 시 전집 번역 일 때문에 한 열흘가량 서울에 와 있습니다. 기왕에 보들레르 시 번역본이 없는 것은 아니지만, 일본어 세대가 번역한 것이어서 우리 세대의 언어감각과 많이 달라요. 읽어도 잘 안 들어옵니다. 이번에 읽을 수 있는 시를 번역하려는 겁니다. 산문도 그렇지만, 시 또한 어휘 못지않게 리듬이 중요해요. 리듬을 의식하지 않고 번역한 글은 액셀러레이터를 밟고 있다가 갑자기 브레이크를 밟는 것처럼 덜컹거립니다. 언어감각이란 어휘와 리듬의 조화입니다. 번역이 가공업이긴 하지만 새로운 창조입니다.

산문집 표지가 마음에 든다고 하셨는데.

하얀 바탕에 아주 단순한 표지 디자인을 원했습니다. 이브 클라인의 그림 같은 표지가 내 문체와 글의 형식과 맞아떨어졌어요. 건축에 비유하자면, 내 글이 예전에는 콘크리트를 쳐 올라가는 것이었는데, 요즘은 조립식입니다. 산문을 10-15행씩 쓰고 한 행을 비우는 것이 바로 조립식 공법이지요. 전에 책을 냈을 때와 기분이 많이 달라요.(이번 산문집은 1990년 살림에서 나온 『꽃핀 나무들의 괴로움』과 1994년 웅진출판사에서 나온 『이성복 문학앨범』에 실린 글의 일부가 실려 있다) 표지가 뒷받침되지 않았다면 글의 완성도가 더 떨어진 것처럼 보였을 거예요.

글의 완성도가 떨어지다니요? 저는 선생님의 산문을 완벽한 글이라고 보는데요.

완벽하려고 애쓰는 글이겠지요. 완벽이 좋은 것, 단순한 것이라면 완벽주의는 단순하려고 애쓰는 병적인 것이에요. 나는 글을 쓸 때, 단 한순간이라도 방심하면 글이 '개판'이 될 것이라는 강박관념이 있어요. 내 글쓰기 기질이 그래요. 긍정적으로 보면 그래서 글이 단단하다고 할 수 있지만, 부정적으로 보면 마네킹처럼 뻣뻣한 글입니다. 아마 소설 쓰는 이인성李仁星 씨도 나와 같을 거예요. 글을 쓰기 시작할 때부터 날림공사에 대한 강박관념이 있었어요. 성수대교 붕괴도 그렇고, 대구 도시가스 폭발 사건도 그렇고요. 그렇게 우리 문화가 전부 날림이라는 인식으로부터 자유롭지 못해요. 이 부담이 없었다면 글쓰기가 이렇게 초조하지는 않았을 겁니다. 내게 있어 글쓰기는 내가 아는 지식을 따라가는 것이 아니고, 언제나 나 자신을 시험 재료로, 분석 재료로, 시험 양으로 사용합니다. 바로 이것이 나는 물론 독자들을 힘들게 하는 요인일 거예요.

산문집 맨 앞에 실린 「액자 속의 사내를 찾아서—그의 삶, 그의 글쓰기」를 흥미있게 읽었습니다. 각주도 재미있던데요.

김현金炫 선생께서 말씀하셨듯이 제일 재미있는 게 논문에서 각주입니다. 본문이 정장이라면 각주는 내복이거나 언뜻 보이는 속살이지요. 재미뿐만 아니라 신랄함도 있어요. 재미있는 에피소드가 있습니다. 이번에 나온 산문집을 서울 고덕동에 사시는 어머니께 드렸더니 '이게 뭐냐'라며 내치시는 거예요. 팔순이 되신 어머니께서 제가 제대로 글 안 쓰고 옛날 책이나 펴낸다는 것이었습니다. 그래서 책을 다시 들고 왔지요. 그런데 어머니께서 나중에 그 책을 구해서 읽으셨는데, 누가 당신 아들을 비난하는 글인 줄 아신 거예요.(웃음) 「액자 속의 사내를 찾아서」라는 글의 주인공이 '그'로 되어 있잖아요. 그러니까 아들이 썼다고는 생각하지 못하신 거지요. 나중에 내가 쓴 글이라고 하니까 비로소 안도하시더라구요.

그 글에서 해군 훈련병 시절, 소총 십자통 마개를 찾는 장면이 선연합니다.

어렵게 해군에 자원입대했습니다. 당시 내 체중이 오십 킬로그램이 못 되어서 신체검사 기준에 아슬아슬했어요. 마침 형이 해군 의무병으로 근무하고 있어서 큰 도움을 받았지요. 그때 이

킬로그램만 더 체중을 뺐으면 면제받았을 거예요. 진해에 가서 다시 신체검사를 받을 때 체중이 또 문제가 될 뻔했는데 또 형이 연락해서 용케 넘어갔어요. 그렇게 어렵게 들어간 군대였는데, 훈련병이 엠원M1 소총 십자통 마개를 잃어버렸으니 앞이 캄캄했습니다. 결국 연병장을 샅샅이 뒤져 찾아냈습니다.

그와는 반대로 만년필 촉이 망가지자, 옆에 있던 친구의 만년필 촉과 살짝 바꿔친 '사건'도 밝히셨던데요.

십자통 마개를 찾는 것과는 반대 경우였지요. 그 두 가지 사건이 내 삶의 '원형'으로 작용했습니다. 처음에 손톱이 잘못 자라나면 계속 그대로 자라나는 것과 같은 거지요. 나에게는 비참해지고 싶은 충동이 있어요. 버려진 빵이나 밥알을 주워 먹은 적도 있어요. 한번은 우리 애들을 데리고 서점에 갔다가, 서점 앞에 골판지가 있길래 그걸 벙거지처럼 쓰고 벌러덩 드러누운 적이 있어요. 아이들이 "아빠, 교수가 이러면 어떡해요"라며 깜짝 놀랐지요. 어쩌면 내가 비참하지 않기 때문에 비참해지려고 하는 비참이 있습니다. 바닥까지 내려가 보고 싶은 욕구 말입니다. 외부적으로는 내가 큰 탈이 없어 보이지요. 그런데 인위적인 예절과 교양에 가려진 원초적인 것을 보고 싶어 하는 충동이 있습니다. 십자통 마개를 찾은 것과 만년필 촉을 훔친 것이 나의 원체험입니다. 다른 사람으로부터 용서나 구원, 위로를 받기가 불가능한 막다른 상황, 그러니까 죽음이나 사랑 같은, 누구의 손도 잡을 수 없는 절대적 고독을 체험하고 싶어 하는 것이지요. 내 산문 전체를 엮는 문제의식이 바로 이것입니다.

선생님의 시와 산문, 아포리즘은 서로 어떤 관련이 있습니까.

아포리즘의 삼분의 이 이상이 1977년부터 1979년 사이에 씌어진 것입니다. 산문집에 실린 글들은 그 후 것이니까, 산문집은 아포리즘에 대한 보론입니다. 훗날, 시를 쓰고『논어論語』나『주역周易』공부를 하면서 서양 비관주의에서 빠져나왔지만, 결국에는 아포리즘의 자리로 돌아왔습니다. 그 자리가 곧 첫 시집의 자리이기도 하지요. 내 시와 산문은 아포리즘이라는 설계도에 의해 지어진 집입니다.

불문과에서 문창과로 옮기고 나니 어떻습니까.

난 원래 인기 없는 깐깐한 선생입니다. 약속 안 지키는 학생들은 인정을 안 해요. 얘기도 안 합니다. 문창과 와서 불어사전 안 찾아도 되는 건 참 다행입니다. 노안이 와서 사전 찾기가 여간 불편하지 않았어요. 불문과 교수를 이십 년 했는데, 바로 지난 학기에 강의한 과목이라도 사전을 찾지 않으면 안 됩니다. 불어 논문 쓰기도 고달프지요. 문창과에서 글쓰기를 가르치는 일이 부끄럽고 좀 슬픕니다. 카프카나 플로베르는 당장 굶더라도 문학은 가르치지 않겠다고 했습니다. 글 쓰는 방법을 가르친다는 게 누드쇼 하는 것 같아요. 학생들이 내게서 글쓰기의 기교를 훔쳐 간다는 게 문창과 선생으로서 괴롭습니다. 선생으로서 나는 그냥 교양 선생이 가장 어울릴 것 같아요.

하지만 다양한 교재(그는 동서양의 고전 중에서 글쓰기에 귀감이 될 만한 구절이나 금언, 명시 등을 뽑아 '거울 시리즈'를 엮었다. 정식 출판물은 아니지만, 눈독을 들이는 사람들이 많다)도

개발하고, 열성적으로 가르치시는 것 같은데요.

내 깜냥보다 목표를 높게 잡아요. 제대로 된 것이 아니라면 안 해도 좋다는, 완벽주의 비슷한 방침이지요. 학생들은 주눅이 들겠지만, 내가 내 자신을 몰아세우고 닦달하는 식으로 학생들을 몰아갑니다. 학생들이 건성으로 만족하는 것은 두고 못 봅니다. 칭찬도 안 합니다. 나는 카프카나 키에르케고르처럼 냉정하고 엄격합니다. 거짓은 편안하고 진실은 끔찍합니다. 하시딤의 선생 중에 코츠크라고 있는데, 아주 엄했지요. 그는 '인간이 살 수 있는 것은 진실이 무덤 속에 있기 때문'이라고 했습니다.(산문집에 실린 「왜 시가 아닌가」에서 이 문제가 상세하게 다뤄진다—대담자) 우리가 다 괴테나 베토벤이 될 수는 없지요. 하지만 삶의 마지막 순간에 자신을 속이거나, 자신과 타협하지 않으려고 노력했다고 말할 수 있는 것 이외에 다른 위안이 뭐가 있을까요. 이것이 내 글쓰기입니다. 나는 글을 쓰면서, 나든 남이든 속이는 부분이 있으면 끝까지 까발려야 다음 글을 쓸 수 있습니다. 카프카한테 배운 것이지요. 빈대 한 마리 잡으려고 초가삼간 날리는 것과 같은 강박증이지요. 이 강박으로부터 벗어나려고 무진 애를 썼는데 잘 안 됩니다. 아마 앞으로도 그럴 거예요.

요즘 생태론이 '붐'인데, 선생님은 조금 다른 입장이신 것 같습니다.

『논어』를 보면, 자공이 공자에게 이렇게 말해요. "양을 죽이는 게 슬퍼서 못 잡겠습니다." 그러니까 공자가 자공에게 "너는

양을 아끼느냐, 나는 예禮를 아낀다"라고 말합니다. 나에게 생태
론은 앞에서 말한, 바닥까지 가려는 비참함의 욕구와 무관하지
않아요. 무엇을 먹는다는 것은 다른 생명을 파괴하는 일입니다.
우리 집사람은 유기농이나 생태론에 관심이 많은데, 내 관심은
더 원천적인 데 있습니다. 그래서 나는 생태적 삶이 좋으면 호
롱불 밑에서 살지, 라고 혼자 중얼거리는 편입니다. 눈에 띄지
않는 생의 비참함에 비하면 생태론 논의는 호사스러워 보입니
다. '도시 시'나 '문명비판 시'는 나에게 탁 와 닿지 않아요. 그
시들은 생태적인 문제에 관심이 많겠지만, 그것이 모든 관심이
라고는 생각지 않습니다. 나는 도살장에 끌려가는 소의 모습에
더 민감합니다. 내게 중요한 것은 '도시 시'보다는 근원적인 한
계상황에 대한 관심일 겁니다. 내겐 도시나 문명을 생태적으로
읽어낼 수 있는 코드나 소프트웨어가 부실한 것 같습니다.

자동차 운전, 테니스 등에 관심이 많으셨지요. 요즘 관심사는
무엇인지요.
한때 테니스나 배드민턴에 빠졌었지요. 요즘은 안 합니다. 십
년 전에는 『주역』 공부에 심취하기도 했어요. 요즘은 정신분석
에 관한 책을 재미있게 보고 있어요. 앞으로 정신분석을 한번
받아 보고 싶습니다. 그동안 앙드레 지드, 네르발, 프루스트에
대한 논문을 각각 세 편씩 썼는데, 아홉 편 모두가 텍스트의 정
신분석이었다는 것을 알게 되었습니다.

글쓰기를 강의한다는 것이 괴롭다고 하셨는데, 그럼에도 불구
하고 수업은 진행되어야 하잖아요. 문창과 선생님들은 저마다

독특한 방식으로 글쓰기에 대한 눈을 뜨게 한다고 들었습니다. 어떤 선생은 논둑길을 혼자 걸어 보라든가, 또 어떤 선생은 돌과 대화해 보라는 등 다양하기 이를 데가 없던데요.

지난 연말에 학생들과 문학 캠프를 열었습니다. 나는 『뼛속까지 내려가서 써라』라는 책을 좋아하는데, 거기에 마라톤 글쓰기라는 프로그램이 있어요. 작은 종이에 각자 생각나는 제목을 적어서 통에 넣고, 거기서 하나를 뽑아 그 제목에 맞게 십 분 동안 글을 쓰고, 십 분 동안 읽는 식으로 십오 회를 계속합니다. 학생 다섯 명과 함께 나도 참여했는데, 놀라운 사실을 깨달았습니다. 마라톤 글쓰기를 안 해 본 사람은 결코 알 수 없습니다. 우선, 제목이 아무리 달라도, 결국에는 자기가 쓰고 싶은 이야기를 쓰게 된다는 것입니다. 강박이 주제가 된다는 거예요. 원주圓周의 어디에서 출발하든 동일한 중심에 도달하는 것이지요. 둘째, 어떤 종이쪽지를 열든, 그 안에서 뭔가 글이 나온다는 것입니다. 어떤 제목이든 다 그 밑에 뭔가 있다는 것이지요. 셋째, 글을 몰아가는 것은 리듬이라는 것입니다. 시든 산문이든 모두 몸의 운동으로서의 리듬입니다. 머릿속의 의미가 아니라 리듬이 숨을 터 준다는 겁니다. 투포환 던지기도 단순한 힘이 아니라 몸의 리듬으로 하는 것이잖아요. 넷째, 장르 구분이 필요 없다는 것입니다. 장르 구분은 시대가 만들어낸 제도입니다. 장르 구분이 무의미하다는 사실을 발견하고 이번 산문집을 더 사랑하게 되었습니다. 해방감을 느꼈습니다. 그런데, 마라톤 글쓰기는 부부 사이에서는 금물입니다. 무의식과 콤플렉스가 그대로 드러나기 때문입니다.

장르에서 해방된 선생님의 새로운 글은 어떤 것입니까.

제주 오름을 찍은 사진에 대한 글을 쓰고 있습니다. 사진 텍스트를 보고 내 느낌을 따라가는 것이지요. 이번 산문집에 실린 「울음이 끝난 뒤의 하늘」이나 「동숭동 시절의 추억」과 같은 글이 될 것이라는 막연한 기대를 하고 있습니다. 어쩌면 오름 사진과 전혀 관련이 없는 글이 될 수도 있겠지요.

이번에 나온 산문집에 다음과 같은 구절이 나온다. "한 편 한 편의 시 쓰기는 타석에 들어간 타자가 행하는 한 번씩의 타구라 할 만하다. 후려치는 그 단순한 동작에 삼백예순다섯 가지의 요소가 들어 있다 하니 평생을 다해도 완벽한 폼을 갖추기란 불가능한 일이다." 저 타자는 다시 카프카에서 비유된다. 카프카는 이미 씌어진 글이 아니라 오직 글쓰기의 순간을 중요시했다는 것이다.

서울에서 이성복 시인과 헤어지면서, 글이 아니라 글 쓰는 순간에 대한 염결성을 생각했다. 시가 위기라면, 그것은 저 글 쓰는 순간의 위기일 것이다. 몸의 리듬을 발견하고, 한달음에 그 리듬을 타고 올라, 죽음의 초입에까지 이르는 글쓰기가 사라지고 있기 때문일 것이다. 시의 마력은 곧 저러한 시 쓰기의 마력에서 나오는 것인지도 모른다. 시인들이여, 부디 고통스런 몸으로 들어가, 몸의 리듬과 만나라.

이성복 시인은 산문집에서 이렇게 썼다. "나는 진실은 시의 모습으로 찾아오며, 시의 순간만이 진실할 수 있다는 생각을 했다." 그리고 또 이렇게 덧붙였다. "쾌락이나 겸손, 행복과 마찬가지로 시 쓰기는 그 자체를 목표로 해서는 결코 얻어질 수 없다."

삶의 빛, 시인의 숨결

송민주 『FL』 기자

시인 이성복, 내겐 너무 어려웠던 그의 시, 사실 시는 어려웠다. 아니 진짜 어려웠던 건 '시인'이라는 타 종족에 대한 벽을 뛰어넘어야 한다는 것이었다. 시인은 분명 이 세상에서 별종이다. 그들이 그어 놓은 선 때문이건 우리가 테두리 밖으로 그들을 내몰았건, 그건 중요한 문제가 아니다. 어쨌든 그들은 영원한 별종이다. 시인의 일상을 훔친다는 가열찬 구호와 함께 시인 이성복의 집을 찾은 에디터의 가슴은 떨리기까지 했다. 이 글을 통해 그의 작품세계를 조망한다거나 어쭙잖은 평을 늘어놓진 않겠다. 시집을 펼쳐 들고 얼마 지나지 않아 내린 결론이다. 어떤 경우에라도 그의 머릿속을 들여다보며 가슴 한가운데를 파헤친다는 건 불가능한 것이므로, 어설픈 잣대를 들이대기보다 가만히, 그저 가만히 그의 사는 모양새를 지켜보리라. 가만히 있으면 중간이라도 간다 하지 않는가. 운 좋게도 시인은 낯선 이에게 아주 조금 그를 엿볼 수 있는 기회를 주었던 것 같다. 시인 특유의 넘치는 재치로, 정직한 스승의 충고 어린 시선으로, 그리고 빨개서 더 맛깔스러운 대구 복탕과 함께했던 시인과의 오후, 그가 흩뿌려 놓은 언어를 여기 주워 담는다.

사람들이 흔히 시인에게 바라고 또 예상하는 삶이 있다. 생의 가장 저편, 그 진창 속에서 고뇌하고 또 고뇌하는, 모든 일상적인 것에 반대하며 삶의 조류를 역행하는…. 시인 이성복은 그 기대를 여지없이 무너뜨리는 시인 중 한 사람이다. 시인으로서 쌓아 온 명망, 대학교수이자 한 가정의 가장, 적당히 건강한 육체…. 시인 이성복은 어쩌면 행복한 중년일 수 있겠다. 아주 건전하게 나이 들어 가는, 그렇게 생각해 버리면 독자들도 편할 것이고 또 그 자신도 편하겠다. 도대체 왜 그는 시를 통해 스스로 불행하다는 고백을 하는 걸까. 왜 시는, 문학은 병들었다고 이렇듯 주장하는 것일까.

"연소하는 데 외연기관과 내연기관이 있어. 외부에서 타는 모습이 보이느냐 보이지 않느냐가 다르잖아. 시인들도 두 가지 타입이 있어. 그런 의미에서 난 내연기관을 지닌 사람이야. 일상적인 각도에서 보면 도저히 이해가 안 가는 거지. 사고 한 번 안 치고 잘 산 경우야. 그래서 난 항상 내연의 관계를 만들려고 애쓰지. 하하, 시라는 건 내연의 관계를 만드는 거야. 말장난하자면 스캔들이지. 풍문과 스캔들, 불화든 깜짝쇼든 혹은 남의 손가락질을 받는 것이든 어쨌든 정상적이고 고요하고 안일하고 일상적인 어떤 것이 깨질 때 생기는 파편들이 바로 시야. 고요한 연못에 돌 하나를 떨어뜨리는 그 순간이 바로 시가 탄생하는 순간이랄 수 있지."

지극히 점잖아 보이면서도 그 안에서는 거의 노이로제 수준의 강박관념에 시달리는, 그 고통으로 인해 끊임없이 타오르는 내연기관을 가진 게 바로 시인 이성복이다. 안에 있는 내연기관이 그를 가만히 놔두질 않는가 보다. 안에선 여지없이 불타고 있고 또 병들어 가고 있는데….

"안온한 일상에 젖어 있으면서도 그 일상 자체를 못 견뎌 하면서 틈이 생기고, 그 틈에서 나오는 잡음과 냄새와 이상한 소리들이 바로 문학이야. 잡음이라는 건 사람을 불편하게 만들고 잠 못 들게 만드는 거지. 저기 사다리 타고 올라가는 놈 바짓가랑이를 붙잡고 끌어내리는 게 바로 문학이야. 해탈 못 하게 하는 게 또한 문학이지. 사람들을 괴롭히고 잠 못 들게 하고. 좋은 문학은 사람을 고문하는 문학이라고 생각해. 얼어붙은 호수를 가르는 도끼날이 문학이라는 말도 있잖아."

내면의 소용돌이를 오로지 품에 끌어안고 고집스럽게 버텨 온 인고의 세월이 느껴진다. 바로 그 내면에서 분출된 것이 보석과도 같은 그의 글들 아닌가. 짓이긴 상처에서 나온 고름과도 같은. 어찌 보면 이성복의 시를 사랑하는 소위 마니아들은 그의 피와 땀을, 그리고 가장 고통스럽다는 고도의 정신장애를 빨아먹고 사는 이들이리라. 십 년 만에 태어난 이성복의 시집 『아, 입이 없는 것들』(문학과지성사)에는 불행할 수 없는 불행, 바닥으로 내려앉은 사람들을 가슴 한 켠으로 지켜보면서도 절대 바닥으로는 갈 수 없는 모순에의 한탄이 담겨져 있다.

"이번 시집에서는 '불행하고 싶은 불행'을 이야기하고 있어.

생의 바닥을 친 사람들의 단말마적인 비명을 떠올리게 되지. 난 그들을 동경하지만 그 바닥으로는 갈 수 없어. 바로 그 근원적 인 갈등이 이번 시집에 내재해 있지."

정상적인 범주와 불온한 범주의 이야기가 혼재해 있는 이야 기, 들으면 들을수록 머릿속 혼란의 무게는 늘어만 가는데, 얼 마쯤 더 가야 그를 제대로 들여다볼 수 있는 것인가.

"충동들의 생로병사, 일었다가 사라지는 그 물거품 한가운데 있는 모든 것들이 바로 '입이 없는 것들'이야. 잘난 놈이나 못난 놈이나 모두 '입이 없는 것들' 중 하나지. 생의 원초적인 에너지 에 의존하는 것들은 모두 고통에서 벗어날 수 없지. 세상 모든 존재들이 존재하는 그 자체만으로 불행한 것이거든."

그는 절대, 안전하거나 편안하게 사람들을 인도하거나 구원 하는 글을 쓰는 사람이 아니다. 오히려 보고 싶지 않은 걸 억지 로 보게 하고, 이불을 덮어 쓰려 하는 걸 벗겨내는 사람이다. 시 인 이성복이 정의하는 문학은 금기와 터부의 커튼을 걷어내는 역할을 하는 장르다. 쳐 놓은 커튼을 자꾸 걷으려 하는 거다. 진 실은 바로 그곳, 커튼 뒤의 세계에 있기 때문에 보지 않을 수 없 는 거다. 시인 이성복의 문학은 그래서 반문화적이다.

"난 근본적으로 불온한 사람이야. 내가 내 상처를 건드리면서 시를 쓰는 거지. 물론 그 자해행위가 나에게 해를 끼치는 것만 은 아냐. 세상 모든 일에 양면성이 있듯이 자해와 자학을 통해 이득을 얻게 되기도 하지. 하지만 진짜 원하는 건 따로 있어. 진실을 투시하는 눈이거든. 난 나의 가장 부끄러운 부분까지도 파헤쳐 가며 말하고 있는 거야. 그 모든 상처, 갈등 들이 세상이라는 폐쇄회로 안에 돌아가고 있다는 사실을 일깨우려고 하는 거고, 모두들 잊어버리려 하면 다시 가서 또 일깨우는 거지. 한마디로 병적이야. 내가 병든 게 아니야. 삶이 병들었거든. 이번 내 시집은 병든 시집이라 할 수 있어. 왜냐면 생의 병든 부분만을 조망하니까. 아픈 부분들을 콕콕 쑤시니까."

바닥을 알 수 없는 독설을 쏟아붓는 그. 지독히도 세상에 대해 그리고 문학에 대해 비관적인 논조로 일관하는데, 그토록 청명한 시구들이 그의 입에서 쏟아져 나온다는 것 자체가 모순이다. 말은 그렇게 하면서도 삶에 대한 너무나 성실한 태도 또한 모순이다. 스스로 인정하듯, 삶의 모습과 문학에 대한 자세까지도 모순투성이인 사람이다. 시인 이성복을 이해하는 핵심 코드는 바로 거기에 있을 것이다. 더불어 그 모순에서 그의 문학은 시발점을 갖는다.

"문학으로 연명한다는 건 극도의 고통을 의미해. 정말 순수한 문학이란 '글'이라는 것 오직 그 하나만을 남기고 마지막까지 자신을 몰아가는 거지. 사실 난 그렇지 못해. 그냥 글로 먹고 살거든. 작가로서 문예창작과 선생이 된다는 건 수치스러운 일이기도 해. '이건 아닌데…' 하는 의구심을 떨쳐 버릴 수 없어. 하지만 또한 현실에서 그 끈을 놓을 수 없는 것도 모순투성이 삶의 한 단편이지. 글쓰기를 가르친다기보다 그냥 젊은 친구들과 함께할 수 있는 걸로 만족해. 내가 젊었을 때 겪었던 쓸데없는 고민, 방황 들을 미리 일러 줄 수 있으니까. 불필요한 과정들을 줄여 줄 수 있으니까."

꼭 십 년 만이다. 그가 우리 곁에 다시 시인으로 다가온 것은. 『아, 입이 없는 것들』에는 시인 이성복의 십 년 세월이 담겨 있다. 왜 이렇듯 오랜 시간이 걸려야 했는지, 왜 이토록 시를 멀리 했는지 묻고 싶었던 이들은 또 얼마나 많았을지….

"지난 십 년간 시를 쓰지 않은 이유라…. 쓰지 않았던 건 아냐. 오히려 너무 쓰고 싶었기 때문에 어떻게 할 수 없었던 거지. 무언가에 대한 열망이 큰 만큼 그 대상 앞에서 자신은 작아지게 마련이거든. 자기 비하에 비하를 거듭하며 감히 손댈 수 없었던 게 바로 나의 시야. 난 내가 존경하는 시인들처럼 열심히 살지도 않았고 열심히 무너지지도 않았어. 그리고 그들만큼 재능도 지니고 있지 못해. 하지만 결코 시에 대한 끈을 놓을 수가 없었고 벗어날 수도 없었지. 지금 생각해 보면 그 갈등의 과정 자체가 문학이었고 시였으며 나의 생이었어. 시와 갈등하면서 가속 페달과 브레이크 페달을 급격하게 번갈아 밟아 가며 울컥거리는 삶을 살아왔던 거야. 그러기를 십 년이야. 그 기간 동안 난 참 게으르게 살았는데, 또다시 같은 시간을 산대도 그렇게 보낼 것 같아. 그 사이에 시집을 세 권, 네 권 낸다 한들 달라지는 게 뭐겠어. 누구에게나 거쳐야 할 과정이 있고, 가야 할 길이 있는 거지."

그토록 견딜 수 없을 정도로 심한 멀미를 참으며 버텨 온 그,

이제 드디어 '시'와 화해한 걸까.

"시를 생각하지 않고 살아갈 수 있다면 얼마나 행복할까. 언젠가 한 인터뷰에서 '시와의 불화'라고 언급한 적이 있었지. 지금은 불화도 아니고 화해도 아니야. 이전에 시가 고통스런 행복이며 반드시 찾아야 할 아름다움이었다면, 지금 나에게 시는 노동이고 작업이며 수학 문제 풀기 같은 것이야. 내가 하고 싶으면 하는 거고 또 안 하면 그만인 거고, 그렇지만 계속 시는 쓰게 될 것 같아. 사실 어찌 보면 지난 십 년은 너무 잘하려고 했기 때문에 힘들었던 것일 수 있어."

삶을 매우 정직하게 살아온 사람, 어느 한곳을 깊이 파고든 사람의 눈은 형형하게 빛이 난다는 말을 들은 적이 있다. 그의 수첩 속에 빼곡히 적혀 있는 발췌문들. 손이 닿는 곳이면 어디에나 놓여 있는, 손수 적어 코팅까지 해 둔 문구들. 일일이 베끼고 또 베끼고 잠깐의 짬이라도 날라치면 보고 또 보고, 장르를 넘나들며 줄줄 꿰는 문구들, 현학적이다 못해 치를 떨게 할 정도의 박식함…. 시인 이성복과의 대화를 빛나게 한 것은 이런 외적인 것들이었으되, 그의 눈을 빛나게 한 것은 방대한 지식이나 일상에 대한 철저함이라기보다 내면에서 여지없이 타오르는 시에 대한 열정이었다.

대구, 비가 쏟아지던 날이었다. 시인 이성복을 만나기 위해 떠났던 대구로의 여정은 비와 함께 끝이 났다. 음성을 담아 온 녹음기에선 여전히 빗소리가 드문드문 섞여 흘러나온다. 갑작스런 폭우가 쏟아졌던 그날처럼 그는 내 삶에 폭우와 같은 존재로 남아 있을 것만 같다. 보고 싶지 않았던, 눈을 질끈 내리감고 외면했던 그 세계로 내 손을 이끌었기에⋯. 아직 그 이면에 진실이 있는지 혹은 아무것도 없는지 확인해 보지 않았으나, 그저 뭔가 다른 것으로 채워져 있는 세상이 '거기 있구나' 하는 인식을 하게 되었을 뿐이다. 이제 진실에 대해 적어도 외면하지 않고 잊지 않으려 애쓰며 살아가는 일은 아주 오랫동안 풀어 가야 할 숙제다. 이 글을 읽는 이들에게 당부하노니, 시인이라는 종족, 그들의 눈을 똑바로 보지 말라. 일단 그 세계에 발을 담그면, 그래서 그 끝을 알 수 없는 정신의 소용돌이에 젖어 버리면, 다시는 이 세계로 돌아올 수 없을 테니.

『아, 입이 없는 것들』, 치명적인 매혹(들)

문일완 『GQ』 기자

예술·예술가

한약상에서 약 탕제하잖아. 약 짜는 거 있잖아. 예술이란 말야, 특별한 누군가의 신기한 체험이 필요하다기보다는 누구나 할 수 있는 체험들을 약탕기에 한약재 끓이듯 집어넣고 쥐어짜느냐 못 짜느냐 하는 데 달려 있는 것 같단 말이지. 그런데 난 이때까지 그렇게 살아 본 적도 없고. 그렇게 살고 싶은 생각이 한오 퍼센트 정도는 있지만, 구십오 퍼센트는 관심도 없어. 그렇게까지 나를 막다른 골목으로 밀어 넣고 싶은 생각은 없어. 사실 모든 것은 '단애'라고 생각해요. '끊어질 단斷'에 '벼랑 애崖'. 예술이라는 게 어디서나 다 통하는 것이고, 어디서나 찾을 수 있는 거잖아요. '성인용품'에도 예술적이라는 표현을 쓸 수 있는 거지. 그렇다면 예술이 되느냐 안 되느냐의 기준을 어디서 찾을 수 있느냐… 말하자면 물이 끓는 온도, 비등점 같은 게 있어야 한다고 봐요. "유태 민족은 오렌지와 같다"라는 말이 있어요, 왜? 오렌지는 비틀어 짜야 맛있는 즙이 나오잖아. 유태 민족의 역사는 고난의 역사, 순교의 역사, 박해의 역사야. 그렇게 쥐어짰기 때문에 유태인이 세상의 문화 가운데 가장 아름다운 것들을 보여 줄 수 있었다는 거지. 따라서 예술가의 삶이라는 것도, 내용적으로는 남들하고 똑같은데 그 쥐어짜는 힘이 있느냐 없느냐의 문제인 거야. 그건 일종의 자기고문, 자기살해의 과정이라고 할 수 있겠지. 자기가 희생한 만큼 글이 나오는 거야. 쥐어짠 만큼 나오는 거라고. 나는 말야, 이류에 불과하거든. 그런 이류들은 늘 자기살해에 대한 꿈은 있지만, 자기희생을 담보로 하지 않아. 이중적이지.

예술이란 것은 머리로 하는 게 아니거든. 어떤 사람은 아이큐가 백이십이고, 또 누구는 백삼십일 수 있겠지만, 그건 그야말로 '도토리 키 재기'인 거지. 예술가냐 아니냐, 예술작품이냐 아니냐 판단 내릴 수 있는 것은 지능지수에서 나오는 게 아니야. 머리는 이를테면 컴퓨터 본체라고 할 수 있겠지. 사팔륙이든 펜티엄급이든 간에, 그 안에 저장된 자료라는 건 사실 별거 아니거든. 컴퓨터의 대단한 점은 중앙 시스템에 연결될 수 있다는 데 있는 거 아니겠어? '모든 것은 주파수의 문제다'라는 말도 있잖아. 메인 컴퓨터에 연결한다는 게 그 뜻이야. 그 연결하는 과정에 촉매 역할을 하는 게 머리고, 개인적 체험이야. 개인적인 체험을 통해서 점화되는 순간이 예술인 것이지. 개인적인 체험은 뼈 빠지게 막노동하는 고행일 수도 있고, 아니면 말라르메처럼 아주 평범하고 편안한 생활일 수도 있어. 그러나 평범하고 편안하되, 그것에도 내연內燃, 곧 안에서 타오르는 불이 있을 거야. 혹은 외연과 내연을 다 하는 그런 기관도 있겠지. 하여간 연소하는 기능이 있어야 하는 거라고. 다른 식으로 말하자면, 나도 모르는 목소리로 내가 말하는, 무당으로 치면 동자무당쯤 되는 존재가 있겠지. 또 다른 비유로 얘기하자면, 가령, 어머니는 절대 아이를 만들 수 없어요. 임신 십 개월 동안 오늘은 발가락 하나 만들어야지, 내일은 또 뭘 만들어야지, 한다고 그게 되나? 절대 안 돼요. 어머니는 아이가 만들어지는 데 협조할 따름이야. 어머니는 아이를 낳을 수는 있어도 만들 수는 없는 거지. 예술도 그렇게 일종의 임신이고 출산인 거야.

십 년 만의 시집

자, 그럼 여기서 자연스럽게 내 시집 『아, 입이 없는 것들』로 옮아가면, 이번 시집에 임신 얘기가 참 많아. 써 놓고 보니 그렇더라고. 내가 십 년 동안 써서 나온 게 이건데, 임신 얘기를 이렇게 많이 하리라곤 나도 생각 못 했지. 내가 만약 의도적으로 임신 얘기를 그렇게 많이 하려 했으면 자기검열에 걸려 못 했을 거야. 근데 시집을 묶고 나서 보니까 처음부터 끝까지 여자들, 혹은 암컷들 얘기인 거라. 그럼, 왜 내가 이렇게 암컷들의 세계, 임신의 세계에 집착했느냐… 시집의 제1부 제목이 '물집'이에요. 물집은 한 대 얻어맞으면 튀어나오는 거죠? 근데, 이 물집이라는 것은 가만히 따져 보면 있는 것도 아니고 없는 것도 아니야. 부풀어 오른 것은 있는 것도 아니고 없는 것도 아니잖아. 형태는 있는데 비어 있는 거라고 볼 수 있잖아. 이게 '색즉시공'

에서 '공_空'의 원래 의미야. '공'을 산스크리트어로 '슈냐타'라고 하거든. '슈냐타'의 의미는 '열반'과 관계있어요. '열반'이라는 말은 산스크리트어로 '니르바나'라고 해요. '니르바나'는 원래 '촛불을 후 불어서 끄다'라는 의미를 갖고 있다고 해요. '열반에 들었습니다'라는 건 '천국에 들어갔습니다'라는 뜻이 아니야. '켜져 있던 불이 꺼졌다'라는 뜻인 거지. 지금은 '열반'이, 종교적인 때_垢 혹은 문화적인 때가 너무 많이 묻어 있어서, 그 참의미를 잘 모르고 있지만 말이야. 다시 '색즉시공'으로 돌아가면, '공'의 원래 뜻은 '물집'인 거야. 아, 근데 이 '물집'을 다시 가만히 생각해 보니까, 임신이기도 한 거야. 하아, 나 같은 '또라이'들은 원래 이런 식의 자유연상이 빠르거든. 자, 한번 보자고. 임신은 암컷들의 배가 부풀었다가 꺼지는 거잖아. 헛배 부르는 것도 같은 거라고. 암컷들의 배가 계속 부풀었다가 꺼졌다가 하는데, 그건 하나의 파도가 다음의 파도를 만들 듯 생명의 끊임없는 확대재생산을 뜻하는 거라고 볼 수도 있잖아요.

그 임신 중에서 특히 상징적인 임신이 두 가지 있는데, 하나는 '백치임신'이고 하나는 '가상임신'이에요. '백치임신'이 뭔지 알아요? 시골 촌동네 가면 항상 모자란 여자아이 하나씩 있게 마련이거든. 그럼 동네 놈팡이들이 이 여자애를 가만히 놔두나? 학교도 안 다니고 맨날 담배나 피우고 술 처마시고 하는 놈들이 그저 올라타는 거지. 아무것도 모르는 이 여자애는 배를 뚱그렇게 해서 동네를 헤매 다니고, 그게 백치임신이야. 거, 참 한심해보이죠. 하지만 내 생각에는 그게 우리 인생 자체에 대한 은유이지 싶어. 인생이란, 말하자면 내가 원하지 않은 세계를 사는 거라고. 그 세계는, 정신분석학적으로 말하자면 상징계가 되겠지. 이 상징계라는 건 매직아이와 같아. 원래 작은 점 몇 개인데, 한참 들여다보면 커다란 건물이 되기도 하고 용궁도 되는 게 매직아이잖아. 우리가 살고 있는 삶이란 일종의 매직아이 속의 세계인 거야. 그 세계가 가라앉으면 그저 점 몇 개일 뿐이지. 그런 매직아이의 세계를 생산하는 게 바로 임신인 거지. 가상임신은 또 뭐냐, 남자도 안 만났는데 막 입덧을 하고, 또 배가 땡그랗게 부풀어 오르는 거야. 사람이 그러는 건 덜 슬퍼. 정말 슬픈 건 뭔지 알아요? 바로, 개. 개가 동네 한 바퀴 돌다가 다른 개의 배가 부푼 걸 보고 나서는 가만히 있는데도 젖이 퐁퐁 솟아 나온다는 거야. 내가 그 얘기 듣고 얼마나 슬펐는지 몰라. 하, 이 살아 있는 것들이라는 게 다 그런 거야. 이렇게 백치임신과 가상임신, 그리고 그것들의 '임신'이라는 공통분모가 바로 '물집의 세계'인 거야.

이것을 내 시집 제목과 연결해 말하자면 이런 것들이 다 '입이 없는 것들'이거든. 이번 시집을 묶고 난 다음에 시를 쫙 봤더니, 사람이나 돌이나 산이나 물이나 꽃, 전부 그런 것들이야. 모두 다 제 불행을 말로 표현할 수 없는 운명을 타고난 거지. 단지 이 세상에 태어났기 때문에 불행할 수밖에 없는 거야. 애초에 존재 조건으로서 갖는 불행, 시인인 내가 바로 그런 불행들 앞에 서 있다는 느낌이 들었어요. 이번 시집에는 우리 아이들 애기도 나오고 내 아내 애기도 나와요. 가령, 우리 아이들이 밥 먹을 때 밥그릇하고 숟가락이 '탱탱' 부딪치는 소리가 나는데, 그게 군왕君王의 행차를 알리는 소리 같기도 하고, 나중에 내가 죽으면 땅 팔 때 곡괭이가 이런 소리를 내겠지 싶기도 해. 또 달이 밝은 밤에 깨어나서 달빛을 받고 잠든 아내를 보면, 그 달빛이 마치 거미줄 같아. 마치 아내가 거미줄에 걸린 나비처럼 보였어. 그럼 그때의 나는 나비를 씹어 먹는 거미가 되는 거겠지. 금붕어 얘기를 해 볼까. 우리 인간이랑 금붕어랑 같은 게, 금붕어도 대개 죽을 때는 숨을 곳을 찾아 들어가 죽어요. 자기 시체를 안 보이려는 거지. 근데 그 중에는 둥둥 뜨는 것들이 있어요. 하도 아파서 경황이 없었던 거야. 내 눈에는 그런 장면들이 '원장면原場面'으로 남아 있어. 우리 삶에는 여러 장면들이 있겠지만 항상 그것으로 소급되는 잊지 못할 장면이 있잖아요. 그런 원장면이 한 사람의 인생을 결정하는 거 아니겠어요? 그런 점에서 보면 이번 시집은 원장면의 여러 포인트들을 잡아내는 것이라 볼 수 있지. 밑바닥 생존 자체의 '악'이라 할까. 그것이 아까 얘기한 것처럼 물집이고 가상임신이고 백치임신인 거지. 상징계 속에, 혹은 매직아이 속에 존재하는 것들, 세상 모든 말 못 하는 존재들에 대한 얘기를 이번 시집을 통해서 한 거라고. 물론 내가 그것들에 대해 얘기한다고 해서, 어떤 마술이나 저주가 풀리는 건 아니겠지.

매직아이 또는 환화幻化

가끔 컴퓨터에 문제가 생겨서 그걸 끄려고 하는데, 도대체 무슨 수를 써도 안 꺼지는 때가 있어요. 이건 내 경험담이야. 컴퓨터를 종료시키려고 별짓을 다 했는데, 안 되니까 사람이 완전히 미칠 지경인 거야. 그래 컴퓨터 회사에 전화를 했더니 전원 코드를 뽑으래. 허허허. 자, 그럼 이걸 보르헤스가 한 충격적인 얘기랑 연결시켜 풀어 보자고. 허깨비 만드는 마술사에 관한 얘기인데, 이 마술사는 평생 허깨비만 만들었대. 인형극에 쓰이는 인형 같은 것을 만드는 거지. 원래 이 허깨비들은 만든 놈이 죽여 주기 전에는 절대 자살을 못 해. 그런데 이 친구가 수도 없이 많은 허깨비를 만들다가, 드디어 노인이 돼서 자기도 지쳐 버린 거야. 그래서 칼로 자기 배를 그었는데, 이상하게 죽지를 않는 거야. 그러니까 허깨비 만드는 그놈도 다른 누군가가 만든 허깨비였던 거야. 언어의 감옥이라는 것도 마찬가지야. 언어 자체가 상징계를 만드는 재료니까, 언어를 사용하는 한 언어의 감옥에서 빠져나올 수 없어. 거기서 나오려면 결국 생명이라는 전원 자체를 차단시켜야 하는 거지. 전원 안 뽑고 컴퓨터를 정지시키려고 아무리 'Ctrl+Alt+Del'를 눌러도 소용이 없어. 그러면 완전히 사람이 미쳐. 내가 십 년 동안 헤맸던 것이 그런 식이었어.

시인으로서 내가 일류라고 어떻게 생각할 수가 있겠어요. 시인으로서, 내가 존경하는 작가들 앞에서 도저히 그렇게 말할 수가 없지. 그 사람들이 어떻게 살았는지 내가 다 아는데, 그 앞에서 일류네 어쩌네 한다면 내가 문학을 할 이유 자체가 사라지는 거야. 도토리 키 재기 하듯 네가 상을 몇 개 받았느냐, 인터뷰는 몇 번이나 했느냐, 라는 식으로 말하는 경우는 있을지 몰라도.

예술은 양 칼날이에요. 아까도 이야기했지만, 자기를 희생한 만큼 성취하는 거라고. 남하고 비교해서 될 문제는 절대 아니지. 더군다나 자신이 얼마만큼 했다는 것을 아는 상황에서 거짓말을 어떻게 해요. 정말 나는 글을 쓰고 싶은 생각이 없었어요. 글쓰기 자체가 괴롭고 싫었어. 작년까지도 그렇게 생각했어요. 그래서 난 이류인 거야. 물론 내 안에도 좋은 부분이 있겠지. 근데 그걸 남하고 비교해서 이류냐 삼류냐 결정지을 문제는 아닌 거야. 글은 자기가 한 만큼, 꼭 자기 자신만큼 나오는 거니까. 그게 더 농밀해지려면, 결국은 자기를 벼랑으로 몰아붙이는 그 순간이 더 지독해야 하는 거고, 더 철저해야 하는 거지. 그런 점에서 단순히 마음 좋은 사람은 예술 못 해. 왜냐하면 남한테 마음 좋은 사람은 자기한테도 마음이 좋아서, 자기를 쉽게 용서하고 쉽게 받아들이지. 누이 좋고 매부 좋고, 좋은 게 좋다는 식이야. 예술가는 일어설 때도 무너질 때도 예술가다워야 해. 가령 어떤 뛰어난 시인이 시원찮을 때가 있다 하더라도, 우리는 그 나자빠지는 폼을 봐야 해. 나자빠지고 실패하더라도 예술가에게는 예술가다운 뭔가가 있어. 어떤 것은 잘 쓰는데, 어떤 건 영 아닐 수 있지. 대학교 수학 문제는 잘 풀면서 중학교 문제는 잘 못 풀 수도 있는 거잖아. 못 풀 수도 있지. 그러나 못 풀더라도 못 푸는 장면이 감동적이어야 하는 거야.

십 년 동안의 고독 혹은 고통

나는 지금도 글 쓰는 일을 즐거워하는 편이 아니야. 지금은 글이 올라와 주면 다행이고 안 올라오면 또 그만이고, 이런 식으로 개념이 바뀌었고, 시에 대해서 훨씬 더 편해진 거지. 편해졌다 해서 내가 시를 쉽게 생각한다는 건 아니야. 시를 대하는 태도 자체가 편해진 것이지. 아무 제목이나 주어지면 나는 글을 쓸 수 있다, 그리고 쓴다, 그렇게 씌어진 글의 결과는 보잘것없을 수도 있다, 이렇게 생각을 하는 거야. 열 편을 쓰면 그 중에 하나 정도는 괜찮은 게 올라와. 그러면 내가 괜찮은 것 열 편 쓰려면 백 편을 써야 한다는 계산이 나오지. 예전에는 내 몸을 막 괴롭혀서 비등점에 이르지 못하면 난 시 쓸 자격이 없다고 생각했어. 그러나 지금은 그렇게 생각 안 해. 쓰다 보니까, 이렇게 하든 저렇게 하든 글은 내 글이더라는 생각을 하게 된 거지. 그러니까 이제 아름다움이나 진실에 대한 접근 자체가 바뀌게 된 거지. 미켈란젤로나 로댕 같은 사람이 조각을 할 때, 그 자신들은 돌을 깎는다고 생각하지 않고 돌 속에 있는 사람들을 구출한다고 생각했어. 그런데 나는 그렇게 생각 안 하기로 했어요. 여기 이 돌을 보면 분명히 아름답잖아요. 그런데 이건 내가 유원지에서 주워 온 거에 불과한 거야. 유원지에서 내가 줍기 전까지는 그냥 보통 돌이었다고. 난 이제 초월적인 의미나 아름다움이나 진실이 분명한 윤곽을 갖고 아프리오리a priori한 상태로 존재한다는 생각을 더 이상 하지 않아.

예전에는 정반대였지. 내가 문학을 하는 근본적인 이유가 '인간은 왜 살아야 되는가'를 밝히는 데 있다고 생각했어. 그때는 도스토옙스키나 니체를 좋아했지. 물론 지금도 그와 같은 고민은 많아요. 인간은 왜 살아야 되고, 어떻게 살아야 되고, 세상의 의미가 뭔지. 그런 게 계속적인 내 질문이었거든. 한국문학을 내가 우습게 생각했던 건 한국문학에는 그런 질문이 없다는 점이야. 가령, 김소월이 「진달래꽃」에서 "나 보기가 역겨워 가실 때에는" 어쩌고 하는 게 도무지 이해가 안 갔지. 또는 「마담 보바리」가 대체 왜 세계문학사에서 위대한 작품으로 꼽히는지도 이해할 수가 없었어. 그냥 바람난 여자 얘기일 뿐이잖아. 그게 '인간은 왜 사는가'라는 물음에 어떤 답을 주는지 이해할 수가 없었던 거야. 내 코드에서는 읽히지가 않았던 거지. 그런데 내가 지금 와서는 반대 얘길 하지. 우리는 모두 인간이기 때문에 불행하다, 존재하기 때문에 불행하다, 라는 게 지금의 내 생각이야. 왜 불행하냐는 것에 대한 답은 있을 수 없고, 불행하지 않으려면 어떻게 해야 하는가에 대한 답도 없어. 다만 불행하기 때문에 불행하다고 얘기할 수밖에 없는 거지. 또 내가 불행하다고 얘기한다고 해서 불행이 그치거나 달라지는 것도 아니다, 라는 생각에 도달한 거야. 거의 즉물적이고 유물론적인 세계에 도달하지 않았나 싶어.

"왜 시인들은 나이 들어 감에 따라 시적 패기가 사라지는가?"

그것은 프로 바둑과 아마 바둑의 차이라고 얘기할 수 있지. 프로 바둑은 힘이 없는 대신에 효율이 높지. 아마 바둑은 힘이 넘치는 대신에 실수도 많고 좌충우돌하기도 하고. 그런데, 본래 예술은 아마 바둑이 아닌가 싶어. 그렇기 때문에 내가 이렇다 저렇다 항변할 수는 없지. 그러나 스스로 변명을 하자면, 첫 시집이든 다섯번째 시집이든, 나에게 있어서 시라는 것은 일정 기간 동안의 내 느낌을 모은 게 아니야. 내 시는 어떤 기간 동안 내가 골머리 앓던 문제에 대한 모색들로 씌어진 거라는 말이지. 특정 시기에 삶을 바라보는 내 관점들이 집약된 거라고. 나 같은 경우는 싫증을 빨리 내는 편이야. 그것이 내 한계이지. 화전민들 보면 불 질러서 밭 갈아 먹고 일정 기간 지나면 떠나잖아요. 난 늘 그런 식으로 해 왔거든. 처음에는 아버지 얘기했다가, 두번째는 어머니 얘기하고, 세번째는 '당신' 얘기했다가, 네번째는 남편과 아버지로서의 나에 대해서, 그리고 이번에 다섯번째는 '입이 없는 것들'에 대해서 쓰고 있지. 그러다 보니 신체적인 연령하고 정신적인 연령이 같이 나가더란 말이지.

1970년대에는 내가 결혼을 안 했었거든. 아들로서 아버지에 대해 할 수 있는 얘기를 시로 썼던 거지. 두번째 시집 낼 때는 그 연장선상에서 어머니 얘기를 할 수 있었고, 세번째에는 의도적으로 '당신'이라고 표현하면서 연애 시집을 냈지. 네번째에는 나 스스로 아버지로서 혹은 남편으로서 얘기를 썼다면, 이번에는 앞의 네 개가 다 있어. 그러니까 앞의 시집들이 사분의 일씩 있는 것 같아. 물론 색깔이나 분위기는 다 다르지. 가족 얘기도 있고, 연애나 이별 얘기도 나오고, 폭력적인 것에 대한 거부의 외침도 있지. 그러나 그 핵심은 존재하는 모든 불행한 것들에 대한 간절한 연민이랄까. 물론 초점을 어디에다 맞추겠다고 계획했던 것은 아니야. 그냥 그 나이가 되니까 그렇게 되더라고. 아마 다음번에 시집을 낸다고 하면 또 다른 관심이나 관점들이 보이겠지. 강을 타고 내려가다 보면 중간에는 폭포도 있고 급한 격류도 만날 수 있겠지만, 끝에 가서는 밋밋하게, 흐르는지 아닌지도 알 수 없는 어떤 단계에 이르게 되잖아. 이번 시집에 보면 '눈雪'에 대한 얘기가 많이 나와요. 내가 옛날에도 그런 시를 썼을까 생각하면, 모르긴 몰라도 아닐 것 같아. 지금은 인간으로서는 도달할 수 없는 것에 대한 절망감 같은 것들이 담담하게 처리되어 있는 편이지. 결론적으로 나는 그런 점에서 작가라고 생각해요. 시인은 작가로서의 시인도 있고 예술가로서의 시인도 있지. 그런 구별 속에서라면 나는 작가라고 생각해요. 작가라는 존재는 삶에 대한 문제의식을 가지고 그 해답을 모색하는 과정을 보여 주잖아. 예술가로서의 시인은 자기 삶을 몰아가서 한순간에 점화시키는 사람일 테지.

시가 읽히지 않는 시대

내 시를 좋아해 주는 사람들이 있지. 아주 열정적으로 좋아하는 사람들도 있다는 걸 알아요. 그러나 그건 실제의 나하고는 관계없는 부분이지. 누군가를 사랑한다는 것은 자기 내면의 존재와 대화하는 것일 뿐이야. 그런 부분을 내가 책임질 수는 없는 거지. 물론 기분이 좋기야 하지만. 또 어떤 사람들은 날 싫어할 수도 있어. 옛날에는 그래도 시가 좋았는데 저렇게까지 나빠지나, 하면서 욕하는 사람들도 있을 거라고. 그럴 때 나는 저울을 생각해. 몸무게 다는 저울은 0의 자리에 있다가 한 사람이 올라가면 60을 가리켰다가 그 사람이 내려오면 금세 0으로 돌아가거든. 내려왔는데도 저울의 침이 60에 머물러 있으면 안 되는 거야.

시라는 장르 자체가 추락하는 추세지만 시적인 것은 다른 데서 묻어나잖아. 섹스에 묻어날 수도 있고, 귀 후비는 데 묻어날 수도 있고…. 현대는 추한 시대라고 하지만, 여자가 장 보거나 머리 만지는 것도 다 미적인 것이야. '미'가 안 나타날 수가 없지. 충동이 있고 환상이 있는 자리에는 항상 '미'가 있기 마련인 거라고. '미'란 그것을 만드는 사람과 바라보는 사람의 박자가 일치할 때 나타났다가 그 요건들이 헤어지면 다시 무로 돌아가는 것이지. 어떤 사람들은 아예 단정적으로 시가 없어질 거라고 해. 없어진다면 없어지라지. 없어질 만하니까 없어지는 거지. 그것이 필요하다면 다른 데서 가지고 가. 다른 장르에서 가지고 갈 거란 말이지. 그것이 꼭 언어에 남아 있어야 한다는 보장은 없어. 삶이 있는 곳 어디에나 시적인 것은 나타날 테니까. 인간의 본능인 성적인 에너지가 있는 자리에는 항상 표상, 이미지, 환상이 있어. 그런 것들이 날뛰는 자리에는 종양이 생겨. 종양이 다 문제인 건 아냐. 악성종양이 문제지. 대장균을 봐. 그게 없으면 안 되지만, 그게 또 기준치를 초과하면 배탈이 나고 설사를 하게 되는 거라고. 마찬가지로 환상이 없으면 세상이 굴러갈 수가 없지. 환상은 필수적인 거고, 그 환상에는 악성 환상과 양성 환상이 있어. 배금주의나 출세주의 같은 것들이 악성 환상이라면, 예술이나 사랑 같은 건 양성 환상이겠지. 그건 인간을 살아가게 만드는 최소한의 어떤 것이야.

"자신의 콤플렉스와 싸우는 불행한 모습이 문학이다?"

우리 어릴 때는 누구나 다 힘들었잖아요. 내 어릴 때 우리 어머니가 시장 바닥에 버려진 배추를 주워 와 김장했던 것, 십 원짜리 삼립 빵이 처음 나왔을 때 그걸 언제든지 나만 사 주고 우리 여동생은 안 줘서 원한이 맺혔다든지, 뭐 그런 것들. 그런 체험이야 그 당시 누구나 겪었으니까. 가난하긴 했지만 다른 사람들보다 특별히 더 가난했던 건 아니지. 하, 콤플렉스라…? 그걸 가지고 콤플렉스라고 할 수 있으려나? 부러움이나 시샘 같은 건 누구한테나 있지. 남이 가진 만큼 못 가지면 심정이 안 좋잖아. 예를 들면 나보다 글 잘 쓰는 사람 있으면 짜증나고, 나보다 좋은 대학 교수 된 사람 보면 배 아프고…. 내가 이렇게 쥐어짜야 콤플렉스가 나오는 걸 보면, 콤플렉스가 없는 거 아니겠어? 우리 집사람이 나 보고 '콤플렉스 없는 사람이다'라고 얘기한 적도 있어.

눈치 챘는지 모르겠지만 내가 무리를 안 하는 편이에요. 가령, 안 되는 걸 억지로 우긴다든지, 속으로 사랑하는데 겉으로 미워한다든지 하는 억지를 부리지 않아. 그렇게 무리를 안 하는 걸 보면 한편으로는 약았다는 얘기도 될 수 있겠지. 쓸데없는 싸움을 안 하려고 하니까. 그리고 사람을 많이 사귀다 보면 사고가 많기 때문에, 그저 한두 사람 창구를 만들어 놓는 편이지. 나는 문단 모임이나 이런 데에는 잘 안 나가거든. 내가 명예를 싫어하는 게 아니라, 명예욕을 직접 해결해야 하는 장소를 피하고, 언제든지 다른 매개를 통해서 그걸 얻는 거지. 말하자면 직사광선을 피하는 것이지, 절대로 명예를 싫어하는 게 아니라고.

개인적으로 내가 불행하다고 생각하는 것은 불행에 대한 가상인식이었는지 몰라. 실제로 내가 불행해서 불행하다고 생각한 게 아니라, 상상임신 같은 요소가 많았다는 거지. 그런 게 말하자면 내 콤플렉스라는 생각이 들어요. 빈궁하거나 고통스러운 바닥 체험이 없었다는 게 나에게는 하나의 자괴감이야. '바닥을 친다'는 말이 있잖아요. 바닥을 치면 올라갈 수밖에 없어. 그러나 바닥을 치기 전까지는 계속 내려가야 하는 거지. 문학도 그래. 그 바닥은 이십 미터도 될 수 있고 삼십 미터도 될 수 있을 거야. 사람마다 견디는 능력이 다르기 때문이지. 문학이 다른 사람의 기쁨과 구원이 된다면, 작가가 자기 생의 바닥으로 내려가 바닥을 치고 올라와야 해. 나 스스로 이류라고 생각하는 이유도 그런 바닥 체험이 없기 때문일 거야. 물론 직접체험이 가상체험보다 늘 뛰어나다고 말할 수는 없지. 문학에는 랭보 같은 패륜아뿐만 아니라, 엘리엇 같은 모범생도 있는 법이니까.

흑색 신비의 풍경

김행숙 시인

그를 만난 방의 이름은 수미재守微齋였다. 시인 이성복을 '그'라고 쓰면서 나는 또 카프카를 생각한다. 카프카는 '나'라는 말을 '그'라는 말로 바꿀 수 있었던 그 순간부터, 놀라움과 기쁨을 동시에 느끼며 문학에 몰입하는 스스로를 발견할 수 있었다고 한다. '그'라는 이 비인칭의 누군가란 바깥 세계, 개인적인 관계의 모든 가능성을 예고하고 앞지르며 또 용해시켜 버리는 바깥 세계와 같다고 썼던 이는 모리스 블랑쇼였다. '나'와 '너'의 일부가 섞여 있으므로 '우리'라고도 부를 수 있을 드넓은 '그'를 이성복의 표현으로 한다면 '옆'이라고 할 수 있으리라.

"한없이 좁히면 '나'라고 부를 수 있는 게 아무것도 없어요. '나'는 옆으로 끝없이 펼쳐져 있고 이어져 있는 것이지요."

'옆'은 나의 변신과 확장의 계기이면서 더불어 우리가 속해 있는 비근한 풍경이다. '나'라고 생각해 온 높고 좁은 울타리가 무너지고 자빠질 때에 나는 그를 만날 수 있을 것이다.

그가 근자에 마련했다는 사무실로 들어가는 문에는 카프카의

흑백사진과 '守微齋'라는 문패가 붙어 있었다. 수미재, 작은 것
(천한 것, 희미한 것, 쇠잔한 것, 미묘한 것, 은밀한 것, 숨은 것,
없는 것)을 보살피는 집에서 나는 그를 만났다. 그는 그곳에서
책도 읽고 글도 쓰고 학생들과 수업도 한다고 했다. 온통 하얀
방이었다. 뒤돌아서서 내가 닫은 문을 쓰다듬듯이 보니, 거기에
는 '切問近思절문근사'라 씌어 있었다. 절실하게 묻고 비근하게 생
각하라고 했다. 문고리쯤에 붙여진 '당겨요'라는 말도 '절문근
사'와 호응이 되면 메타포가 되었다.

흰 벽, 흰 블라인드가 내려져 있는 창, 흰색 커버가 씌워져 있
는 의자들, 마치 병원에라도 온 것 같았다. 그리고 그는 흰 칼라
를 살짝 내보이는 검정 스웨터에 검은색 양복을 입고 있었다.
영혼의 의사로 불리는 사제처럼 말이다.

그러고 보니, 나는 어젯밤 그를 만날 마음의 준비를 하면서
느닷없이 카프카의 「시골의사」를 다시 읽었다. 여섯 권의 시집
『뒹구는 돌은 언제 잠 깨는가』(1980), 『남해 금산』(1986), 『그
여름의 끝』(1990), 『호랑가시나무의 기억』(1993), 『아, 입이
없는 것들』(2003), 『달의 이마에는 물결무늬 자국』(2003)과,
그리고 얼마 전에 그가 펴낸 사진에세이 『오름 오르다』는 이미
가방 속에다 챙겨 놓은 후였다. 그런 후에 왜 나는 카프카의 많
은 작품들 중에서도 「시골의사」를 펼쳤던 것일까.

"그 시골의사는 상처 앞에서 쩔쩔매고 있지요. 누구도 그 의
사 선생을 그다지 믿지 않지만, 그는 온갖 더러운 병실들을 두
루 돌면서 상처를 봐야 해요. 그는 상처를 들추었을 뿐, 사실 그

는 환자의 처지보다 나을 게 없어요. 그렇지만 사람들은 종을 울리고, 그는 어떻게든 달려가야 하지요. 그게 그의 윤리일 것입니다. '시골의사'는 글쓰기에 대한 메타포가 될 수 있겠군요. 보들레르는 세상을 '거대한 병원'이라고 했고, 몰리에르는 작가란 존재를 '상상병 환자'로 말했고…."

그리고 그는 장 크리스토프에 대해 말했다. 그 이름 'christo+phe'에 새겨져 있는 대로, 장 크리스토프는 그리스도를 옮겨 주는 일을 하였던 존재들에 대한 메타포였다. 성모 마리아가 크리스토프이며, 십자가가 크리스토프라고 그는 말했다. 성모 마리아는 아기 예수를 안고 있었지만, 그러나 십자가란 예수가 피를 흘리면서 져야 했던 우리들의 '죄'가 아닌가. 그런데 그는 십자가가 예수를 옮겨 주었다고 말하고 있었다. 내가 십자가를 지는 것이 아니라 십자가가 나를 지는 것이라는 말이었다. 그 순간, 나는 그의 젊은 날의 시 한 편을 떠올리고 있었다. 「어째서 이런 일이 벌어졌을까」에서, 이를테면 다음과 같은 구절,

내가 나를 구할 수 있을까
詩가 詩를 구할 수 있을까
왼손이 왼손을 부러뜨릴 수 있을까

그리고 그는 이 시에서 "언젠가, 언젠가 나는 '부패에 대한 연구'를 완성 못 하리라"고 썼다. 그는 쇼펜하우어의 『의지와 표상으로서의 세계』를 빌려, 지난날 자신의 문학적 삶은 의지로서의 야심과 표상으로서의 문학이 합쳐진 혼곤이었노라고 고백했

지만, 그가 '부패에 대한 연구'를 완성할 수 없는 동안, '완성'이라는 야심에 끝내 속지 않는 동안 '부패에 대한 연구'가 그를 옮겨 갔을 것이다. 부패에 대한 연구, 치욕에 대한 연구, 입이 없는 것들에 대한 연구가 그를 '옆'으로 퍼지게 했을 것이다. 그는 그렇게 여전히 움직이는 중이었다.

미시적인 리얼리즘에서 풍요로운 환상과 매혹적인 상징을 피워 올렸듯이, 이제 그의 유물론은 종교적이기도 했다. '옆'에 대해 말하면서 그는 불교적인 사유법을 내비쳤고, 마음의 저울을 '제로 포인트'에 맞추는 데 도움을 준다는 위빠싸나적 사고를 말하면서 그것이 반反위빠싸나적 사고와 맞물려 있어야 한다고도 말했다. 은유는 계속적으로 쇄신되어야 하는 것이라고 했던 말도 여기에 적어 두자.

그는 십 년 만에 세상에 내놓은 시집 『아, 입이 없는 것들』을 떠받치는 네 개의 기둥을 생生·사死·성性·식食이라고 했다.

"인간의 환상을 부수는 데 좋은 무기가 돼 주는 게 인류학과 생물학이라고 생각돼요."

그가 덧붙인 말이었다.

오늘날 우리들도 당연히 인류학과 생물학의 대상이 되는 몸으로 살고 있지만, 그의 말대로 우리는 그 몸을 우리에게서 멀찍이 떼어 놓은 듯이 스스로를 속이고 있으므로, 인류의 원시생활사와 생물들의 기기묘묘한 짝짓기는 고상한 인간이라는 환상과 인간 중심의 휴머니즘에 흠집을 내 줄 것이다. "어떤 수컷은 일 끝나면 제 성기를 부러뜨려 코르크 마개처럼 입구를 막아버린다. 다른 수컷들과 교미하는 것을 원천봉쇄하는 것이다. 어떤 수컷은 국자처럼 생긴 그것으로, 다른 수컷들이 쏟아놓은 즙액을 퍼내고 제 볼일을 본다. 사람의 남성이 그렇게 생겼다는 설도 있다.”(「K와 프리이다의 첫번째 性」『달의 이마에는 물결무늬 자국』) 그렇지만 오늘날 어떤 이들에게는 사이보그의 매끄러운 몸이 더 가깝게 생각될 것이다. 우리는 생물학적인 진화의 환상조차 넘어서서 과학사적인 진화를 꿈꾸면서 한껏 오만해져 있지만, 생生·사死·성性·식食이라는 네 개의 기둥에 매인 생물체의 운명을 완전히 숨길 수도, 그렇다고 또 지워 버릴 수도 없다.

당신의 몸집보다 두 배는 굵은 개가
당신이 앉는 붉은 의자에 죽치고 있을 때
당신은 개를 불러 내려오게 할 수도 있으리라
하지만 당신은 그럴 생각이 없다
퍼질러 앉아 휴식을 취하는
개에 대한 예의에서가 아니다

그것은 개가,
당신 앞에 웅크리고 있는 개가
당신의 일부이기 때문이다
어느 날 오후 구름이 브래지어 끈처럼
내걸린 창가에서, 이해할 수 없는 푸른 하늘 앞에
당신의 일부가 저렇게 버티고 있는 것을
당신이 눈치챘기 때문이다

—「문득 그런 모습이 있다」 부분, 『아, 입이 없는 것들』에서.

이런 구절 앞에서 우리는 참담한가. 더욱 참담해지라.

삶이란 본래
시골 마을 질 나쁜 녀석들이
백치 여자 아이를 건드려
애 배게 하는 것이라고 생각도 하지만

찔레꽃을 따먹다 엉겁결에 당한
백치 여자 아이는
눈부신 돛배처럼 내 앞에서 놀고 있다

—「찔레꽃을 따먹다 엉겁결에 당한」 부분, 『아, 입이 없는 것들』에서.

어쩌랴, '물집'처럼, '오름'처럼 백치 여자 아이의 배가 부풀고 있다. 그는 '백치임신'이라는 은유를 발견했고, 또한 우리들의 욕망으로 부푸는 '상상임신'에 대해 절실하게 묻고 비근하게 생각했다.

그는 스스로를 어떤 신비주의에도 기댈 수 없는 불신자라고 말했지만, 불신자의 감각으로 수많은 신비를 포착해낸다. 그의 표현으로 한다면, 이 세상은 '흑색 신비'가 흩뿌려져 있는 곳이다. '정든 유곽'이 그러했고, '백치임신'으로 태어나는 것들과 '상상임신'으로 태어나지 않는 것들이 그 '흑색 신비'에 속할 것이다. 또한 "눈 먼 외디푸스를 끌고 가는 효녀 안티고네"(「무엇을 말하고 싶었는지 모른다」『달의 이마에는 물결무늬 자국』)
가 그곳으로 발걸음을 옮기고 있을 것이다. '흑색 신비'를 탐색
하는 그는 '신 없는 종교'의 사제였다.

모든 게 神秘였다 길에서 오줌 누는 여자아이와
곱추 남자와 電子時計 모든 게 神秘였다 채찍 맞은
말이 길게 울었다 모든 게 神秘였다 사람이 사람을
괴롭히고, 그러나 죽지 않을 만큼 짓이겼다
모든 게 神秘였다 사랑의 힘 죽음의 힘 죽은 꽃의 힘
모든 게 神秘였다
삼백 육십 오일 駱駝는 타박거렸다
얼마나 멀리 가야 하나 얼마나 가까이 있어야 하는가

—「口話」 부분, 『뒹구는 돌은 언제 잠 깨는가』에서.

"미학과 윤리학은 통해야 해요."

그는 이 말을 여러 번 했다. 그리고, 최선을 다해야 한다, 라
는 말도. 만상萬象이 공空으로 가는 길에 윤리학이 있고, 공空이
묘유妙有로 통하는 길에 미학이 있다는 말을 하면서, 그는 시라
는 울타리 내에 스스로를 가두고 싶지 않다고 했다. 나는 그를
통해 우리 시가 더 넓어지기를 바랐다.

작가 이성복에게 문학은 이렇게 존재했다. 대산문학상 수상
식장에서 들었던 말을 나는 다시 들을 수 있었다.

"문학이란 것은, 우리가 그것을 말하지 않고서는 나머지 모든

것이 허위가 되는 어떤 것, 혹은 그것을 말함으로써 그 나머지 모든 것들이 추문이 되고 스캔들이 되는 어떤 것입니다. 그러므로 그것을 말한다는 것은 매우 창피하기도 하고 때로는 불온하게 보이기도 하고 유치해 보이기도 합니다. 그렇지만 문학은 그렇게 더럽고 어둡고 추한 자리에만 있는 것은 아닙니다. 그것을 말함으로써 우리 모두가 인간이라는 사실이 자랑스럽고 우리가 여기에 살아 있다는 것을 뜨겁게 생각할 수 있습니다. 그것은 우리 한 사람 한 사람을 이놈 저놈에서 이분 저분으로 끌어올려 줍니다. 마지막으로 문학은, 등을 긁을 때 오른손으로도 왼손으로도 닿지 않고, 위로 긁는데도 아래로 긁는데도 닿지 않는 어떤 공간이 있는 것과 같이, 도저히 침투할 수 없는, 말할 수 없는, 따질 수 없는 어떤 공간에 대한 증명이고 그리움입니다."

겨울 오후는 짧았다. 문득, 나는 전에 그가 집필실로 이용했다는 뜨락이 있는 한옥집에 대해 물었다. 그는 잔잔하게 웃으며 말했다.

"이곳으로 옮겨 왔어요. 겁이 나서요. 비 오는 밤은 더 그랬지요. 나는 겁이 많은 사람이랍니다."

그 순간, 내가 언젠가 "겁쟁이들을 사랑한다"고 썼던 적이 있다는 걸 떠올렸다. 겁을 내지 않는 사람들이야말로 무서운 존재가 아닌가. 이 세상이 겁을 내지 않는 사람들로만 이루어졌다면, 정말이지 "모두 병들었는데 아무도 아프지 않"을 것이다.(「그날」『뒹구는 돌은 언제 잠 깨는가』)

그와 대화를 나누는 동안, 차는 식어 있었다. 나는 그동안 그
가 끓여 준 차 한 잔이 놓여 있었다는 것도 잊고 있었던 것이다.
그리고 테이블에는 조그만 돌 두 개가 놓여 있었다. 내 눈빛이
드디어 두 개의 돌에 닿았는데, 그는 그 무늬들에 대해 이야기
했다. 그 돌로부터 여자 이야기가 나오고, 아이 이야기가 나오
고… 구름 이야기가 흘러가고 있었다. 입이 없는 것들의 입술을
언뜻 본 것도 같았다.

한 여자 돌 속에 묻혀 있었네
그 여자 사랑에 나도 돌 속에 들어갔네
어느 여름 비 많이 오고
그 여자 울면서 돌 속에서 떠나갔네
떠나가는 그 여자 해와 달이 끌어주었네
남해 금산 푸른 하늘가에 나 혼자 있네
남해 금산 푸른 바닷물 속에 나 혼자 잠기네

—「남해 금산」

튀어나온 내장으로 환幻을 읽다

김양헌 문학평론가

"… 그러니까 그거 옛날에 나온 건데, 기억도 잘 안 나요. 원고 달라고 해서 주었지, 아는 사람들이긴 한데 친분이 있거나 그런 건 아니었고. 『남해 금산』이 나오고 연애시 쓰기 시작할 땐데, 뭐 '프로이드식…'하고는 영 안 맞지요. 나중에 책을 보니까 그렇더라고…."

'대담'은 처음부터 삐딱하게 나갔다. 약속한 날이 다가와도 밀린 원고에 쫓겨 기본 자료조차 챙기지 못한 탓이 컸다. 엉뚱하게도 내가 들고 간 것은 이성복, 이윤택, 김수경, 장정일 사인四人 공동시집 『프로이드식 치료를 받는 여교사』. 1988년 열음시선 12번으로 나온 책은 이미 속지가 누렇게 바래 있었다. 이성복 시인은 새삼스럽다는 듯 힐끔 시집을 쳐다보고는 사진을 찍느라 어수선해진 분위기가 가라앉기를 기다렸다. 출입구에 붙여 놓은 카프카의 흑백사진이 그의 눈동자를 얼핏 스쳐 갔다.

나로서는 이윤택, 김수경, 장정일과 어떤 인연으로 만났는지 자못 궁금하기도 했지만, 형식 해체를 동반하는 다른 분들과 함께할 수 있었던 어떤 비밀이 있는지 알고 싶었던 것이다. 그는 이 책에 실린 작품들을 '연애시'라고 간명하게 규정했으나, 단순히 "당신을 닮은 그리움"(「비단길 1」)만 노래한 것은 아니었다. "짐승의 눈알처럼 빛나는 죽음"(「노래 1」)을 사랑의 역설과 겹쳐 놓으면서 존재의 의미를 묻는 예사롭지 않은 작업이었다. 어쨌거나 내 질문은 예측을 빗나갔고, 나는 시집을 거두며 말머리를 '수미재'로 돌려야 했다.

수미재는 소박했다. 김행숙 시인이 쓴 「흑색 신비의 풍경」을 읽고, 나는 수미재가 예쁘장한 전서체篆書體 현판이라도 내건 고풍스런 곳이겠거니 지레짐작하였다. 한 뼘 크기로 컴퓨터에서 뽑은 '守微齋'라는 현판(?)은 보일락 말락 출입문에 붙어 있었다. 수미守微는 마음에 있지 외물外物에 있는 게 아니다? 말 그대로 '사무실'인 수미재에는 서책 몇 권과 책상, 다탁茶卓 하나와 의자 대여섯 개가 전부. 작은 미장원이나 구멍가게를 털어내고 싱크대만 넣으면 똑같은 모양이 되는 공간, 어디에나 있는 상가 하나를 빌린 곳이었다. 그것도 '전망 좋은'이라는 말과는 거리가 면, 낮은 골목길 일층.

물론, 예민한 감성을 지닌 시인이라고 꼭 특별한 방이 필요한 건 아니다. 뛰어난 안목이 독특한 대상을 찾아내기도 하지만, 감성은 근본적으로 몸 바깥이 아니라 몸 안에 있는 것. 그러니 사무실이 어떠하든 무슨 상관이 있으랴. '수미재'라는 글자는 다만 "입이 없는" 사무실을 위해 붙여 둔 안쓰러운 마음의 흔적, 자신이 존재하는 공간에 대한 최소한의 예의라고나 할까. 그러나, '수미'의 뜻을 꼼꼼히 따져 보면, 그것은 어쩌면 현실에서 한 걸음쯤 비켜나 멋스러움이나 고고함을 뽐내려는 헛된 욕망을 죄다 토해내기 위한 입인지도 모른다. 그는 편하게 말했다.

"아파트가 바로 요 옆에 있어요. 편해요."

편함은 어디에서 오는 걸까. 편함이란 미세 신경 하나하나에 자연스러움이 푹 배어든 상태가 아닐까. '집이 바로 옆이니 신경 쓸 일이 없다'는 말에는 수만, 수억 개의 신경세포가 겹쳐 있다. 한 올만 흐트러져도 대번에 불편한 통증을 감지하겠지만, 그렇게 되기 전까지는 그딴 걸 따지지 않는다. 편안함을 누리자면 뉴런이 몇 개쯤 안정 상태에 있어야 하는지 알 사람도 없다. 시 또한 그렇지 아니한가. 말이 자연스럽게 흘러가는 길을 시인은 직관으로 포착한다. 그의 말처럼 '금해 남산'이나 '금산 남해'였으면 시가 되지 않았을 「남해 금산」처럼.

"그거 당연하죠. 그런 것까지 다 따지면 아무것도 못해요. '남해 금산'의 자모 배치와 울림을 분석하여 산문으로 쓴 것은 시가 나온 다음에 한 일이지요. 저, 그런 이야기가 있더라구. 계단 내려갈 때 거의 반사적으로 다리가 나가는데, 만약 내려가는 걸 의식하면 오히려 계단에서 구른다고…. 그처럼 반사신경이 작용할 때는 머리까지 다 안 올라가고 척추에서 처리한다고. 시의 언어나 감각들은 거의 척추 수준에서 움직이지. 그래야 더 확실하고 빠르고 자연스럽지요."

슬슬 얘기가 무르익는 참인데, 해 떨어지기 전에 바깥 사진을 찍어야 한다며 함께 온 시인들이 그를 불러낸다. 황사가 살풋

끼었지만 맑은 저녁 나절이었다. 마지막 햇살을 아껴 사진을 찍는 데 생각보다 시간이 많이 들었다. 별 풍광도 없는 골목에서 비쩍 마른 나무 한 그루와 허물어질 듯한 공터를 배경으로 어떤 사진이 찍혔을까. "육체가 없었으면 없었을 구멍"(「육체가 없었으면, 없었을」) 하나가 배경으로 찍혔는지도 모른다. 시인이 생활하는 저잣거리의 모습, 육신의 비애가 물컹거리며 흘러나오는 구멍, 그것이 없으면 사진이, 시가 어디에서 나오겠는가.

"존재한다는 그 이유만으로 속수무책 시달리고 끄달리는 것들"(「이인성 선생에게」『문학과사회』, 2003년 가을호)의 죽살이가 바로 시의 질료요, 『아, 입이 없는 것들』과 『달의 이마에는 물결무늬 자국』을 배태한 임부姙婦인 것. "살아가는 징역의 슬픔으로 / 가득한 것들"(「아, 입이 없는 것들」), 겨우 존재하는 것들의 근친상간. 태어나지 않았으면 좋았을 것을, "수박 껍데기처럼 갈라터지던 / 임신한 여인의 배"(「얼마나 다른 밤인가」)를 기어이 찢고 나와서는 "제 굶주림과 性과 광기를 / 제 힘으로 못 이겨 헐떡거리는"(「경련하는 짐승의 목덜미를」) 빚쟁이처럼 예상도 못 한 때 찾아오는 죽음의 그림자와 맞닥뜨리는 것.

이러해도 시가 즐거울까. 편할까. 그가 십 년 가까이 시를 쓰지 않은, 아니 발표하지 않은 내밀한 까닭이 여기 어디쯤 숨어 있는 건 아닐까. 질문은 또 빗나간다.

"안 쓰다가 다시 쓰는 건 아니에요. 그동안 메모는 했지만, 발표하거나 그러는 게 좀 부자연스럽고, 뭐라고 할까, 내키지 않았던 거지. 지금도 그렇지만 나는 시하고는 늘 불화하는 상태에 있었어요. 아니 불화라기보다 애초에 시하고 화해했던, 좋은 생활, 좋은 살림을 해 본 기억이 별로 없어요."

시와 불화한 시인. 시와 한 살림 차렸지만, 시라는 틀에서 벗어나고파 하는 시인. 격렬한 이미지와 간명한 직설, 그로테스크한 초현실적 장면과 자잘한 일상사가 뒤섞여 있는 시집. 산문도 아니고 시도 아닌 듯한 글들. 그러면 시라는 게 도대체 뭐란 말인가.

"한마디로 말하기는 힘들겠지만, 시에 관한 내 태도나 관심이 일반적으로 시라고 하는 것과 조금 다르지 않나 생각을 해요. 처음부터 시를 일기 비슷한 걸로 시작했고 그런 느낌이 들도록 썼어요. 말하자면 비 온 뒤에 지나간 발자국 같은 그런 형식으로 말이지요. 그 때문에 내 시가 잘 읽히지 않는 게 아닌가 하는 생각도 들어요. 그 때문에 내 시가 남한테 도움이 되거나 위안이 되거나, 혹은 일종의 창문이 되거나 그런 것은 부차적이지. 나한테도 시는 매끄럽지 않을뿐더러, 하물며 그렇게 쓰는 시가 남들한테 매끄러울 수 없지요. 나를 불편하게 만드는 거, 그럼으로써 동시에 남을 불편하게 하는 거. 불편한 것 외에는 다른 진실이 없다고 할 때는 계속해서 불편하게 만들어야 해. 나는 하여튼 다른 사람들을 굳이 이해시키려 하는 그런 의도나 그런 배려를 포기한다는 점에서 무책임하다고 할 수도 있지요."

무책임? 새로운 방향?

"생각이 갇혀 있는 생각이나 정해진 틀에 대한 거부감 때문일지 몰라요. 거 왜, 라즈니시가 말했나요? 네가 가려고 하는 길이 이미 알고 있는 길 같으면 다리를 분질러 버리라고. 그 다리가 양쪽 사이에 놓인 다리인지 사람 다리인지 모르겠지만, 둘 다 가능한 얘기지요. 그런 거부감 같은 것, 들키는 것에 대한 불안감, 일종의 대인기피증 같은 것일 수도 있고, 사소설私小說이나 일기와 비슷한 부분도 있고, 그런 혼합 덩어리가 지금 내 시라고 생각해요."

혼합 덩어리, 덩어리…. 속으로 되뇌며 담배를 문다. 그도 담배를 꺼낸다. 갑자기 "꺼지지 않는 배고픔"이 엄습한 듯하다. 저녁 먹을 시간이 지나서 그런 건 물론 아니었다. 나는 지금 도대체 뭘 묻고, 뭘 알고 싶은 것인가. 머리가 터엉 빈 듯한 공복감 때문에, 저놈의 녹음기가 잘못되면 큰일이겠다 싶은 허튼 생각이 잠깐 스쳐 지나갔다. 그뿐이다. 정말 "굶주린 흔적도 없"(「배고픔이란 게 있다」)이 배고픔은 그렇게 닥쳐왔다. 그와 이야기하는 동안, 내 정신의 허기가 선명한 빛깔을 띠며 온몸으로 퍼져 나갔는지 어쨌는지 지금 생각해도 알 수가 없다.

어쩌면 그에게는 이 답답한 장면도 시가 되는지 모른다. 그것이 어떤 상징성을 띠든 간에, 표면적으로 보면 언어를 사회적으로나 존재론적으로 무겁게 다루지 않는 방식도 최근 경향에서 한 자리 차지하고 있지 않은가. 아니, 방식이라기보다 저절로 그렇게 된, 시와 삶의 경계가 흐릿해진. '밤비 내리는 영동교를 홀로 걷는 이 마음…' 저절로 흥얼거리는 노래처럼, 그게 또 "유치"(「비에 젖어, 슬픔에 젖어」)하게 시가 되는 것처럼.

"사회적인 거나 자연적인 거나 나한테 부딪쳐 올 때 내가 반응하는 방식, 그러니까 머리가 아니고 몸이 반응하는 방식, 그런 게 시라고 생각해요. 때로는 그게 굉장한 타격으로 닥쳐올 수도 있지만, 그냥 빗나간 돌처럼 스쳐 지나갈 수도 있지요. 어떤 라디오 프로에서, 한 아줌마가 남편하고 사별했다고 하니 진행자가, "성격 차이로?" 이렇게 물었어요. 그게 말이 되나요. 말하자면 그렇게 순식간에 들어가는 방식, 난 시가 그런 거 아닐까 생각해요. 그러니까 너무 동떨어지지도 않고 그렇다고 너무 가깝지도 않고. 그렇게 들어감으로써 속에 있는 것들이 한 번 비죽이 삐져나오는 것 말이에요."

비죽이 삐져나온다?

"자연과학책에 이런 얘기가 나오더라고요. 위의 구조나 소화액이 어떻게 작용하는지 알게 된 것은, 처음 발견한 사람이 전쟁터에서 내장이 터져 나온 사람들을 수없이 꿰매 본 덕분이라 해요. 그처럼 지금 제 시집에 나와 있는 것들은 말끔하게 화장하고 단장해 놓은 것들이 아니라, 병이나 사고로 썩은 것들, 튀어나온 것들, 그런 것들이에요. 물론 완전하게 썩어 문드러졌거나 터져 나온 것들은 아니고, 삶이 감추려고 애를 쓰지만 미처 감출 수 없는 것들. 그런 것들은 정형적인 리듬이나 운율로는 표현할 수 없는 부분이에요."

튀어나온 내장. 특히 불안한 행간 걸침? 거북한 행갈이. 그러니까 자연스러운 흐름을 시각적인 효과로 제한을 해서 독자를 불편하게 만드는 방식들. 단어들이 튀어나온 부분들. 비틀린 행갈이. 몸 밖으로 튀어나온 내장 덩어리, 틀 바깥의 인식.

"빨려드는 것이다 마라, 지금 살아 / 있다는 것은 검은 돌로 쌓은 장방형의 / 무덤에서 마지막 영생의 꿈에 붙들리는 / 것이다 눈먼 바람이 우리를 찢을 때까지"(「지금 살아 있다는 것은」), "급히 날아오르는 새떼들 날갯짓에 / 깨어난 바다는 어지러움에 몸 가눌 / 수 없는 임산부처럼 약간의 신열과 / 구토를 맛보았지만, 그래도 산모의 / 기미 낀 얼굴 같은 수면 위로 좀처럼 / 지워지지 않는 웃음이 있었다 거의 / 피로와 잔주름으로 이루어진 미소"(「오래전 신랑인 바람이」).

"리듬도, 하여간 편하게 흘러가는 것은 막아 버렸어요. 자연스러운 것들이 사실은 얼마나 부자연스러운가. 정상적인 것들이 얼마나 비정상적인가. 이런 것들을 드러내는 게 문학이고 예술이 아닌가요. 예를 들면, 사과는 왜 떨어지는가. 우리는 그거 아예 당연하다고 생각하잖아요. 근래 읽은 천문학 책 중에 이런 말이 나와요. '밤은 왜 어두운가.' 시도 이런 질문과 비슷해요. 밤은 왜 어두운가. 낮은 왜 밝은가. 왜 돌은 위에서 아래로 떨어지는가. 왜 물은 흐르는가. 이런 근본적인 질문들의 압력 때문에 숨겨진 진실이 터져 나오는 것이겠지요. 그 터져 나오는 순간들, 그것이 문학이에요. 왜냐하면 대부분 삶은 허위로 지속되는 것이니까요. 가령, 임신이라고 하면 우리는 축복할 일로 여기는데, 사실은 그것이 하나의 '물집'일 수도 있는 거고, 곪아서 팅팅 부어오르는 '종기'일 수도 있다는 거지요."

물집, 삶이라는 종양. "삶이란 본래 / 시골 마을 질 나쁜 젊은 녀석들이 / 백치 여자 아이를 건드려 / 애 배게 하는 것", 그럼에도 "찔레꽃 따먹다 엉겁결에 당한 / 백치 여자 아이"(「찔레꽃 따먹다 엉겁결에 당한」)처럼 언제 그랬냐는 듯 환상 속을 신나게 뛰어다니는 것. 그는 존재라는 추상을 물집이라는 구상으로 끌어내린다.

"끝없이 부풀고 꺼지고를 되풀이하는 암컷들의 배는 물집이었어. 그 배에서 뭉게뭉게 피어오르는 생이라는 환상도, 그리고 그 속에서 잠자다 누에처럼 꿈틀거리는 너도 나도 물집인 거야. 이때까지 나는 한 번도 임신이 물집이라고 생각해 본 적이 없었어. 내가 이미 임신의 물집 안에 틀어박혀 있었기 때문이지. 여전히 그 속에서 꿈틀거리며 난 그 물집의 몽골 텐트를 떠받치고 있는 네 개의 기둥들을 더듬어 보았어. 노음老陰 · 노양老陽 · 소음少陰 · 소양少陽의 사상四象처럼, 네 개의 'ㅅ'으로 시작되는 생生 · 사死 · 성性 · 식食."(「이인성 선생에게」『문학과 사회』, 2003년 가을호)

현실로, 물질태로 끌어내리고 나니, 환幻이 잘 보인다. "물컹한" 환의 "입맞춤".(「어디에도 없는 궁둥이 찾아」) 있는 것도 아니고 없는 것도 아닌, 있기도 하고 없기도 한, 존재라는 불가해.

"환은 두 가지로 나눌 수 있어요. 새끼줄을 보고 뱀이라고 생각했을 때 이것을 환상illusion이라 하고, 새끼줄도 없는 상태에서 뱀을 보는 것을 환각hallucination이라 하지요. 환이 있는 한 우리는 실체를 볼 수 없어요. 예를 들자면, 절에 가면 왜, 돌거북이 이렇게 비석을 받치고 있잖아요. 돌거북이 얼마나 힘들겠어요. 우리가 보는 삶의 차원은 그런 것이지요."

돌거북이 힘들다? 생·사·성·식의 냉철한 거시 차원이 대번에 섬세하고 따뜻한 미시 세계로 곤두박질한다. 아니다, 소용돌이치면서 서로 얽혀든다. 이런 뒤얽힘이, 이런 뒤얽힘을 읽어내는 그의 몸이, 환을 시로 끌어올리는 것 아닐까. 이것이 "작은 벚꽃 잎 때문에 시멘트 / 보도블록이 아플 줄 알게 되었"(「그렇게 속삭이다가」)음을 감지하는 힘이었으리라. 차를 한 모금 마시고, 말로서 할 수 없는 말을 그는 계속한다. 멀뚱하게 앉은 나를 이해시키려는 듯, 어쩌면 자신에게 뭔가 해명하려는 듯, 이런저런 예들을 겹치고 겹쳐 놓는다.

"그런데 근본적으로 보면 돌거북도 없고 비석도 없고 돌덩이만 있는 거잖아요. 우리가 돌거북이 비석을 받치고 있다고 생각하는 한, 돌덩이는 안 보이는 거죠. 마찬가지로 새끼줄을 뱀으로 보는 한 새끼줄이 안 보이고, 영상을 보고 있는 한 스크린이 안 보이는 거죠. 시라는 것도 환의 세계에서 그 환의 어떤 틈을 찢고 나가는 것이라는 생각이 들어요. 제가 좋아하는 영화 중 하나가 〈트루먼 쇼〉인데, 마지막에 주인공이 모든 게 세트라는 걸 알고 바다로 탈출하는데, 나중에 보니 자기가 노 저어 나가는 바다조차도 세트의 일부란 말이죠. 저에게 시나 문학이나 이런 것들은, 환 속에서 환의 껍데기를 잠시 밀쳐 보는 것이에요. 하지만 그렇게 잠시 밀쳐 보는 것 자체가 또 하나의 환일지 누가 알겠어요. 나에게는 환 중에서도 지독하게 악몽적인 환이 있는데, 그게 바로 풀 수 없는 먹이사슬이에요. 어떻게 다른 것을 잡아먹지 않고는 살 수가 없나, 이게 근본적으로 죄가 아니냐 하는 생각. 그 먹이사슬 속에서 삶이 진행되는 한 모든 게 악몽인 거죠. 그 악몽에서 어떻게 헤어날 수 있는가, 악몽이라고 까발리는 것 외에 다른 어떤 방식으로 악몽을 헤쳐 나갈 수 있는가. 이 시집 보면 특히 임신 이야기가 많이 나오는데, '가상임신'하고 '백치임신'이라는 것이지요. '그토록 원했던 임신'과 '전혀 원치 않았던 임신', 그 어느 것도 부풀고 꺼지고를 되풀이하는 생이라는 환상의 끔찍한 유희에 지나지 않아요. 왜 도대체 생명이 이렇게 유지되는가, 이 문제를 풀지 않으면 내 삶 자체가 무슨 의미가 있겠느냐는 생각이에요. 결국은 여기에 도달하는데, 이 문제를 해결할 수 있는 코드를 이것저것 궁리해 보고 있어요."

"구렁도 없이 부풀고 꺼지고를" 끝없이 되풀이하는 "저 많은 암컷들의 고단한 배"(「부풀고 꺼지고 되풀이하면서」). 백치임신이거나 가상임신일 수밖에 없는, 헛된 환상. 그러나, 그것이 없었더라면, 그 암컷들의 배가 없었다면, 이 문드러진 상처투성이 육체가 없었다면, 우리는 어디에 있을 것인가. 나는, 당신은, 어디에, 어떻게 있는가. "마라, 네가 왜 여기에, 어떻게 / (…) / 마라, 네가 어떻게, 왜 여기에, / (…) / 마라, 네가 왜, 어떻게 여기에"(「네가 왜 여기에, 어떻게」)?

"내 머리 속에 있는 개똥철학이지만 오래전부터 써 왔던 비유예요. 가령 수레바퀴는 끊임없이 돌지만 바퀴축은 한 번도 돌지 않지요. 그리고 그 둘을 연결하는 게 바퀴살이에요. 바퀴 둘레는 윤회의 세계, 생멸의 세계이고, 중심은 공空이 되는 것이고, 바퀴살에 해당하는 것이 주시자注視者의 자리예요. 바퀴살은 양쪽에 걸쳐 있지만, 사실은 어느 쪽도 아닌 거죠. 그 자리가 내 생각에는 시의 자리인 것 같아요. 메뚜기 한 마리가 수레바퀴에 달라붙었다 할 때, 셋 중 어느 하나에 있을 수밖에 없겠지요. 이걸 생물학적으로 이야기해 보죠. 개체라는 것은 끊임없이 죽어야 해요. 그래야 종족의 생명이 진행되잖아요. 어느 책을 보니, 도대체 하느님이 생식세포만 만들면 됐지 왜 체세포를 만들었느냐는 말이 나오던데, 나도 같은 생각이에요. 어떻든 개체들이 끊임없이 죽어 나감으로써 종족의 생명이 유지되잖아요. 이 구조 자체가 생명의 구조다, 그런 생각이 들고, 거기서 나오는 애환들이 시가 되어 낙엽이나 쓰레기처럼 떨어져 나오는 것이지요."

"테두리가 중심 축 폼을 잡아서는 안 된다. (…) 영원한 수레는 나아가고, 헛되이 바퀴는 돌고 도는 것"(「보채지 좀 마라」). 삶만 불편한 게 아니라 죽음까지 불편하게 만드는 환의 수레바퀴. 그 수레에서 내릴 방법은 없는가. "꿈 깨기 전에는 꿈이 삶이고, 삶 깨기 전에 삶은 꿈이다"(「그렇게 소중했던가」). 우리가 시속 천육백칠십 킬로미터 속도로 내닫는 지구의 자전을 느끼지 못하듯이, 보이지 않는 수레의 느낄 수 없는 속도에서 뛰어내릴 길은 없다. 수레가 멈추거나, 수레에서 뛰어내린다 하더라도, 우리는 더 막막한 허공으로 추락할 것이다. 그걸 뻔히 알면서도 위태로이 바퀴살에 붙어서 바퀴와 중심축을 동시에 응시하는 자가 시인이다.

수레바퀴가 너무 요란하게 돌아가는 듯하여 잠시 숨을 고르고, 언제부터 시를 썼느냐, 시를 쓰게 된 계기가 무엇이냐, 동서양의 사유를 고루 섭렵할 기회가 있었다고 들었는데 어떠냐 등등 시시콜콜한 이야기를 한참 주고받았다. 1994년 웅진출판에서 나온 『이성복 문학앨범』에다 송재학 시인이 「정든 유곽에서 호랑가시나무까지」라는 연대기로 자세하게 기록한 이야기를 다시 들으니 그 재미가 새삼스러웠다.

"지금 봐서는 뭐 쑤시고 싶은 건 대충 쑤셨고… 더 뭐가 나오겠냐 하는 건방진 생각도 들어요. 틀을 어떻게 짜느냐에 따라서 인생이 완전히 달라지는데, 하나의 틀 가지고는 성이 안 차고, 혹시 빠뜨린 게 있지 않을까 하는 생각을 하다 보니 이것저것 관심을 두게 되었지요. 항상 새로운 틀로 인생을 보면 어떤 방식으로든 달리 보일 거라는 생각을 해 왔어요. 세모로 된 만화경 있잖아요, 흔들 때마다 완전히 다른 무늬가 나오지요. 그걸 지금까지 시험해 본 게 아닐까, 그런 생각이 들어요. 그런 게 시에 직접 나타나는 것은 세번째 시집이에요. 의도적인 데가 있었으니까. 하여간, 저는 지금까지 틀을 달리할 때 인생이 어떻게 보이는가 하는 문제에 골몰했던 것 같아요."

과학책도 많이 읽으신 거 같은데.

"주섬주섬 뭐… 선생이라는 게 지적인 호기심이 많고 여유도 있고 하니까요."

저도 과학책 많이 좋아해서 요즘 신진화론, 사회생물학하고 유전 쪽 읽었는데, 그런 걸 보면 인문과학하고 결국 연결이 되어 있더라구요.

"내가 봤던 쪽은 인류학이나 생물학, 특히 '짝짓기'에 관심이 많았어요. 왜냐하면 그런 것들을 통해 인생을 투명하게 볼 수 있기 때문이지요. 인류학이나 생물학은 인간을 근본 자리에 되돌림으로써, 인간이 가지는 환상이라든지 치장한 부분을 두드려 부수거든요."

『달의 이마에는 물결무늬 자국』은 일종의 독후감 같은 에스프리로 보이는데.

"원래는 모 일간지의 '시가 있는 아침' 난에 쓰던 것인데, 다른 사람들이 한국 시인을 워낙 많이 다뤄서, 나는 뭐 외국 시인 한번 해 보자 했던 거예요. 그래서 글을 붙였는데, 글을 붙이다 보니 두 가지 문제가 생겼어요. 하나는 너무 어렵다, 말과 말 사이의 연결이 너무 가팔라서 이해하기 어렵다는 것이었어요. 두번째는 너무 비관적이고 절망적이다, 라는 것이었어요. 그때 한참 월드컵 8강 가고, 4강 가고 부풀어 있을 때였으니, 논설위원실에서 이거 안 되겠다 해서 도중하차하게 됐지요. 그렇지만 십여 편 쓰다 보니 이게 내 글쓰기 연습이 되겠구나 하는 생각이 들어서 계속 글을 붙여 나갔지요. 하다 보니, 하나 쓰고 나면 또 하나 쓸 수 있겠다는 생각이 들더라고요. 왜 거 야구연습장 있잖아요. 동전 넣으면 기계에서 공 튀어나오는 거. 그거 하듯이 써 나간 거예요. 그러니까 내가 무슨 말을 하려는지 몰랐지만, 일단 써 놓고 나니 내가 무슨 말을 하려 했는지 알겠더라고요. 어떻든 대상을 통해 내 사유를 드러내는 방식으로, 틀에 매이지 않고 짤막짤막하게 쓰는 재미가 있었어요."

그런데 이 책에 '시집'이라고 이름이 붙었는데, 이런 스타일도 '시'라고 생각하고 이렇게 하셨는지?

"아니, 그냥 글 붙인다고 생각했어요. 이걸 어떻게 분류하기 곤란하잖아요. 어떤 부분은 그냥 시라고 읽을 수 있고, 어떤 부분은 인용시에 대한 해설이 될 수도 있고…."

예전에 박남철朴南喆 시인이 하던 시평시詩評詩가 떠오르는데, 그것도 그때 한 권으로 묶었으면 재미나게 되었을 텐데. 그래도 이건 그거하고는 성격이 좀 다르고….

"시를 쓰기 위해 쓴 게 아니고, 쓰다 보니 한 권으로 묶을 수 있겠다는 마음이 들었어요. 막상 분류를 하려니까, 이걸 시라고 해야 하지 않겠느냐는 생각이 들었던 거예요. 이러고 보니까, 시, 소설, 산문, 이런 구별이 필요가 있겠냐, 그런 생각까지 들더라구요. 기본적으로 저는 시인이라는 말보다는 작가라는 말을 더 좋아해요. 시인이라고 그러면 불쾌할 때도 있어요. 옛날 초등학교 때는 백일장 나가서 산문을 썼어요. 그런데 어느 날 시를 쓰고 나서부터는 산문 쓰기가 불편해서 이렇게 되었지만… 시인이든 소설가든, 나는 기본적으로 작가라는 사람은 인생에 딴지를 거는 사람이라고 생각해요. 물론 이때 작가의 제한 조건이라 하면, 언어하고 같이 가야 한다는 것이지요. 언어에 앞서서 나가면 힘이 들 뿐이에요. 언어가 먼저라는 것. 가령 물고기 잡으려고 그물을 던진다고 할 때 그물에 해당하는 게 언어일 테니까. 언어라는 그물이 먼저 나가서 대상을 포섭하면, 그걸 끌어당기는 게 작가라는 사람이 아닐까요. 그런 점에서, 작가는 철학가나 사상가하고는 다르지요. 작가는 전적으로 언어에 기대는 사람, 뭐랄까, 언어의 추동력에 의지하는 사람이에요. 그걸 기본적으로 이해하고 나면, 굳이 어디에 얽매일 필요가 없어요."

동료라 할까, 친구로 지내는 황지우黃芝雨나 이인성李仁星 그런 분들을 보면 전부 그런 틀에서 벗어나려는 몸부림이 참 강한 분들인데.

"그게 우리 세대들의 특색일 수도 있겠지요, 소위 해체라는 것."

그런 분들이 주변에 있었으니까 서로 상승작용을 하지 않았을까 싶군요. 그리고, 김현金炫 선생 만나신 게 특별한 의미를 지닌 것 같은데.

"김현 선생이 이야기를 참 잘 들어 주셨어요. 김현 선생 때문에 이런 방향으로 나갔다거나, 뭐 그런 것은 아니었어요. 그분이 오지랖이 워낙 넓었기 때문에, 뭐 해 봐라, 뭐 해 와라, 그런 말씀하신 적은 없지만, 그 품에서는 뭐든지 자유롭게 할 수 있었어요. 그 어른 특색이 잘 들어 주는 것, 그게 제일 큰 미덕이었어요. 듣는다는 것, 그거 참 어려운 거예요. 정말 아무나 못하는 거예요."

누군가가 든든하게 뒤를 받쳐 주고 있다는 믿음만 있어도 삶은 얼마나 단단해지는가. 1977년 김현 선생은 그가 가져온 시작 노트에서 「정든 유곽에서」와 「1959년」을 골라 『문학과지성』 겨울호에 싣는다. 이쪽으로 가라는 암묵적인 표지였을 것이다. 시인이라는 이름이 불편한 시인, 문학보다 인생에 더 관심이 많던 그는 글쓰기라는 "보이지 않는 監獄으로 자진해"(「1959년」) 들어갔고, 툭툭 끊어지는 행갈이와 부정적인 현실인식이 맞물린 독특한 문체로써 세간의 주목을 받는다. 이후 "정든 유곽"은 당대를 상징하는 말로 떠올랐다. 역설의 비애로 푹 절어 있는 그 "정든 유곽"은 어디에서 온 것일까.

"뭐, 김수영金洙暎도 읽고 했지만, 작품 쓰는 것보다 내 삶이 더 중요하다고 생각했어요. 내가 좋아하는 작가들처럼 살고 싶다, 그러니까 실제 작품이 어떻게 나오든 간에 그 사람들처럼 살고 싶다는 생각이 앞섰어요. 당대의 시들을 읽게 된 건 등단 뒤의 일이었어요. 난 처음에 김소월金素月, 한용운韓龍雲부터 시작을 안 했어요. 내가 아는 시인은 김수영밖에 없었지요. 그리고 당시 내가 존경하던 황동규黃東奎 선생, 정현종鄭玄宗 선생, 특히 두 분의 초기 시를 아주 좋아했죠."

그에게는 문학보다 삶이 먼저였다. 누군가에게 시를 배운 것이 아니라 삶을 먼저 절실하게 살고, 삶을 의심하고, 삶에 관해 깊이 생각하였다. 그러니 "정든 유곽"은 환멸의 시대를 견뎌 온 그의 몸이 스스로 만든 거처. 현실이 그의 몸을 휘저으며 소용돌이칠 때 떨어져 나온 말의 부스러기가 시였다. 몸을 꽉 채운 애환이 흘러넘쳐 시가 되었다. 물론 등단하고 난 뒤에는 그도 문단을 돌아보고 글쓰기를 점검하였겠지만.

"데뷔하고 나서 내가 어떤 혈연적인 느낌을 받았던 선배 시인이 둘 있는데, 한 분은 신대철申大澈 선생이고 또 한 분은 장영수張英洙 선생입니다. 두 시인 다 그 후에 합당한 평가를 못 받고 있지만, 지금 봐도 아주 뛰어난 시인들이에요. 그분들 시를 내가 베낀 부분이 상당히 많아요. 어떤 부분은 바로 드러나고 또 어떤 부분은 숨어 있어서 잘 안 보이지만 말이에요. 예를 들자면,『남해 금산』은 신대철 시인과 아주 가깝고,『뒹구는 돌은 언제 잠깨는가』에는 장영수 시인의 가족 이야기 같은 것들이 많이 들어와 있어요. 물론『뒹구는 돌은 언제 잠 깨는가』에는 장영수적인 것만 있는 건 아니죠. 그 안에는 보들레르적인 것과 카프카적인 것들이 뒤섞여 있지요. 두 시인은 내가 막 자라기 시작할 때 좋아했고, 지금도 좋아하는 시인이죠. 제게 문제는 균형이라고 생각해요. 한 번 균형이 깨지면, 그 다음에 균형을 회복하는 게 참 어려워요."

균형을 잡기 위해서는 아마도 무거운 추가 필요하리라. 그가 사용하는 언어의 그물에는 생·사·성·식이라는 거대한 추가 매달려 있다. 물론 누구든 그것을 생각할 수는 있겠으나, 몸으로 받아들이는 절실함의 강도는 다르다. "굶주린 흔적이 없는 배고픔"(「배고픔이란 게 있다」)은 결코 채울 수 없을 터. "육체가 없었으면 없었을 구멍"을 육신을 가진 우리가 메울 방도는 어디에도 없다. 그는 이런 역설적인 존재의 비극을 절실하게 인식하였다. 그래서 반문한다, "행복은 비참의 가상 임신 아니었던가"(「내 생에 복수하는 유일한 방법처럼」)라고. 그렇다고 해서 그가 비관주의로 떨어진 것은 아니다. 물집을 알기 때문에 물집을 견딜 수 있고, 환을 알기 때문에 환을 살아낼 수 있는 것 아닌가. 튀어나온 내장을 껴안고 환을 읽어 나가는 것, 그것이 작가가 살아가는 방식. 그래서 그는 요즘 와서는 시와 불화하지 않는다고 하는지 모른다. 불편함이 불편함 그대로 자연스럽게 익어 버린 것일까.

"처음에는 시하고 불화한다는 생각을 가진 적이 있지만, 지금은 안 그래요. 지금은 시하고 불편하다기보다 오히려 더 나쁜 관계인지도 몰라요. 불화할 때는 다시 합칠 수도 있지만, 지금은 싸울 이유도 없어진 것 같아요. 이게 화해의 징조인지, 아니면 그야말로 남남이 되려는 건지도 모르겠어요. 그러나, 하여간 시가 다른 장르보다 제일 가깝다는 생각을 많이 해요."

내게는 그것이 화해의 징조로 보였다. 그는 누구보다도 "말의 배꼽"(「언니라는 말의 배꼽」)을 잘 알고 있기 때문이다. 말 뒤에 숨어 있는 비밀의 문을 그는 '배꼽'이라 부르지 않았는가. 그 배꼽이 감춘 밀실이 있는 한, 그는 말을 버리고 다른 질료로써 세계를 읽으려 하지 않을 것 같다. 게다가, 그곳에 뜨는 "달의 이마"에는 또 어떤 무늬가 어룽질지 알 수 없는 일 아닌가. 그런 새로움이 있는 한 "말들의 혼례"(「무엇을 말하고 싶었는지 모른다」)는 계속될 것이고, 시인의 탐색 또한 멈추지 않을 터.

　"시에서는 실사實辭보다 허사虛辭가 더 중요해요. '너는 마음이 예쁘다'고 할 때, '너' '마음' '예쁘다'는 우리가 건드릴 수 없는 것들이에요. '너는 마음도 예쁘다'고 할 때, 언어의 의미는 허사에 해당하는 '도'의 미묘함에 있어요. 세상에서 거의 눈에 뜨이지 않는 부분들이 정말 깊은 의미를 가지고 있어요. 또한 시라는 것은 접속사를 통해 붙여 나가는 것 아닐까요. '그리고' '그런데' '그러나', 이런 접속사 있잖아요. '그러나'로 가려면 상당한 긴장과 에너지가 필요하고, 또 잘못 뒤집었을 때는 완전히 말장난이 되지요. 대체로 '그런데'로 이야기할 때가 제일 좋아요. '그러나'가 완전 반대방향으로 나간다면, '그런데'는 처음 벌릴 때는 큰 재미가 없지만 끝에는 전혀 다른 방향으로 나아가지요. '그런데'로 말문을 열고 차례로 붙여 나가면서 새로운 틈새를 만드는 거, 그런 게 시가 아닐까 해요. 왜 축구선수들 하는 거 보면, 앞이 가로막히면 일단 볼을 띄워 주고 돌아 나가서 공을 차지하잖아요. 그런 것처럼 언어를 먼저 띄워 주고 그 다음에 그것을 받아서 다른 것과 연결시켜 주는 것이지요. 틱낫한 스님이 이런 말을 한 적이 있어요. 나무하고 나뭇잎의 관계에서, 나뭇잎이 나무의 엄마라는 거예요. 우리는 보통 나무가 나뭇잎의 엄마라 생각하는데 말이에요. 하지만 나뭇잎은 광합성을 해서 나무에게 영양을 주잖아요. 그리고 낙엽으로 떨어지면 또다시 거름이 되어 나무에게 영양을 주지요. 그러니까 나뭇잎이 나무의 엄마 아니냐는 거예요. 틱낫한이 탁월한 시인인 게, 따라서 '나뭇잎의 삶'이라고 해서는 안 된다, '나뭇잎 안에서의 삶' '나무 안에서의 삶'이라고 해야 한다, 이러거든요. 그와 같이, 너무나 당연하다고 생각했던 것들이 얼마나 당연하지 않은가, 어떻게 당연하지 않은 방식으로 이야기를 펼칠 수 있는가, 그 틈새를 바로 시인들이 보여 주는 것이지요. 그렇지 않다면, 시가 있어야 할 아무 이유가 없지요. 바로 그 틈새를 보여 주는 것, 시는 그 이상도 이하도 아니에요. 그렇지만 그 틈새가 얼마나 중요합니까. 우리는 그 틈새만큼 숨쉬고, 그 틈새만큼 손을 뻗을 수 있잖아요. 나탈리 골드버그의 말 중에 이런 게 있어요. "만약 그런 사소한 것들이 중요하지 않다면 우리는 내일 당장 원자폭탄을 맞아 죽어도 할 말이 없다." 그러면 이야기가 다 풀리지요?"

그렇게 이야기는 끝났다. 틈새에 자라는 사소한 것들. 동네 미장원과 구멍가게, 잡다한 상가 모서리에 자리잡은 수미재는 '사소한 것들'의 상징이 되어 나에게 되돌아왔다. 수미守微, 작은 것을 지키는 마음, 그것은 온 우주를 품을 만한 가슴을 지녀야 가능한 일처럼 보였다.

자그만 글씨로 붙여 놓은 수미재가 거대하게 보일 즈음, 나는 무엇을 말하고 싶었는지도 모른 채 자리에서 일어나야 했다. 마침 그날 저녁 내가 관여하는 인터넷 카페 모임이 있었다. 약속 시간이 지났지만 뭔가 미진한 마음을 떨칠 수 없어서, 함께 저녁을 먹으러 가는 동안에도 이런저런 이야기를 더 나누었다. 그는, 대담이라지만 김 선생 글이니까 자기는 신경 쓰지 말고 하고 싶은 대로 구성하라며 나를 배려하는 말도 잊지 않았다.

대구찜을 먹으면서, 이 순간에도 먹이사슬의 고리, 그 풀리지 않는 환의 악몽을 생각하는지 궁금했으나 묻지 않았다. 누군가 내게 말한 적이 있다. 이성복 시인은 고기를 안 먹으려고 해, 고기를 보면 그 순한 놈 눈동자가 떠오른다는 거야. 이 말이 아니어도 그는 오래전부터 내게 신비였다. 내 욕망이 덧씌운 신비의 껍질을 벗겨내고 마음의 저자에서 편하게 만나고 싶어 엉뚱한 잣대를 갖다 대고 잡다한 질문들을 늘어놓았지만 허사. 대담이 끝나고도 그는 여전히 신비로 남아 있었다. 삐죽이 튀어나온 대구찜 내장 한 토막을 옆구리에 쑤셔 넣으며, 나는 서둘러 약속 장소로 달려갔다.

문학은 가장 낮은 곳에 머물러야 한다

김민영 『기획회의』 기자

제53회 현대문학상 수상작으로 이성복 시인의 「기파랑을 기리는 노래」가 선정됐다. 강판권 교수의 『나무열전』에 실린 발문을 기초로 한 작품이다. 수상 소식을 듣고 계명대행을 서둘렀다. 시인은 현재 계명대 문예창작과 교수로 재직 중이다. 그러나 대구행은 실현되지 않았다. 그가 "서울로 오겠다"고 했기 때문이다. 시인은 전화로 "어머니를 뵈러 간다"고 했다. 그의 목소리를 타고 흘러나온 '어머니'라는 단어는 익숙했다. 그것은 세상이 아는 보통명사로서의 어머니가 아닌 『남해 금산』『그 여름의 끝』의 그 어머니였다. 시 속의 그는 간절한 시어로 어머니를 부르곤 했다. 그 어머니가 살아 있다는 사실이 무척 반갑게 들렸다. 이성복은 서울과 대구 사이를 오가며 노모를 돌보는 성실한 아들이요, 장성한 세 자녀를 둔 아버지로 '지금'을 살고 있다. 만남은 모친의 자택이 있는 상일동에서 이루어졌다. 상가 이층에 위치한 작은 다방의 아침은 평화롭고 고요했다. 좁은 창틈을 타고 가끔 햇살이 들었다. 흐뭇한 눈길로 아버지를 바라보는 젊은 딸이 시인의 곁을 지켰다.

현대문학상 수상 소감을 접했을 때 가슴이 뭉클했습니다. 육성으로 다시 한번 듣고 싶습니다.

수상 소감에 쓴 것처럼 쑥스럽기만 해요. 나무에 주는 거름도 철이 있듯이 상이라는 것도 어떤 시기가 있는 것 같아요. 작가가 한창 열정이 치솟고 할 때는 격려도 필요하고 하지만 나는 이미 많이 늙었으니까. 정신적으로도 열정이 옛날만 못해요. 그런 의미에서 젊은 사람들에게 가는 상을 가로챈 것 같다는 생각도 해요. 지금까지 상을 세 개 정도 받았어요. 나는 평소에 자기소개할 때 수상 이력을 잘 안 적어요. 훈장처럼 나열하는 게 보기 싫거든요. 소련의 바이올리니스트 오이스트라흐의 연주 장면을 본 적이 있는데, 훈장 여러 개를 달고 있었어요. 그걸 보면서 예술가에게 상이라는 것이 저런 것이라면 무슨 의미가 있겠나 싶었어요. 그래도 상을 받아 기쁜 것도 있지요. 아들 잘 되는 것을 보면 기뻐하는 어머니가 계시니까. 올해 구십일 세가 되셨어요. 언제 돌아가실지 모르는 어머니께 아들이 잘됐다는 얘기보다 더 큰 기쁨이 있겠어요? 한 가지, 작품에 대해 말씀드리고 싶은 게 있다면, 이번 수상작 「기파랑을 기리는 노래」는 원래 시로 쓴 게 아니에요. 강판권 교수의 『나무열전』 뒤에 실린 발문이 기초가 됐죠. 『현대문학』에서 시 청탁이 왔기에 그 글을 다듬어서 쓴 것이 「기파랑을 기리는 노래」예요. 그러니까 산문을 쓰다가 얻은 결과라고 할 수 있죠. 이 글 또한 제 산문처럼 벽돌 찍어내는 방식으로 쓴 글이에요.

수상 소감을 읽다 보니 선생님의 시 세계에 큰 변화가 일 것 같다는 느낌도 듭니다. 시와 산문 중 어느 쪽이 편하세요.

제 경우에 시는 출처를 알 수 없는 '어딘가'에서 와요. 대부분 시보다 산문이 편할 때가 많아요. 이번 일을 계기로 변화를 가져 보고 싶다는 생각을 많이 했어요. 산문은 내 안에서 만들어 나가는 거예요. 그 점에서 시와 달라요. 산문은 노동이지만 시는 우연이고, 얻어지는 거예요. 시는 지하철 유실물 같은 거죠. 그러나 산문은 막노동 같은 것이기 때문에 하루에도 몇 개씩 쓸 수 있겠다 싶어요. 그런데 지금까지 시를 이렇게 써 본 적은 별로 없었어요. 시는 '내가 모르는 소리'에서 시작되니까요. 벽돌 찍는 방식에 비유해서 산문 쓰는 방식을 설명해 볼게요. 벽돌은 격자를 만들고 그 위에 흙을 부어서 판을 떠서 만드는 것이죠. 이번에 수상 소감을 열 매 내외로 해 달라는 요청이 왔는데, 나는 열 줄짜리를 네 꼭지만 쓰면 되겠구나 생각했어요. 열 줄은 원고지로 2.5매거든요. 그래서 그렇게 해 보냈죠. 그런데 시는 달라요. 비유하자면 '눈사람' 만드는 방식이에요. 덩어리를 만들어 굴리면 나뭇잎, 흙, 지푸라기, 빨대, 이런 것들이 달라붙죠. 시가 놀이라면 산문은 작업이에요. 시는 내가 쓰긴 하지만 스스로 예측 못 하는 것일 수 있어요. 극단적으로 말하자면 시는 시인이 쓰고 나서도 끝까지 모르는 거예요. 마지막에 뭘 이야기해야 할지 알면 곧 산문으로 떨어집니다. 산문을 읽고 나면 무언가 건더기가 남죠. 그러나 시는 끝난 후에도 다시 시작하는 것이죠. 시와 산문은 그렇게 달라요. 나는 본래 시가 아니라 산문을 썼던 사람이에요. 그리고 사람에 따라 내 산문이 시보다 낫다는 사람들도 있어요. 시에 대해서는 자신이 없지만, 산문은 웬만큼은 쓸 수 있겠다는 생각이 들어요. 그런데 시는 원래 '밖'에서 오는 것이기 때문에 그렇지가 않아요.

지금까지 제가 만난 많은 작가들은 문학에 있어 가장 높은 경지를 시에 두셨습니다. 그런데 선생님이 느끼는 시는 놀이에 가까운 거군요.

놀이를 노동처럼 하면 놀이가 아니겠죠. 또 노동을 놀이처럼 하면 놀이가 되겠죠. 시는 말놀이와 굉장히 가까워요. 생각이 묻어나는 말놀이죠. 그 때문에 대상의 의미 변화가 일어나요. 극히 미묘한 티끌 속에 전 세계를 담을 수도 있죠. 그 과정에서 지금까지 나라고 생각해 왔던 나를 잃어버리게 되는 거죠. 그래서 모두가 시를 동경하는 것이지요. 그러나 시는 결코 쉽게 일어나지 않아요. 나를 없애야 하거든요. 하지만 산문은 도취와 몰아沒我 없이도 쓸 수 있어요. 그게 달라요. 저의 시 「남해 금산」을 예로 들어 볼게요. 거기에 쓰인 말들은 내가 처음부터 의도한 게 아니에요. 뭔가 신비롭게 쓰려고 했던 것도 아니죠. 그저 하나의 말이 다음 말을 불러오고, 하나의 행이 다음 행을 불러온 것이죠. 그 시를 통해서 뭘 이야기하려 했는지 나도 몰라요. 만약 알았다면 시가 아니라 산문이 되었겠죠. 흔히 프루스트 같은 위대한 작가를 '실패한 시인'이라 하는 이유도 거기 있을 거예요.

르 클레지오의 강연회를 취재한 적이 있습니다. 거기서 그는 프루스트를 예로 들면서 소설가에게 '상상'이라는 것이 얼마나 중요한지 이야기했습니다. 시가 완성되는 얘기를 듣다 보니 그 역시 일종의 상상이 아닌가 합니다.

보통 '상상' 하면 이미지를 만들어내는 것이라고 생각해요. 작가라는 확고한 주체가 있고, 그 주체가 자신의 의식 속에서 이미지를 길어 올린다는 것이지요. 그러나 예술가의 작업은 달라요. 예술가는 이미지를 만드는 사람이지만, 동시에 자기가 만드는 이미지에 의해 만들어지는 사람이기도 해요. 그게 바로 상상입니다. 만약 어떤 글 속에 작가가 만들어내는 부분만 있다면, 글은 매우 딱딱해질 거예요. 글쓰기를 통해 작가가 자신도 모르게 변화되는 부분도 있어야겠지요. 그런 의미에서 작품은 작가가 자기 글쓰기에 의해 굴절되고 변화될 때 태어나는 것이 아닐까 해요.

젊지 않은 자신에게 주는 상이라 쑥스럽다고 하셨습니다. 지금 선생님께 머무는 문학이란 무엇인가요.

젊어지는 데는 오랜 시간이 필요하다는 말이 있어요. 대단한 역설이죠. 젊음은 신체적인 것이 아니에요. 십대도 이십대도 늙은 사고를 가진 사람이 많잖아요. 젊어지려면 끊임없는 자기반성이 필요하죠. 젊음이란 참 어려운 겁니다. 문학의 본질은 정신의 젊음에 있어요. 문학은 젊음에 의해 태어나고, 젊음을 유지하게 해요. 그러려면 항상 낮은 곳에 있어야 해요. 문학이라는 것이 일정한 자리에서 일정한 권리와 자격을 요구한다면, 존재할 이유가 없어요. 우리는, 소위 문학을 한다고 하면 '거룩하다'는 느낌을 받잖아요. '거룩하다'는 말은 거룩하게 한다는 뜻이에요. 생각해 보세요. 상대가 거룩해지려면 나는 어디에 있어야 할까요. 상대보다 낮은 자리에 있어야 합니다. 내가 낮아져야 상대가 높게 보이니까요. 그렇다면 어떤 사람이 거룩할까요. 바로 거룩하게 하는 사람이 거룩한 것이죠. 세상의 거룩한 것들은 가장 낮은 자리에 위치합니다. 문학도 그렇습니다. 아무도 시샘할 수 없는 비천한 자리. 그곳이 바로 문학의 자리죠. 글을 예쁘게 쓰려 한다면, 그건 높은 자리에서 높은 것을 추구하는 것이에요. 제가 생각하는 문학이란 그런 게 아닙니다. 문학은 삶을 받아내는 그릇이에요. 그러려면 항상 낮은 자리에 있어야 해요.

순간 울컥해졌습니다. 선생님의 시어들이 저를 건드렸던 기억처럼 지금 기분이 그렇습니다.

'문학'이라는 것 앞에서는 저도 늘 그래요. 문학은 인간이 가장 낮아지는 순간에 비로소 존재하는 것입니다. 뛰어난 작가는 자기를 돌이킬 수 없는 궁지로 몰아넣는 사람이에요. 대부분의 작가들은 궁지에 도달하기도 전에, 궁지에 몰린 포즈를 하고는 돌아 나와요. '짝퉁'이죠. 다른 비유를 들어 볼게요. 연날리기 얘기입니다. 연을 날린다고 해서 바로 실이 풀려 나오지는 않아요. 오랜 실패를 거듭한 후에나 가능하죠. 그렇게 해서 마침내 억장이 무너지는 듯한 연실의 곡선이 만들어져요. 그 기울기는 실의 무게 때문에 생기는 것으로, 연이 하늘 높이 떠 있을 때만 나타나는 것이죠. 제 생각에는 문학이 표현하려는 생의 비감悲感이 그런 것이 아닐까 해요. 저의 문학이 무언가 전달하는 것이 있다면 바로 그런 곡선이었으면 해요.

연실의 곡선이라는 것은 창공에 올라가기 전까지는 만들어지지 않잖아요. 오랜 시간과 인내가 필요한 것이고요.

그렇죠. 그래서 충분히 연을 풀어 줘야 한다는 겁니다. 잡고 있으면 안 돼요. 실이 풀리지 못하니까. 하늘 높이 뜬 연의 그 현기증을 견뎌내야 문학이 만들어집니다. 그렇게 만들어진 곡선은 누가 보아 주든 아니든 상관없어요. 작가 자신이 봤다면 그것으로 충분해요. 작가에게는 스스로 삶의 심연을 보았다는 것 외에 다른 보상이 없어요.

『남해 금산』『그 여름의 끝』『아, 입이 없는 것들』등의 작품을 통해 치열한 사랑에 대해 이야기하셨습니다. 사랑에 대한 어떤 정의를 내리고 싶으세요?

사랑은 죽음을 내포합니다. 유성생식을 하는 것들은 반드시 죽죠. 프루스트는 에로스의 사랑을 "종족의 신이 번식을 위해 만들어 놓은 함정"이라고 했어요. 우리는 사랑이라는 교묘한 함정에 빠져 있으면서, 자기 스스로 사랑한다고 생각해요. 사랑은 우리가 원해서 하는 게 아니고 자기도 모르게 당하는 것이에요. 사랑은 고되게 앓는 것이에요. 사랑이 지극한 기쁨이라고 생각하지만 사실은 맹목적인 슬픔이지요. 앞선 세대가 고달프게 앓음으로써 다음 세대가 만들어지는 것이죠. 나의 시에서 이야기하는 사랑은 그래서 통상적인 사랑과 좀 달라요. 사랑뿐만 아니라 문학도 그래요. 내 생각에는, 문학은 세 가지 기능을 갖고 있어요. 첫째, 그것을 말하지 않으면 모든 게 허위다. 둘째, 그것을 말함으로써 모든 게 고귀해진다. 셋째, 말할 수 없는 것을 말한다는 것입니다. 이 세 가지가 합쳐져야 문학이 됩니다. 제 첫번째, 두번째 시집은 첫째 항목에, 세번째, 네번째 시집은 둘째 항목에, 다섯번째, 여섯번째 시집은 마지막에 해당된다고 할 수 있어요. 앞으로 제 문학은 말로 표현할 수 없고, 말을 떠날 수도 없는 어떤 것, 말하자면 '불가능'을 대상으로 할 것 같아요.

선생님의 사랑은 종종 어머니에게로 향합니다. 여러 작품에서 다양한 언어로 어머니를 그리셨어요. 자신에게 어머니란 어떤 존재인가요.

옛날에는 어떻게 엄마 없이 살 수 있을까, 그런 생각을 자주 했어요. 그런데 부모와 자식 간에는 '내리사랑'밖에 존재할 수 없는 것 같아요. 그게 자연스러운 거죠. 그래서 효를 강조하는 것은 반자연적이라는 생각이 들어요. 하여간 어떻게도 안 된다는 것, 어쩔 수 없다는 것이 사랑의 본질이라는 생각이 들어요. 사랑은 본래 속수무책이에요. 작정하거나 계획할 수 있는 것이 아니죠. 부모 자식 간의 사랑이든, 남녀 간의 사랑이든, 사랑에 있어서 비극이란 시간차의 문제일 수도 있어요. A와 B가 사랑을 나눌 때, A가 적극적으로 사랑하게 되면 B는 무감각해져요. 반대로 B의 사랑이 살아나기 시작하면 A는 식어 버려요. 도대체 사랑이란 이루어질 수 없는 게 아닌가 해요.

지금의 한국문학 풍경은 어떻습니까.

외적인 상황에서 문학의 위상은 작가가 수습할 수 있는 문제는 아닌 것 같아요. 문제는 작가들이 자신을 너무 함부로 다루는 것이 아닌가 해요. 작가들이 좀 더 진지해졌으면 좋겠다는 생각이 들 때가 있어요. 나는 문제를 푸는 과정은 모르지만 답은 알고 있어요. 그 답이란, 아까 말한 연실의 '곡선'이에요. 어떤 작품에서 그 곡선이 안 나와 있다면 아직 설익은 밥이죠. 뜸이 안 든 것은 문학이 아니에요.

요즘 학생들의 문학 열정은 어떤가요. 강단에 나가시니 많이 보실 것 같은데요.

흔히들 고민의 밀도 같은 것이 옅다는 말을 하는데, 꼭 그렇게만 볼 수는 없을 것 같아요. 기성세대 입장에서 보면 잘못된 것도 많겠지만 그게 전부는 아니잖아요. 그래도 늘 중요한 것은 있어요. '문학은 언제나 전부를 원한다'는 사실입니다. 문학은 자신의 모든 것을 걸어야 가능해요. 그러나 일상생활은 우리를 그렇게 내버려 두질 않죠. 지금 제가 문학에 대해 자신이 없는 것은, 문학이 원하는 것은 전부인데 저는 그렇게 하지 못하기 때문이에요.

앞으로도 역시 문학을 위해 전부를 주지 않으실 건가요. 계획이 궁금합니다.

구체적으로 이야기하자면, 사진에 대해 산문을 쓴 게 있는데, 곧 책으로 나올 것 같아요. 또 그림에 시를 붙이는 작업을 하게 될지도 모르겠어요. 에곤 실레를 가지고 하면 어떨까 해요. 또 옛날 것들 가운데 시집으로 묶이지 않았던 시들을 모아 보고 싶어요. 일종의 보유편이 되겠죠. 그리고 정말 이룰 수 없는 꿈이긴 하지만, 산문을 한번 길게 써 봤으면 좋겠어요. 성실한 노동을 하고 싶은 거죠. 앞으로 제 문학의 숙제는 '불가능'이에요.

비유컨대, 종이에 구멍을 뚫으면 그 구멍은 종이 안에 있지만 종이의 일부는 아니잖아요. 그 구멍은 우주와 맞닿아 있고, 우주의 일부예요. 저에게 '불가능'은 그런 것입니다.

"오랫동안 나는 슬픔에 대해 생각해 왔다. 유독 왜 슬픔만이 세상 끝까지 뻗쳐 있는지 이해할 수 없었다. 기쁨 뒤에 슬픔이 오는 것은 그렇다 하더라도, 어째서 슬픔 뒤에 다시 슬픔이 남는지 납득할 수 없었다."

시인은 『그 여름의 끝』에 이런 글을 실은 바 있다. 그의 시가 기쁨이 아닌 고통을 전하는 이유를 보여 준 글이다. 이성복에게 슬픔은 삶을 살게 하는 힘이자 문학을 하게 하는 이유이다. 그래서 그의 시는 힘들다. 읽은 후에도 떠나지 않는다. 오래 머물고 깊이 남는다. 그의 『남해 금산』은 많은 이에게 이정표가 됐다. 그것을 향해 채비를 서둘렀던 대부분이 중도 하차했고, 몇몇은 도착했다. 그 몇몇이 소설가나 시인이 됐다. 소설가 김훈金薰이 『남해 금산』을 백 번 읽었다는 일화는 유명하다. 시인은 문학의 위치를 이야기할 때 담배를 꺼내 물곤 했다. 그의 말은 길고 아득했다. "문학은 가장 낮은 곳에 있어야 한다"는 말은 눈물을 차오르게 했다. 연의 곡선을 이야기할 때도 그랬다. 누구나, 연이 창공에 닿기까지 얼마나 많은 생채기와 고름을 견뎌야 하는지 안다. 사랑도, 문학도 그렇다. 찢기고 터져 봐야 견디는 힘을 배운다. 이성복의 시는 그 인내의 무게가 얼마나 가혹한지, 이별이 얼마나 잔인한지 말해 왔다. 그래서 우리는 그 앞에서 자주 울었다. 대신 울어 주는 그의 등줄기가 서러워 그렇게 울곤 했다. 숱한 새벽을 그의 시집과 보낸 이들에게 『기파랑을 기리는 노래』의 출간을 알린다. 당신에게 떠우는 2007년 마지막 선물이다.

이성복을 사랑할 때

김이듬 시인

문이 열렸을 때 열두 시가 되었다. 소나기가 한바탕 퍼붓고
간 뒤였고, 골목의 마지막 집은 고요하다. 다만 글렌 굴드의 피
아노 연주가 나지막이 방안을 떠돈다. "어느 낯선 세계, 공기조
차도 고향의 공기의 어떤 요소도 갖지 않은, 낯설음으로 질식할
듯한" 성城으로 들어온 걸까. 선생은 미묘한 미소를 띤 채 의자
에 앉아 있다. 신음소리를 내듯 짧게 인사를 드린 후, 나는 그와
멀찍이 떨어져 탁자 옆에 앉는다. 여기저기 특이한 물건들이 놓
여 있다. 곧 울음을 터트릴 것 같은 표정의 서역西域 여인 흉상을
바라보는 동안 난 점점 돌 속에 묻혀 가는 기분에 휩싸인다. 손
발이 오므려진 채 펴지지 않는다. 윗입술과 아랫입술이 붙었으
나 이상스레 가슴은 맹렬히 뛰고 있다. "어이 참, 왜 가만히 있
나? 어떤 질문이든 해 보게. 글쎄, 성격이 내성적인가? 낯가림
이 심한 것 같은데, 그렇다면 좋은 인터뷰어라고 할 순 없겠군."
그는 체념한 듯 입장을 바꿔 나에게 몇 가지 질문을 건넨다. 나
는 넋이 반쯤 나간 채 곧이곧대로 대답한다. 그가 종아리를 가
볍게 긁적거린다. 반바지 차림에 맨발이다. 두텁지 않은 발등에

햇살이 머물러 반짝거린다. 발을 애무하고 흘러가는 한순간의 고요에 영원의 소리를 담을 수 없겠지만, 나는 그의 발가락과 발가락이 만드는 그림자의 윤곽으로, 어디서 동이 트고 바람은 어디로 불어 갈지 짐작할 것이다. 고개를 들어 그를 바라본다. 그가 웃는다, 소탈하게. "안 되겠네. 우선 뭘 좀 먹으러 가지." 나는 피리소리에 홀린 쥐처럼 그를 따라 방을 빠져나간다. 철문의 작은 구멍을 랭보가 가리고 있다. 나는 눈을 깜빡거린다. 어쩔 수 없이 몸을 비튼다.

선생은 까만 선글라스를 끼고 슬리퍼를 신은 채 운전을 한다. 이 차는 작고 낡았다. 한참을 달려 차를 세운다. 창문을 열어 둔 채 시동을 끈 후 차 문도 잠그지 않고 '고개마루'라는 허름한 식당으로 훌쩍 뛰어간다. 근처의 숲이 바스락거린다. "안녕하세요. 무더운 날씨지요?" 주방 쪽에 대고 선생이 큰 소리로 인사를 한다. 대꾸가 없다. 식당 주인 내외는 몇 명으로도 꽉 찬 손님들로 허둥대느라 예의 바른 단골에게 신경조차 못 쓰나 보다. 선생은 물을 따르고 수저를 놓는다, 대수롭지 않게. 뭔가 이상하게 돌아간다. 예상보다 날씨는 훨씬 화창하다. 어젯밤 나는 폭우가 쏟아지길 바랐다. 아침까지 비가 쏟아져 난리굿이 되어 대구로 오는 길이 끊기고 만남을 보류하거나 무산하고 싶었다. 선생과의 약속일이 다가올수록 부담감이 가중되었다. 그는 이성복이다. 두말하면 잔소리, 그의 시는 한국 현대시를 대표한다. 모든 독자들이 그의 시를 애송할 뿐만 아니라 장르를 불문하고 문단 사람들 또한 그의 시를 사랑한다. 작년 겨울, 『시인세

계』에서 기획한 '벼락치듯 나를 전율시킨 최고의 시구'에 생존
시인으로는 유일하게 뽑혔다는 걸 적는 것도 사족이다. 그의 시
는 시라는 텍스트의 윤리적 표본이고 관용이다. 또한 부지불식
간에 해체되고 움직이며, 의미를 추출하는 것을 거부하는, 일관
된 구성도 없는 시적 놀라움을 보여 준다. 나는 그런 그가 두려
웠다. 무서운 통찰력으로 나의 무딘 재능을 알아차릴 것이다.
게으르고 경박하고 버릇없고 이름 없는 시인을 무시할지 모른
다. '흰 잠지'의 성냥공장 노동자가 포플러나무숲을 가듯 무턱
대고 나댈 수는 없지 않나. 하물며 그는 사제처럼 경건하다고
하던데, 카리스마가 장난 아니라고도 하던데, 이를 어쩌나. 외
모는 카프카처럼, 영화배우처럼 매끈해서 말 붙이기도 쉽지 않
다던데. 나는 우물우물 밥을 삼킨다. 선생의 아내는 "이렇게 맛
있는 식당 밥은 처음이다"고 했다는데, 나는 밥맛을 느낄 여유
가 없다. 또 한발 늦어 선생이 직접 뽑아 주는 자판기 커피를 마
시며, 에라 모르겠다는 심정이 된다. 선생과 선생의 시에 관한
수많은 비평과 논문과 인터뷰 등등, 내가 안 해도 세상에 '쌔빌
린' 이야기들은 얼마나 많은가. 나는 단지 롤랑 바르트의 '유토
피아적 동기', 즉 그의 내밀한 취향, 기분, 조심성을 어떻게 다
루어 가는지를 알고 싶어 할 수 있다. 아아, 모르겠다. 나는 타
인의 작업실이라는 데를 처음으로 갔지만, 그에게 나 같은 방문
객은 또 얼마나 많았겠는가. 그는 왜 예상과 달리, 소문과 달리
이토록 다정하고 소년 같으며, 생선구이를 보며 안쓰러운 표정
을 짓는 걸까.

다시 작업실로 돌아온 후에야 나는 찬찬히 주위를 둘러볼 수 있다. 방문에는 'Attahi Attano Natho'라는 산스크리트어 문구가 씌어 있다. 난 잠시 멍하니 서 있다. '자기는 자기의 주인'이란 뜻이라고 선생은 설명한다. 나를 진지하게 바라보며 연민에 가득 찬 얼굴로 "내가 무슨 말을 하고 있는지 알아듣겠나?"라고 묻는다. 나는 약간 기분이 상한다. 가혹한 입문이 시작될 것 같다. 내 심정을 눈치챘는지, 웃으며 당신의 잠옷 이야기를 꺼낸다. 잠옷 앞자락에 'Back Gammon'이라는 활자가 비뚤하게 프린터되어 있다는 말이다. 그걸 입은 선생의 모습을 상상하는 순간, 실례를 무릅쓰고 웃음이 터져 버린다. "Back Gammon, 가몬아, 돌아와! 그 글자를 보면서 난 생각한다네. 돌아오는 자리가 창 밝은 자리, 문학의 자리여야 한다고. 더 두렵고 고통에 예민해지는 자리, 타성과 습관, 고정관념으로부터 떠난." 그는 잠자리에서도 예술가로, 꿈속에서도 시를 쓰는 사람이다. 나는 어떤 예술가도 이십사 시간 예술가로 존재할 수 없다고 생각해 왔다. 드물게 찾아오는 영감 혹은 창작의 순간에 나는 찰나적으로 시인이다. 그러나 그가 말하는 시는 어떻게 살아야 하는가를 고민하게 하고, 내 삶의 방식이 맞는가를 반성하게 한다. 좋은 시는 겹으로 읽힐 수 있으며 윤리적 기능을 일으킨다고 말하고 있다. 내가 인상을 쓰자, 윤리적인 것과 도덕적인 것은 다른 것이라고 장황하게 설명한다. "내가 무슨 말을 하는지 알아듣겠나?" 그는 말하는 중간 중간 나에게 묻는다. 나를 불신하거나 무시해서가 아니라 따뜻한 배려임을 알 것 같다. 뜨거운 냄비를 건넬 때 식혀서 행주로 감싸서 주는 것처럼. 선생의 시에는 이러한 배려,

청정보시淸淨報施의 정신이 기본적으로 깔려 있다. 시집에 묻어나는 식물성 이미지들은 어떠한 대상도 거칠게 대하지 않는다. 그러한 시는 시인이 분만하고 유도할 수는 있겠지만, 마침내는 언어가 시를 쓴다. "시는 시인이 다 쓰는 게 아니라, 시인이 시에 걸리는 것이라네. 모르겠나? 시는 주머니에서 공을 꺼내는 것이 아니라 지나가는 공을 손으로 잡는 것이란 말이지." 쓰려는 것, 가진 것 이상의 무엇이 쓰는 순간에 우연히 발생하고, 시인은 시를 씀으로써 변화한다는 것이다. 시를 쓸 때 시인은 시의 제물이 된다고 말하며 김현金炫의 '시칠리아의 암소'를 예로 든다. 나는 글을 쓸 때에 발생하는 그 우연의 순간, 접신의 경험과 유사한, 누가 대신 써 주는 듯한 상황을 비행기를 타 본 횟수보다 덜 경험했지만, 그와 마주한 이 아름다운 우연을 믿듯이 그의 말을 모두 믿어 버린다. 선생의 맑은 음성은 나를 부끄럽게 만든다. 선생의 말은 내 마음속에 들어와 달칵하고 닫히는데, 나는 어정쩡하게 코드를 꽂지 않은 선풍기처럼 돌아가는 흉내나 내고 있는 것이다. 언제나 나는 굴뚝이 없어서 내면은 먼지로 가득 찼어요. 외부의 굉음으로 소스라쳐 깨어나서 울어 대고요. 끈덕지고 뭉툭한 타인의 욕망으로 나는 딸꾹질하고 구역질한다고 투덜대는 방식으로 시를 쓰지 않았나. "칼날을 자기 쪽으로 하게." 선생은 지그시 눈을 감는다. 나는 피를 흘려야 하나. 문학이라는 칼은 손잡이까지 칼날이라고 선생은 산문집에도 썼으니.

선생을 피로하게 만드는 것이 죄송하다. 조용히 거실로 나와

유리창 너머로 비둘기가 나는 것을 본다. 「라 팔로마」를 잘 부르던 내 친구는 이제 연락이 되지 않는다. 한밤중에 전화하지도 않고, 내 시를 더 이상 비난하지도 않는다. 갑자기, 부지불식간에 나는 그를 잃었다는 사실을 지금 불현듯 깨닫는다. 우정도 시도 끔찍하다. '시여! 나에게 무슨 일이 일어나게 해 줘.' 생각을 멈추고 싱크대 쪽으로 머리를 돌린다. 거기엔 식기 대신 플로베르의 데드마스크가 있다. 그 옆엔 작고 검은 돌멩이와 옷걸이 철사로 만든 새. '直下打成一片 現成本分事(곧바로 한 덩어리가 되라, 본분의 일은 다 드러나 있으니 지금 바로 이루라)'라는 문구가 적힌 흰 종이. 플로베르의 앵무새 사진 등이 미학적으로 배치되어 있다. 선생님의 작업실은 카프카의 성처럼 음습하지 않다. 선생님의 유곽 이미지에서 보듯 혼돈된 풍경도 아니다. 어쩌면 문학과 미술, 음악이 공존하는 희귀한 설치 공간 같다. 구석구석 신비함이 깃들어 있다. 몇 시간을 소모해서 둘러보던 외국의 미술관보다 아름다운 게 더 많다. 얼핏 아무것도 아닌 것 같지만, 이것들은 지상에 하나뿐인 모든 것이다. 전세 천만 원에 월세 이십만 원짜리 우주에서 그는 책을 읽고 시를 쓴다. 문을 닫고 문 밖 세상이 아무리 소란해도 그는 시를 쓴다. 그의 시는 실천이다. 앞으로 씌어질 선생의 시에 관해 가만히 여쭈어 본다. "첫 시집은 아버지를, 두번째 시집은 어머니를, 세번째 시집은 당신을 말했지. 네번째 시집의 테마가 가족이었고, 다섯번째 시집에서는 두두물물頭頭物物의 세계를 노래했으니, 이제 나는 무엇을 향해 갈까." 선생은 자신의 '떠돎'에 대해 잠시 생각에 잠긴 듯하다. 그의 체질적인 민감성은 낡고 늙은 것들에 대한 불편함으로, 배반의 형태로 발현되는 걸까. 말을 타고 그가 달린다. 인디언이 되려는 소망을 가진 자처럼 질주하는 말 잔등에 잽싸게 올라타고 있다. 며칠 전에 갔던 몽골에서 찍은 사진이라고 한다. 이쪽을 향해 머리를 돌렸으나 그의 눈동자는 저 너머를 보고 있다. "난 사람과 사물을 거쳤어. 이제 마지막으로 할 얘기는 '불가능, 부재, 사막', 그러니까 '말할 수 없는 것'으로 갈 것이네. 시는 애초에 말할 수 없는 것을 말하는 방식이지만, 난 더 그쪽으로 가겠네." 그는 나의 상식에 상처를 입힌다. 그는 혼자 노는 아이처럼 아무 계산도 없이 늘 생각해 온 놀이 방식을 이야기하는 듯하다. 가령, 이전에는 '존재하는 것들'을 썼다면 이제는 '존재 바깥의 것, 말할 수 없는 것'을 쓰겠다는 말씀인데, 아무짝에도 필요 없으나 씌어져야 하는 것이라니, 그게 뭔가. 있기는 하지만 말로 설명할 수 없는 것들. 나는 그게 뭔지 하나도 알 수 없기도 하고, 흘낏 알아차릴 수 있기도 한데, 또다시 꼬치꼬치 묻기는 어렵다. 다시 말한다고 해서 내가 뭘 알리. 머리칼을 쥐어뜯으며 나는 탁자에 고개를 박는다. "이보게, 우리가 지금 의미의 길을 따라 대담을 하고 있잖은가." "예, 그렇지요, 선생님!" "그러나 이 일을 마치고 자네가 돌아가면 이 방에 남는 어쩔 수 없는 허무감이 있겠지." "예, 그러니까 제가 가면 선생님께서 서운하시다는 말씀이에요?" 나는 반색을 한다. "어휴, 그런 뜻이 아니라 시는 심리적 패닉, 원초적 외로움 속에서 쓴다는 말이네. 사막을 만들어서 거기 남는 것이지. 난 시를 쓴 후에도 내가 뭘 바라는지 모르고 싶어. 내 시는 인생 문답, 퀘스천 마크야." 문학은 인생을 쏙 빼닮아 공허하고, 그

공허한 느낌만 전달해도 작품은 끝나는 것이다. 이 공허한 인생에 대한 미칠 것 같은 사랑으로 글을 쓰는 선생의 몸은 아름답고 단단하다.

"선생님! 건강관리는 어떻게 하시나요? 요즘도 테니스 치세요?" 뜬금없이 선생은 라파엘 나달의 경기를 말씀하신다. 진흙 코트에 강하고 잔디 코트에 약한, 계속 2위 자리에 머무르기만 하던 스페인의 테니스 선수 나달이 얼마 전 윔블던에서 페더러를 꺾고 세계 1위에 우뚝 섰을 때의 이야기이다. 그가 챔피언이 된 이후에도 보여 주었던 겸손과 배려의 말, "나는 2위입니다. 그것도 1위에 가까운 2위가 아니라 3위에 가까운 2위입니다"라는 기사를 보고 선생은 '내가 졌다!'고 생각하셨단다. "지금까지의 내 문학을 추문으로 만드는 말 같았어. 문학은 '큰바위얼굴'을 마냥 기다리던 그 사람을 닮아야 하네." 순간 나는 얼마나 머쓱한가. 문학 이야기에서 잠시 일탈하려다가 뒷덜미를 잡힌다. 그의 취미에 관해, 여가와 건강비법에 대해 물으려고 해도 모든 이야기는 문학으로 귀결한다. 그가 요즘 오전에 나가는 골프연습장에 관한 언급도 결국은 새 이야기로 이어진다. "새요?" 출구를 찾지 못해 연습장 그물을 쑤시고 다니다가 결국은 날개를 그물코에 걸어 놓고 죽어 말라 가며 낱낱이 떨어지는 새. 들어온 데를 모르니 나갈 곳을 몰라 죽음의 공포와 불안에 떠는 모든 인간의 문제를 말씀하신다. 그리고 해군 시절에 엎어진 배에 온몸으로 매달렸던 기억을 털어놓으며 "문학은 전 존재를 거는 거야. 자기 생을 담보로 한 모험이고 투자며 투기라네." 창밖으로 다시 소나기가 떨어지고 천둥이 운다. 작업실 뒤쪽의 숲속에서 나무 한 그루 홀로 쓰러지고 있는지 모른다. 그런 나무처럼 문학은 처연하게 혼자 존재하는 걸까.

선생은 자신을 둘러싼 별 불만 없는 인생을 말한다. 나는 '어떻게 트라우마도 없이 시를 쓰는가'로 반박한다. "플로베르도 프루스트도 유복했어. 인간이 인간의 몸을 받고 태어난 것 자체가 상처잖아. 천지불인天地不仁이야. 그러므로 인간이라는 근원적 존재의 문제를 더 깊숙이 들여다보게 되지." 그리곤 계속해서 좋아하는 시인들, 최근에 골몰하는 죽음에 대한 성찰, 물리학에 관한 책들, 진정성이 바닥인 한국문학과, 자기세계를 만들어 치열하게 자신과 당대에 질책을 가하는 일종의 순교자 층이 두텁지 않은 문단의 현실을 안타까워한다. "저기요, 선생님! 아직 아무에게도 하지 않으신 말씀을 들려주세요." 선생은 커다란 눈을 더 휘둥그레 뜬다. "제발요. 다른 인터뷰에서도 밝히지 않은 거, 산문집에도 쓰지 않은 이야기요." 나는 그의 가지런한 발톱을 보며 재촉한다. 그는 잠깐 동안 어이없다는 표정으로 천장을 올려다본다. "이리 따라오게." 확실한 것은 그가 솔직하다는 거다. 진짜로 꾸밈없는 인간이 어떤 인간인지 오늘에야 알겠다. 어쩌면 이렇게 밝을 수가. 여태 들어가 보지 않은 작은 방은 밝다. 벽에는 선생의 문학탐구 과정을 그린 이상한 도형들과 색 테이프들이 붙어 있다. 선생은 턱을 들어 그림이 붙어 있는 종이 시트를 넘겨 보라고 주문한다. 나는 못대가리에서 그것을 빼내어 조심스레 뒷면으로 넘겨 본다. 누드 사진, 아니 어디서나 볼 수 있는 수영복 사진이다. 풍만한 육체의 여자가 팔을 돌려 석고상을 안고 있다. 호피무늬 비키니를 가로질러 광고문구가 있다. 선생은 머쓱하게 웃는다. "음식점에 걸려 있는 달력을 제자들에게 얻어 달라고 부탁했거든."

왜 내가 그의 시를 이토록 좋아했는가를 말할 수 없다. 가방 가득 그의 시집들과 산문집들, 그리고 네르발 연구서까지 챙겨 넣고 시에 관해 무슨 말을 했던가. 시인을 만나면 시를 인용하곤 하는 전례들을 나는 모른다. 그는 진지하지만 근엄하지 않고 폼 잡지 않는다. 작업실에서 최대한 멀찍이 높은 의자에 앉아 있던 내가 마침내는 스승의 발아래 무릎을 꿇게 된 연유를 나는 모른다. 그가 최근 시의 문제들을 이야기하면서 나에게 알려 주었던, 줄줄 외던 아포리즘이 하나도 기억 안 난다. 너무나 선명하게 드러나 눈이 부셔서 못 보고 못 들은 것이다. 선생 또한 숨겨져 있지 않고 숨기는 바가 없었기 때문에 오히려 내가 잘 볼 수 없었는지 모른다. 결국 문학은 말할 수 없는 것인지 모른다. 선생과 함께한 오늘의 기록 또한 아무 의미가 없고 어느 날 내게서 멀어져 갈 것이다. 그래서 나에겐 더없이 아름답다. 그는 택시를 잡아 주겠다며 큰길까지 걸어 나온다. 우리는 잠시 나란하다. 이 비단 같은 산책길이 무한히 길어졌으면 한다. 그러나 택시는 금방 오고, 나는 그의 손에 입맞춤도 못 했다.

김과 백이 만난 사람: 시인 이성복

김민정 시인

동대구역에 내려 택시를 잡아타자마자 그에게 가자 했다. 어데요? 경상도 억양이 억수로 억세던 택시 기사가 연신 고개를 갸웃거린다. 어, 이렇게 설명하면 다 알 거라고 하셨는데. 다급한 마음에 그에게 전화를 건다. 수화기 너머 친절한 성복 씨의 집요한 길 안내가 이어진다. 백 원어치의 요금도 셀 틈 없이 택시가 곧 멈춰 선다. 저기 한눈에도 참 이성복스러운 한 남자가 서 있다. 말잠자리 눈 같은 까만 선글라스로 일단 가릴 건 다 가린 눈이었다지만, 선생님, 모가지가 부러지도록 호들갑스럽게 인사부터 하고 보는 나다. 멋쩍어 따라 웃고 보는 그다. 이거 뭔지 모를 안심이다. 어떤 낯가림 같은 게 선글라스 쓰고 벗는 일처럼 만만해진다. 그가 손수 커피를 타고 범어동에서 가장 맛있다는 카스텔라를 자르는 동안, 나는 그의 뒤에 바싹 붙어 졸졸 따라다니며 호기심 많은 아이처럼 이것저것 묻기 바쁘다. 그가 싱크대 찬장에 붙여 놓은 르네 샤르의 시를 불어로 읽어 준다. 또 해 주세요, 하니까 리바이벌도 한다. 그가 현관문에 뚫린, 우유 구멍을 막고 있던 청년 랭보의 얼굴을 떼어 온다. 저 주세요,

하니까 부끄러워도 한다. 그와 내가 동시에 봉투 찢는 작은 칼 하나를 본다. 청하기도 전에 까짓것, 선심도 쓴다. 마시고 씹는 주제에 또 묻는다. 이건 뭐예요? 점 보는 거라. 점이요? 내가 『주역周易』 했잖아, 그걸로 박사 논문 썼잖아. 선생님, 저도 한번 봐 주시면 안 돼요? 그래 한번 뽑아 봐라, 가만있어 보자… 위는 산이고 아래는 불이라….

손에 쥐고 계신 그 연필, 꽤 오래된 것 같아요.
우리 딸이 어렸을 때 쓰던 거야. 이수유. 이름 예쁘지? 내가 가장 잘 지은 이름이라고 생각해. 이게 말이야, 한자가 더 예뻐. '산수유 수茱'에 '산수유 유萸'. 걔 낳기 전에 서정주의 시에서 산수유라는 글자를 봤는데 그게 너무 예쁜 거라. 우리 딸은 사회학과 나왔는데 제 이름처럼 수유연구소라고 있지, 거기 다녔어. 요새는 영화 찍는다나 뭐라나, 아무튼 재밌게 사는 거 같아.

1952년 경북 상주 출생이라는 선생님의 이력이 유독 기억에 남습니다.
하하, 그래? 가만, 민정 씨가 용띠지? 나랑 띠동갑이구나. 올해 우리 학교에 특기생이 하나 들어왔는데 시를 곧잘 써. 그래서 내가 몇 년생이니 하니까 나보다 서른아홉 살이 아래더라고. 연배로 따지고 보면 나와 백석白石 정도의 차이거든. 나는 걔랑 거의 친구처럼 지내는데 얘는 나를 어찌 보겠나, 거 웃기지? 나만 웃긴가? 아무튼 나도 곧 환갑이라.

이 작업실에 계신 지는 얼마나 되신 거예요. 단출하니 정말 아

무엇도 없네요. 절간 같아요.

한 이삼 년 되었나. 보증금 천만 원에 월세 십오만 원. 싸다고? 싼가? 싸지! 낮엔 주로 여기서 작업을 하거나 낮잠을 자고 밤에는 집으로 가지.

『주역』은 언제부터 관심을 가지신 건가요.

내가 대구 계명대에 취직한 것이 1982년이었으니까 만 서른 살이었어. 그러다 1984년에 불란서에 갔지. 보들레르 생각하고 여기가 고향이겠구나, 했는데 완전 푸대접이었던 거라, 그 무시 정도가. 어쨌든 한국 돌아와서 다시 읽은 게 김소월金素月과 한용운韓龍雲이야. 그때 주변 선생님들이 한문 공부 한번 해 봐라 권하셨어. 그래서 계명대 앞에 계명한의원이라고, 지금은 돌아가셨는데 아주 점잖은 어른이 거기 계셨는데, 가서 『주역』 배우고 싶다 그랬더니 『대학大學』이랑 『중용中庸』을 먼저 하자시데. 그 두 책을 한두 달 만에 다 떼고 『주역』을 일 년 팔 개월에 마쳤는데, 아주 신이 나서 매일 공부하러 갔던 기억이 나.

헉, 그렇게 짧은 시간 동안 어떻게 떼요. 뗀다는 의미라면?

그거 뭐 짧잖아. 기본적으로 술술 읽을 줄 알아야 하고, 주석 풀이를 해야 해. 아니야, 별로 어렵지 않아. 한자는 좀 알아야겠지. 어쨌거나 그렇게 매일매일 가니까 하루는 선생님이 그러셔. 이 교수, 우리 일요일에는 좀 쉽시다. 해서 일주일에 하루 쉬고 거의 육 일을 갔어. 그때 학교 중문과 선생들과 『논어論語』도 했는데 그 수업도 한 번을 안 빠졌어. 어떻게 안 빠질 수가 있나. 노하우가 있지. 내가 빠지는 날은 수업을 아예 못 하게 했으니까, 하

하. 그렇게 『논어』도 일주일에 한 번씩 해서 일 년 만에 뗐어.

고교 시절 이성복은 어떤 학생이었나요.

어린 마음에 출세할 생각에 들떠 있었지. 그래서 국회의원 딸에게 편지도 쓰고 웅변반 반장도 하고. 그럼, 웅변 원고도 직접 썼지. 전교생 앞에서 열변을 토한 적도 있어. 주제? 빤하지 뭐. 외제품 써서 되겠나, 우리 물건 쓰자 뭐 그랬던. 아무튼 나 고3 때는 일절 공부 안 했어. 만날 뒤에서 엎드려 잤어.

에이, 말도 안 돼요. 공부 안 했는데 어떻게 서울대 불문과에 들어가요.

아무튼 내가 고2 때부터 예술, 사상 그런 거에 푹 빠진 거라. 그때 이상적인 모델로 삼은 게 루소였어. 만날 귀족 부인들이나 꼬시고, 폼 재고, 그거 좋잖아, 사상가. 그런데 어느 날 친구들이 『데미안』이나 『이방인』 얘기하는데 무슨 말인지 하나도 모르겠더라고. 그래서 대학 와서 불문과 공부도 좋지만 일단 좀 책을 보자 했지. 대학교 일이학년 시절부터 외국 문학, 철학을 읽기 시작해서 군대 가서도 도서목록 카드 만들어서 그거 차례대로 지워 가면서 독서를 했어. 내가 공부할 때 보면 좀 집요한 데가 있어.

특별히 불문과를 택하신 이유가 있으셨나요.

원래는 철학과에 가고 싶었어. 근데 집에서는 철학이라고 하니까 사주, 관상 뭐 이런 걸로 알아. 내가 불문과에 간 이유는 고등학교 때까지 독어를 하다 보니 워낙에 질렸고, 또 하나는 불문과에 여자가 많다고 하잖아. 난 말이야, 여자를 밝혀서가 아니라 태생적으로 여자들하고 있는 게 편해. 명절 때도 난 주로 부엌에서 누나들과 노가리 까는 게 좋지, 매형들은 거북해. 어휴, 이게 참, 출세할 상이 못 돼. 시험 감독 들어가서도 남학생들 쫙 깔려 있으면 가슴이 팍 답답해진다니까. 내가 본질적으로 그렇게 여자인 거라.

그런데 어떻게 웅변반 반장은 하셨어요.
그래도 내가 깡다구가 세거든. 한 번 물면 절대로 안 놔. 어른들도 아주 식겁하지. 그러니까 다 양면성이 있는 거라.

선생님에게 문학은 처음에 어떻게 다가왔나요.
도스토옙스키나 톨스토이 같은 사람들을 무지하게 높게 쳐줬지. 그게 문학이라고 생각했거든, 난 이념형이었으니까. 그래서 플로베르 같은 사람을 왜 위대한 작가라고 하는지 이해할 수 없었어. 난 늘 신과 철학을 생각했거든.『마담 보바리』를 보라고. 거기에 무슨 신과 철학이 있는지. 플로베르를 인정하게 된 건 군대 다녀와서야.

고등학교 때 시를 쓰지는 않으셨나요.
그때 내가 나도 뭔 소리인지 모르는 그런 시를 끼적이기도 했어. 내가「꽃핀 아유자의 노래」라는 시를 경기고등학교 화동문학상에 투고를 했거든. 그걸 본 내 친구 이인성李仁星이가 낙선된 작품이지만 교지에 싣자고 한 거라. 인성이가 문예반 반장이었는데 워낙에 날렸어. 암튼 그게 장시長詩였는데, 여기서 '아유자'

는 아첨하는 자란 뜻이고, 내용은 뭐 지금 생각하면 별 거 아닌데, 남한에서 죽은 간첩의 시체에서 사과나무가 자란다는, 초현실주의 냄새가 짙은 시였는데, 하여간 인성이가 그 작품의 일부를 잘라 교지에 싣고 나머지만 날 줬거든. 1969년이나 1970년 교지 보면 있을 것도 같은데.

아, 정말요? 이번에 경기고에 갈 일이 있는데 한번 찾아볼까요.
그래 줄 수 있겠어? 나 그거 참 보고 싶은데.

다시 돌아가서요, 플로베르를 위대한 작가로 인정하게 되신 건 어떤 연유에서였나요.
문학에 대한 생각 자체가 변하게 되었거든. 어떤 이념에 대해서도 입을 닫는 게 문학이다, 라는 걸 후에 알게 된 거지. 지금까지 내 문제는 인생의 문제야. 요즘 내가『현대문학』에「타오르는 물」을 연재하고 있잖아. 그게 내 나름대로 인생에 대해서 배우고 느낀 걸 몰아서 하고 있는 거거든. 내가 서양철학에서부터 문학을 시작했기 때문에 김수영金洙暎은 알았지만 김소월이나 한용운은 저게 시냐, 그랬었다고. 그런데 난 지금 김소월이 무지 대단하다고 생각해.

김소월이요?
응, 김소월. 나는 그에게 모든 것이 있다고 생각해. 내가 불란서 갔다 와서, 연애시를 읽으면서 동양의 음양사상과 만나게 되었어. 연애라는 게 음양이잖아. 그래서『주역』도 하고 그 다음에 불교 쪽을 접한 거야. 불교 기초 강좌부터 불교 기초 경전, 『유마경維摩經』『원각경圓覺經』 그런 것들과 선불교, 티베트 불교, 인도 사상 뭐 그렇게 연결해서 조금, 조금씩 공부해 나갔던 거라. 근데 나는 전문가가 아니잖아. 내 인생에 필요하다 싶은 부분을 그저 섭취하는 정도랄까. 그러다 정신분석으로 넘어가서 프로이트를 읽기 시작했지. 불어 원문으로 읽기 시작해서 전집의 한 절반은 읽은 것 같아. 거기서 또 후기구조주의로 넘어갔다가 한참 재미나게 본 것이 생물학이야. 특히 '짝짓기'에 관심이 많았지. 거기 모든 것이 걸려 있거든. 그리고 인류학, 요 근래에는 현대 물리학과 수학. 그런 식으로 대충 한 거야. 봐, 지금은 나 책 별로 없잖아.

생물의 짝짓기 중에 가장 신기한 경우를 예로 들어 주시면요.
물고기 중에 이런 게 있어. 왕이 여자고 나머지는 남자들이야. 근데 이 왕이 나이가 들어 비실비실하잖아. 그러면 밑에 똘마니들이 도전을 해서 이기잖아. 그러면 진 놈이 남자로 바뀌고 이긴 놈이 여자가 돼. 신기하지? 달팽이 같은 것도 그렇거든. 짝짓기를 할 때 내가 한 번 여자 해 주면 다음에는 네가 여자 해 줘야 해 하는 식이야. 왜냐면 달팽이가 짝짓기 할 때가 되면 애인을 찾으러 가는데 이놈아가 하루 종일 가도 일 년에 하나 만날까 말까 하거든.

생물학과 인류학이라는 게 사실 참 큰 공부입니다.
우리 생명체라는 건 사실 종족의 생명을 전달하는 매체야. 아예 그렇게 되어 있는 거야. 해마다 나뭇잎이 나기만 하고 떨어지지 않는다고 생각해 봐. 사람도 마찬가지잖아. 개체의 생명은 종족의 생명을 전달하고 빠져 줘야 돼. 그게 릴레이하고 같아. 내가 한 바퀴 돌고 바통을 넘기면 그걸 받아 다른 놈이 쑥 나가야 하는데, 전부 돌고 있으면 그거 개판 오 분 전이 되는 거라. 그런데 우리는 죽는 걸 두려워하잖아. 인간의 수명이 늘어났다지만 인간의 인프라 자체가 사십 년 내지 오십 년이야. 삼십 년 하고도 생명체가 살아남는 이유는 자기가 낳은 생명체가 성장할 준비를 해 주는 거거든. 자기 역할이 끝나면 빠져 줘야 돼. 이 원리는 말이야, 수레바퀴와 같아. 수레바퀴는 돌아, 도는데 수레는 나가잖아. 또 파도와도 같아. 파도가 온다고 태평양에서 여기까지 물이 오는 게 아니거든. 그런데 종교에서 부활이 어떻고 그러잖아. 죽은 사람들 다 부활시키면 이 세상은 쓰레기 천지가 될 것 아니야? 총알이 나가면 탄피는 떨어지는 거라. 탄피가 같이 나가려고 하면 거기서 문제가 생기는 거라. 그걸 모르면 힘이 들어. 고통스러운 거지. 고통이라는 건 없앨 수 없는 거라. 문제는 우리가 고통을 뻥튀기한다는 거라. 인간으로 태어나서 고통은 안 받을 수가 없는 거라. 그건 기도하고 굿하고 해서 해결될 문제도 아니라고.

선생님도 한때는 천주교 신자였다고 들었어요.

한 삼사 년 열심히 나갔지. 세례명은 바오로. 근데 요즘엔 안 나가. 우리 집사람은 되게 열심히 나가. 매일 미사하지. 어쨌거나 인간이란 게 참 맹목적인 거라. 우리 둘째 아이 반에 되게 멍청한 애가 하나 있었는데, 현충일에 선생님이 "조기 다세요" 했더니 "조기? 생선 말이가?" 이랬대. 걔가 또 릴레이 하는데 바통 받고서는 반대쪽으로 달려갔다는 거라. 그런 것처럼 인간은 참 어리석은 거지. 그런데 재미있는 건 개체/종족의 관계를 시 쓰기에도 적용해 볼 수 있다는 거야. 시는 내가 직접 메시지를 내보내는 게 아니라, 수레바퀴처럼 이렇게 돌아가 주는 거라. 그러면 메시지는 간접적으로 나아가는 거지. 계속 새끼를 꼬듯 이미지를 꼬아야 힘이 생겨. 전선도 꼬여 있잖아. 꼬려면 어떻게 하지? 침 뱉어서 계속 비벼 주지. 그러면 새끼는 계속 올라가지.

시는 좀 쓰고 계신지요. 간간 발표하신 작품을 본 것도 같은데요.
안 써. 별로 필요를 못 느껴. 기억나는 게 '뚝지'라는 물고기로 시 쓴 거 있는데 아주 비참해. 내가 동물 이야기를 쓰는 것은 그래, 기억하려고 쓰는 거야. 내가 쓰지 않으면 아무도 기억해 주지 않을 거 아니야. 또 시를 쓰는 건 모르기 때문에 쓰는 거야. 시를 쓰기 전에는 내가 무슨 생각을 하는지 모르거든. 시라는 건 그렇게 모르기 때문에 쓰는 거야. 지금 내가 도달한 지점은 한마디로 '불가능'이야. 지금까지 내가 쓰고 생각하고 공부해 왔던 모든 것을 한마디로 똘똘 뭉쳐 말하자면 '불가능'이라고. 그러니까 결국 내가 할 수 있는 것은 말할 수 없는 것을 말하는 것뿐이야. 시라는 건 '불가능'의 언어, '불가능'을 표현하는 언어이지만 동시에 언어의 '불가능'이야. 그 지점에서는 주체와 언어가 함께 사라지지. 나는 그 직전까지만 갈 수 있어. 그 다음은 내가 알 부분이 아니지. 그래서 그 부분을 계속 찌르는 거야.

계속해서 쑤시는 거, 내가 할 수 있는 건 그것밖에 없다는 거지.

말할 수 없는 것을 말하는 것뿐이라….

시라는 건 우리의 감정을 표현하는 게 아니야. 감정을 표현할
수 없다는 것을 표현하는 거, 그게 시지. 아주 깊은 물에 돌멩이
하나 던졌을 때 아무 느낌도 없는 그런 느낌을 일으키는 거, 그
게 시지. 말하자면 바다에 내리는 눈 같은 거.

선생님이 처음 시를 쓰셨을 때도 그런 생각이셨나요.

아니. 그때는 왜 사는가 하는 문제에 매달려 있었지. 카프카
식으로 말하자면 '원죄'이고, 노자老子 식으로 말하자면 천지불
인天地不仁이야. 내가 언젠가 그런 얘기를 한 적이 있어. 왜 이리
빤한 것을 사람들은 얘기하지 않을까. 인간을 말하면서 왜 인간
의 생물학적인 조건에 대해서는 말하지 않는 것일까. 왜 군홧발
에 밟혀 죽는 사람은 얘기하면서, 개 죽는 건 얘기하지 않는가.
나라는 사람은 보다 근본적인 거라. 이건 도덕이 아니라 윤리의
문제야. 이 근본적인 악조건 속에서 내가 할 일은 어쩔 수 없이
겪어야 하는 괴로움을 줄이는 것. 잘못된 환상 때문에 쓸데없이
오는 괴로움을 없애는 것. 만약 그걸 안 하고 환상 속에서 살면
그냥 비 맞는 거라. 그 비를 안 맞으려면 간단해. 처마 밑으로
들어가면 돼. 내가 비를 안 오게 할 수는 없어. 그래서 비를 덜
맞거나 피할 수 있는 방법을 찾는 거라. '법등명法燈明 자등명自燈
明'이라는 말이 있잖아. 법을 등불로 삼고, 자신을 등불로 삼으
라고. 걸레 빠는 것도 비슷해. 걸레를 빨 때 새 물이 들어오면
그 안에 있는 구정물이 빠져 나가잖아. 물론 그렇다고 해서 걸

레가 원래대로 되지는 않아.

아, 점점 헷갈려요. 어려워요. 시를 어떻게 써야 할까요.

내가 이십대 후반에 시를 참 많이 썼어. 지금은 써야 한다는 강박에서 자유로운 편이지만, 아무튼 그 후에는 다 억지로 쓴 것 같아. 내가 얼마 전에 존 치버라는 사람의 단편을 봤는데 참 좋더라. 「돼지가 우물에 빠졌던 날」이었는데, 거기 뒤에 수상 연설을 보면 이런 말이 나와. "잘 쓰인 한 페이지는 무지무지하게 힘이 있다." 맞잖아. 시인의 경우 한 행을 보면 시인인지 아닌지 금방 알 수가 있고, 작가의 경우 한 문단을 보면 알아. 왜 연쇄 살인범 같은 사람들 디엔에이 보면 전체 정보가 다 나온다고 하잖아. 어떤 작가의 한 문장을 보면 칼이 어느 방향으로 들어가는지 알 수가 있어. 중요한 건, 칼이 들어가야 할 데가 아닌데 들어가서는 안 된다는 얘기지.

어떤 걸 보면 이게 시다, 라고 느끼시나요.

나는 시가 이미지도 아니고 비유도 아닌 것 같아. 요 근래 드는 생각은 '어조' 같아. 말하자면 산문은 유선 케이블이고 시는 무선이라. 아무 매개도 없이 툭, 건너가는 거야. 전에는 시가 발견인 줄 알았거든. 스크래치 할 때 형형색색의 아름다움, 그런 생각을 했었는데, 김소월을 보면 꼭 그렇지도 않은 것 같아. 예를 들어 '그래도 못 잊으면 그땐 어떻게 하지요' 하고 싹 꼬부릴 때의 느낌에서 시가 팍 올라오거든. 그렇다고 발견이 아니란 얘기는 아니고. 시는 어조라서 불붙은 전선의 뜨거움이 순간적으로 읽는 사람에게 옮겨 붙어, 화자와 자신을 동일시하지 않을 수 없게 만드는 어떤 것이 아닌가, 아무튼 잘 모르겠어.

테니스도 배드민턴도 즐기셨던 걸로 알아요. 요새는 어떤 운동 하세요.

연습장에서 가끔 골프를 배워. 원래 내가 운동을 못 해. 테니스 오래 했는데 할매들한테도 져. 허리가 안 돌아가. 내가 군대 가서 많이 맞았어. 훈련받을 때 구령을 붙이는데 같은 쪽 팔다리가 같이 올라가는 거야. 내가 해군 다녀왔잖아. 근데도 수영을 못 해. 수영 강습소도 다녔는데 결국 못 떴어. 골프도 선생이 시키는 대로 안 하고, 가르쳐 주면 다음날 딴짓하는 거라. 공부 같은 일에서는 통했는데 몸은 안 통하는 거지.

옆에서 뵈니까 선생님, 정말 카프카와 닮았어요. 특히나 속눈썹이 정말 끝내줘요. 그런 얘기 종종 들으셨죠?

카프카는 기본적으로 예쁜 사람이야. 참 예쁘게 얘기해. '무엇이든 거칠게 대하면 거칠게 대하는 사람이 더러워진다. 그렇지만 만약 초대받은 손님처럼 대한다면 언제까지나 품위를 잃는 일이 없고 고귀할 것이다.' 카, 참 좋잖아? 모든 의미는 의미화된 거야. 이 말을 틱낫한 식으로 빗대면 평화란 평화로 가는 길이야. 내가 평화를 생각하면 평화이고, 진실은 진실로 만드는 거지. 거룩한 건 거룩하게 하는 것이야. 거룩한 건 낮아진다는 것이지. 민정이를 높게 하려면 내가 낮아져야지, 민정이를 높일 수는 없는 거라. 거룩하다는 것은 그런 의미에서 낮아진다는 것이지. 거기에 도달하는 것이 공부야. 공부하는 이유가 바로 그 거라고.

결국 또다시 공부군요. 지금도 늦지 않았을까요. 선생님 말 듣고 있으니 저 완전 김바보예요.

서른넷이면 공부 슬슬 시작해야지. 안 늦었어. 시작하기 딱 좋을 나이야. 일단은 하라고. 자꾸 하다 보면 결국 시로 가게 되어 있어. 사람은 시로 바로 들어갈 수 없어. 녹아 버려. 바다에 내리는 눈이라고 했잖아. 언제든지 그 입구에서만 말할 수 있어. 그런데 입구를 제대로 찾기가 참 어려워. 여자로 치면 구멍이 세 개인 거라. 처음에는 총각들이 오줌 구멍을 그 구멍으로 생각해서 집어넣으려고 하는데 그건 안 들어가는 거라. 항문에 집어넣으면 그건 더러워지는 거고. 밖에서 보면 다 같아 보이기 때문에 이건지 저건지 헷갈려. 항상 근처에 가서 딴 데 집어넣는 거라. 그러니까 늘 깨어 있어야 해. 그러다 갑자기 확 들어가서 화들짝 놀라게 하는 시를 써야 해. 그러려면 지가 먼저 싸면 안 돼. 대상이 만족할 때까지 기다릴 줄 알아야 해. 이렇게 시 얘기하는 사람, 아마 나밖에 없을 걸? 미안!

네. 근데 아주 이해가 쏙쏙 돼요. 헤헤.

아마 그게 그럴 거야. 이리 와 봐. 요 내 수첩이다.

어머, 이게 뭐예요?

좋은 구절이 있으면 여기다 적어 둬. 아도르노, 피카소, 브레송… 한번 읽어 줄까? 자 베케트, "집착에서 벗어나 몸을 내맡기고 판단하지 말고 그냥 쓰라." "예술가가 된다는 것은 다른 누구도 실패할 수 없는 방식으로 실패하는 것이다." 굿, 정말 굿이라. 그리고 요새 내가 관심을 가지는 블랑쇼. "아무도 말하지 않는 언어, 중심이 없는 언어, 그리고 무를 드러내는 언어에 속하는 것이 작가다." "밤에 모든 것들이 사라지면 '사라졌다'가 남는다", 죽이잖아. 요거 하는 게 작가인 거라, 시인인 거라. 도무지 엄살할 여지가 없다니까. 공부는 튀어나오는 게 아니라 구멍 속으로 들어가는 거라.

요새 젊은 시인들의 시는 보고 계신지요.

와리바시라고, 나무젓가락 있지. 벌려야 뭘 끼우잖아. 시는 벌리는 거거든. 너무 넓게 벌려도, 좁게 벌려도 안 되는 거라. 이 벌림을 정말 잘해야 하거든. 접속사로 치면 '그리고'는 안 돼. 각이 안 생겨. 각도를 만들어야 해. 징검돌로 치면 다닥다닥 붙은 거라. '그러나'는 각도를 완전히 꺾는 거거든. 그건 너무 힘들어. 가장 적당한 건 '그런데'야. 백석의 장시 「남신의주 유동 박시봉방」에서는 각을 서서히 주고, 정현종의 「섬」 같은 시에서는 두 행이니까 팍 꺾잖아. 요즘 젊은 사람들 보면 막 벌려. 스케이트 타는 거라면 십중팔구 다 넘어져.

결국 긴장이라는 지점이군요.

초등학교 운동회 때 뒷짐 지고 과자 입으로 따 먹는 경기 있지, 그게 힘들고 불편하니까 손으로 따 먹는 거나 마찬가지야. 또 박래품舶來品이라고 하지, 왜 외국에서 온 거, 희한한 거에 맛들이면 정작 중요한 건 다 놓쳐. 사랑이라는 게 본래 가까운 사람한테 잘하는 거잖아. 문제는 울림이 없다는 거야. 울림통을 가져야 해. 울림통이 뭐냐면, 찡 아프게 끝나고 나서도 한참 동안 남아 있는 거. 그걸 해야 하는데, 요새 사람들은 딱 때리면 그냥 땡이야. 너무 쉽게 가는 것 같아.

글이 안 될 때는 어떻게 이겨내시나요.

글을 못 쓸 때는 글 못 쓴다는 걸 쓰면 글이 되지. 글 쓰기 위해 딴것을 찾으면 글을 못 써. 글을 못 쓸 때 나는 왜 이것밖에 안 되는가, 왜 난 콕 찔러도 피 한 방울 안 흐르는 그런 글을 쓰고 있는가, 그러면 그게 글인 거라. 왜 시가 안 되는가를 얘기하면 시가 되지만 시적인 것을 찾으면 백발백중 딴 거라. 단적인 예가 김수영이지. 김수영이 「어느 날 고궁을 나오면서」에서 나는 왜 늘 이 모양인가 하잖아. 그러니까 시가 되잖아. 「성性」이라는 시도 그렇잖아. 시는 누구 때문에 쓰나? 나 자신 때문에 써. 그걸 늘 명심해.

누구 때문에 쓰는 문제에 대해서는 고민해 본 적 없었어요.

항상 중심을 자기한테 둬야 해. 마라톤 할 때 자꾸 뒤돌아보는 놈은 멀리 못 가. 중심이 바깥에 있는 놈은 한 번 엎어지면 일어날 줄 몰라. 우리 같은 사람들은 중심이 안에 있지 못하니까, 넘어지면 석 달 열흘 못 일어나. 오뚝이 같은 거 봐. 넘어지자마자 바로 일어나잖아. 자기 안에 시를 두고 있기 때문에 그래.

학생들은 매 수업마다 선생님과 이런 시 얘기를 나누겠지요. 부러워요.

나는 학생들하고 있을 때가 즐거워. 사랑받는 느낌을 잘 알거든. 그건 아무런 이해관계가 없는 거니까. 내 말이 마른 땅에 비오듯이 학생들한테 스며들고 있다는 생각이 들 때 행복하지. 일단은 나이가 이십 년 이상 차이가 나잖아. 나는 뭐든지 가져와도 버무려서 뭘 만들어내잖아. 진짜 부자 아버지는 아들에게 돈 물려주지 않고 돈 버는 방법을 일러 준대. 나는 학생들한테 말해, 중요한 건 글의 소재가 아니라 만드는 방식이라고. 글의 소재는 딴 거 없어. 압바스 키아로스타미가 그랬대. "당신의 영화 주인공을 멀리서 찾지 마라. 아침에 대문을 열고 나가 처음 만난 사람이 주인공"이라고. 나는 좀 어린애 같은 구석이 있어. 나는 친하면 남자나 여자나 구별이 없어. 말 까자는 얘기는 아니고, 어차피 우리는 에스컬레이터 탄 거와 마찬가지로 지나가는 거라. 그러나 우리가 사라져도 에스컬레이터 같이 탄 것은 남잖아. 우리는 사라져도 우리가 살아 있던 공간은 남잖아. 말하자면 영원인 거라.

내내 시시詩詩거렸는데도 자꾸만 시에 대해 묻습니다.

비 오는 날 채석장 같은 데 퍼런 비닐 덮어 놨을 때 그 느낌이 있지, 그걸 뭐라고 설명할 거야? 그런 느낌이 있으면 돼. 또 시를 다 쓰고 나서, 돌을 던졌을 때 아무 응답이 없는 그 느낌 있지, 그걸 뭐라고 설명할 거야? 그런 느낌이 있으면 돼. 혹은 아이가 악 소리내며 울음을 터뜨리고 한참 멈췄을 때 아무 소리도 안 들리는 그런 순간 있지, 그런 느낌. 그걸 뭐라고 설명할 거냐고.

불시 번역은 안 하시나요. 개인적으로 좀 하셨으면 하는 바람이 있는데요.

보들레르 하다가 때려치웠어. 누구 좋은 일 시키려고 해? 안

한다. 밥이나 먹으러 가자.

선생님. 키가 혹시 몇이세요?
백육십칠 센티미터. 근데 왜?

"해군海軍 지프차를 보면 경례! 붙이고 싶다"던 그처럼 나는 왜 요즘 어른들을 만나면 다짜고짜 키부터 묻는 것일까. 1996년형 프라이드, 예의 없는 나를 태우고도 성 한 번 내지 않은 채 잘도 달린다. 도로를 벗어나 산으로 산길을 오른다. 새끼를 꼬듯이 계속 산을 비벼 가며 오른다. 운전을 하면서 그가 말한다. "나는 느티나무를 보면 늘 감탄해. 거의 모든 느티나무가 잘생겼어. 거의 모든 느티나무가 경제적이야. 거의 모든 느티나무가 균형이 잡혀 있어." 그러고 보니 그의 어법에 묘한 데가 있다. 그의 말마따나 싹 꼬부려야 할 말의 순간이 있다면, 그걸 확 낚아채 반복하는 재주다. 종알종알 떠들어 대기 바빴던 내 말수가 어느새 팍 줄어 있다. "하던 대로 하라고. 말도 글도 무조건 참으라는 얘기가 아니야. 근데 언젠가는 철이 들어야 할 거 아니야. 왜 물속에서 숨 참는 거 있지, 남들이 삼 분에 일어나면 나는 삼 분 삼 초, 그게 사람을 만드는 거라. 백 미터 달리기 선수들이 다 십 초대로 달리지. 근데 챔피언은 0.02초에서 수준이 달라지잖아." 다시금 끝도 없이 비유가 이어진다. 정말이지 그는 지칠 줄 모르는 진정한 비유의 달인 같다.

서울로 돌아오는 기차 안에서 그의 시집을 펼친다. 언젠가 내가 한 신문 지면을 빌려 그에 관해 썼던 글이 거기 끼워져 있다. "이 문장 너머 저 문장 아래 연필로 흐릿하게 밑줄 긋고는 느낌표 쾅! 밀어 넣던 망치질의 흔적. 그 행복한 항복의 순간이 참으로 여럿이다. '이 새긴 때릴 데가 없네'라는 구절 아래 내가 패러디한 한 구절이 눈에 띈다. '이 시는 버릴 데가 없네.' 그래, 이 마음이야말로 숨길 수 없는 질투겠지. 한 사물이 시의 어떤 발상으로 새롭게 포착될 때 그는 촘촘히 거미줄을 치고 숨죽여 기다리는 한 마리의 거미를 닮았다. 매운 만큼 정교한 바느질 솜씨로 침묵 속에 한복을 짓는 침선장針線匠, 그도 제격이다. 시가 안 될 땐 내 시에서 나와 남의 시를 읽으라던 그의 말을 내가 너무 따랐나."

헤어지기 전에 그가 내게 해 준 말이 있다. "아픈 사람에게 해 줄 수 있는 일이 뭐 있겠나, 대신 아파 줄 수도 없고. 근데 해 줄 수 있는 게 있긴 있지. 옆에 조금 더 있어 주는 거. 그런 의미에서 또 와."

문득 그런 표정이 있다

정우영 『GQ』 기자

패션지가 왜 나를 인터뷰하냐고 했죠? 대학 때 찍은 사진들에
선 꽤 화려하던데요.

에이, 무슨. 나한테 좋은 옷은 나를 신경 쓰지 않게 하는 옷이
라.

색깔이 화려한 건 배제되겠네요.

남의 이목 끄는 건 옷이건 뭐건 싫어. 제일 좋은 옷은 옷이라
는 생각이 안 드는 옷. 그런 식으로 얘기할 수 있는 게 많잖아.
제일 좋은 선생은 선생이라는 생각이 안 드는 선생. 제일 좋은
시는 시라는 생각이 없는 시. 음, 그리고….

어떤 색을 좋아하세요.

한참 좋아했던 색은 하늘의 푸른색이었는데, 중년에 녹색으
로 바뀌더라고. 그런데 지금은 또 녹색이 싫어. 다시, 그 푸른
색.

『프루스트와 지드에서의 사랑이라는 환상』에서 "젊은 시절 우

리는 만나는 여인들의 옷에 각별한 의미를 부여하지만, 더 나이 들어 믿음이 사라지고 나면, 고의적인 환상에 의해 옷이 믿음을 대신하게 된다"고 쓰셨어요. 그런 사물이 있나요.

오, 고 부분 중요하지. 늘 시가 안 되니까…. 옛날에 시를 썼던 그 만년필을 구하면 다시 잘 쓸 수 있을 것 같고, 그래.

무슨 만년필인데요?

독일제인데, 뭐 있어. 지금 나는 시에서 겨울나무 같은 상태거든. 내년이 되면 다시 잘 살지, 지금 이게 마지막일지, 알 수 없는.

다시 쓸 수 있을 거라고 믿지 않으세요?

지금은 몰라. 프루스트 식으로 얘기하면 믿음이 대상의 차이를 만들고, 늙었나 젊었나를 결정하지. 어릴 때는 생일하고 생일 아닌 날하고 엄청 차이 나잖아. 그런데 노인한테는 생일이건 설이건 똑같아. 가령 물도 그렇잖아. 짐승이나 사람이나, 물똥은 정말 더러워 보이잖아. 생명의 원천이 다 더러운 모습인데, 물기 빠지고 나면 더러움도 깨끗함도 없는 거지.

인터뷰 전에 꺼내 보여 주신, 가방에 든 수많은 문장이 담긴 쪽지는 어쩐지 부적처럼 보였어요.

오죽 기억을 못 하면 그리하겠나. 지금 내 이빨도 하도 많이 써서 오래된 자동차 타이어처럼 밋밋하거든. 지금 이빨에 요철이 없는 상태야. 인간은 생득적인 것들이 빠져나가면, 어떻게든 그 자리에 남아 있기 위해 믿음을 불러낸다고.

옷이든 색깔이든 뭘 좋아한다는 것, 그러니까 취향조차도 사

실은 자기가 뭔가를 좋아한다고 '믿는' 것 아닐까요?

그렇지. 이를테면 임플란트.

시인에게도 취향이 있다고 생각하세요?

취향이 아니라 어떤 시인에게 되풀이되는 이미지, 어떤 표정들, 육십을 먹어도 계속 나타는 시선. 그게 없으면 작가라고 할수도 없지.

문학에 대한 의무감이 없어서일까요. 지금 세대의 시 쓰기는 취향의 확장 같다는 생각이 들어요.

시는 본질적으로 말하는 게 아니라 듣는 거야. 근데 취향이라는 건 말하는 거지. 그러니까 듣지 않고 말한다는 건 시가 아니고 예술이 아닌 거야. 정치가나 웅변가일 수는 있어도 시인은 아니라고 생각해. 시인은 자기의 생각이나 세계를 사람들에게 각인시키는 게 아니라, 자기의 세계에 의해 버무려지고 조형되는 어떤 존재, 세계가 시인에게 그렇게 할 수 있는 힘을 빌려 주는 거라. 근데 요즘 시인들은 세계에 널린 사물의 결을 무시하고 있다고.

쓰는 것보단 듣는 게 더 중요하다?

'이성' 할 때 '이'자가 '다스릴 이理'거든. 이발사도 그 자를 쓰거든. 이발사가 이성이 발달했다는 게 아니라, 결에 따라 머리를 고르는 게 이발사라. 예술가나 작가는 세상에 나 있는 그 결을 발견하고, 그에 의해 주조되는 존재. 그러니까 작가라는 존재는 만들어내는 사람이 아니라 낳는 사람이야. 봐봐, 엄마는 애를 낳는 거지. 분만하는 건 견디고 수용하고 인내하는 거지. 엄마가 뭐, 오늘은 손톱, 내일은 이빨 만드나. 우리는 정말 하나도 만들 수 없다고. 그런데 어떤 시대에는 모든 것을 만드는 것이라고 생각해. 겸손하지 못하다고. 카프카가 그랬어. "우리가 어떤 것을 거칠게 대하면 그것은 천박한 것이 되고 품위 없는 것이 된다. 그러나 만약 우리가 그것을, (우리 자신의) 초대받은 손님처럼 대한다면 그것은 언제까지나 가치를 잃는 일이 없을 것이고 귀한 것이 될 것이다."

하지만 카프카도 그렇고, 문학이 세상을 떠받드는 손님으로 묘사하진 않죠.

작가는 세상을 드높이는 존재인데, 세상이 허위로 가득 찼을 때는 두드려 깨는 작업이 필요한 거라. 그래서 그리 보이는 거지. 근데 세상을 취향으로 재단하는 식이라면 그게 예술이겠나.

『아, 입이 없는 것들』이 나오기 전 십일 년간 쳐 온 테니스조차도 당신에게는 '취향'으로 보이지 않았어요.

테니스, 지금 하는 골프까지, 운동 정말 못 해. 그냥 낚시하는 사람들이 병렬식으로 낚싯대 여러 개 놓듯이 해 본 거야.

왜 테니스였을까요.

재밌어서 했지만은 아무 목적도 없지 뭐. 그리해 가지고 뭐하겠나, 선수 되겠나.

이제는 골프죠.

연습장에서만, 제일 짧은 채로 어떻게 한 번 제대로 칠 수 있을까 해. 뭐, 매일 그냥, 운동하듯이. 골프는 비가 오나 눈이 오나 할 수 있고, 다른 사람 없어도 혼자 할 수 있으니까.

의미 부여를 좀 해서, 당신이 쉬지 않고 운동을 하는 건 평소 소홀히 해 온 몸을 발달시킴으로써 시에서 몸의 감각을 발휘하고자 하는 어떤 노력이지 않을까 싶었어요.

거의 같다고 생각해, 시하고 스윙하고. 카라바조 그림 중에 〈다윗과 골리앗〉 알지? 다윗이 골리앗 머리를 들고, 이 씨발놈이, 하는 표정으로 있는 거. 나는 그게 잘된 시나 스윙의 마지막 자세 같아. 한 번의 스윙과 한 번의 시 쓰기. 둘 다, 짧잖아. 머리가 아니라 리듬으로 하는 것이고. 거기서 내가 할 수 있는 부분, 통제할 수 있는 부분은 거의 없고.

이성으로 하는 게 아니라면 뭘까요.

실제로 스윙할 때 신경 써야 할 자세나 그런 부분이 열여섯 가진가 그렇대. 근데 사람이 한순간에 생각할 수 있는 건 하나뿐이야. 지금 나하고 이야기하면서 바깥 소리 안 들렸지? 지금은 들리지. 그러니까 그게 되겠나. 거의 똑같아. 그러니까 난 시나 스윙이나 거의 비슷한 느낌을 받는다고.

골프의 경우, 무한한 연습과 공부를 통해 스윙을 할 수 있는 신체가 되는 것이 중요하겠죠. 시를 쓸 수 있는 신체는 어떤 것 같나요. 물리적인 신체가 아니고 말이죠.

스윙을 할 수 있는 게 몸이듯이, 시를 쓸 수 있는 거는 몸에 해당하는 정신의 어떤 부분이겠지. 근데 그것이 작동하는 방식은 거의 같아. 거기서 내가 할 수 있는 일은 안 해야 될 걸 안 하는 거야. 내가 생각만 안 하면 거길 가는데, 거기에 가겠다는 생각을 하자마자 사라져 버리는 어떤 것. 김수영金洙暎은, 시 쓰는 사람이 시 쓴다는 의식을 없애는 것이 똥구멍 빼는 것만큼 힘들다고 했어. 그게 말이 안 되는 거거든. 말이 안 되는 걸 하는 거, 그때 가장 맑은 목소리가 나오는 어떤 것. 그러니까 시는 내가 쓰는 게 아니라, 어떤 상태에 있는 나를 통과하는 것이지.

시인은 매질이네요.

어떤 식당에 가서 쇠고기 국을 시키면, 국이 다 식어서 나와. 그 국을 담기 위해서는 그릇 자체를 덥혀 놔야 하는 거야. 우리가 할 수 있는 일은 뜨겁게 있는 거야. 내가 차가움으로써 그 국의 뜨거움을 빼앗는다든지 밍밍하게 만들지 않는 것. 시인의 할 일은 그런 거라.

지금은 시를 쓸 수 있는 신체가 아니라고 생각하세요?

시에 썼듯이, 바다에 내리는 눈 같아. 뭐 있어? 아무것도. 인생이 안 그러나? '한 번의 스윙' 하고 '한 사람의 인생' 하고 다를 게 뭔가. 지나가면 남는 게 있나? 아무것도 없지. 시 앞에 서면 나는 아니라는 생각이 들어. 내가 패스한 지 몇 년인지 몇십 년인지 몰라. 패스 안 했을 때는 첫 시집뿐인지도. 오죽하면 작업실에 술을 갖다 놨나. 요새는 마셔도 안 돼. 시를 삼사십 년 썼는데, 못 쓸 거 뭐 있나, 쓰면 쓰지. 근데 이게 싫은 거야. 다, 아무 의미가….

『아, 입이 없는 것들』도 십 년 만이었어요. 그때는 어떤 상태로 밀어붙여서 가능했나요.

뭐, 억지로 끌려다니면서 한 거지. 인제 우리 할머니 얘기를 쓸 거라. 우리 동네 뒤로 고속도로가 나서 할머니 산소를 이장했거든. 참 웃기는 게, 할머니 산소를 파 보니, 밑에 고려 때 장군 무덤이 있는 거야. 그게 무슨 의미인진 몰라. 그것 자체로 느낌이 있는 거라. 우리의 삶은 전적으로 보이지 않는 무엇 위에 기초하고 있는 것이지. 그러니까 시란 무엇을 말함으로써 우리 삶 자체를 망가뜨릴 수 있는 어떤 것, 불가능하게 만드는 어떤 것. 하지만 그렇게 함으로써 진실 앞에 서는 어떤 것. 근데 지금 세워진 사회라든지 제도라든지 하는 것들은 시 쓰기조차 불가능하게 하고 있어. 그게 즐거울 리가 있나. 그런데 그걸 안 하면 잘못된 거야. 카프카가 그리 얘기했어. "너는 숙제다. 그런데 주위에 네가 커닝할 수 있는 학생은 아무도 없다."

예전엔 어떻게 이렇게 썼을까, 하면서 예전 시 같은 것도 들춰 보나요.

보기야 하지. 근데 문학에 대한 생각은 똑같아. 내가 전에 말했어. 작가의 역할이 뭐냐, '그것을 이야기하지 않으면 허위이고, 그것을 이야기하면 우리 삶이 추문이 되는 것'을 말하는 거.

백치임신요.

그래, 문학의 중요한 기능이야. 그게 결국엔 자기를 위태롭게 하는 거거든. 문학을 해 가지고 인생과 참된 사랑, 아름다움을 알게 됐습니다, 나는 이런 사람 잘 안 믿어. 또 다른 작가의 역할은, 그것을 이야기함으로써 우리를 이놈 저놈의 상태에서 이분 저분의 상태로 높여 주는 것. 고상하다, 고귀하다 그러잖아. '높을 고高' 자거든. 다른 사람이 높으려면 어떻게 해야 돼? 내가 낮아져야 돼. 그러니 거룩하게 하는 것이 거룩한 거라. 아름다운 것이 따로 있는 게 아니고, 아름답게 하는 사람이 아름다운 사람이야. 마지막 하나는, 말은 발화되는 순간 이미 불가능을 전제로 하고 있다는 것. 그 불가능을 드러내는 것. 그게 내가 말한 문학의 세 가지 기능이야. 난 그게 문학이라고 생각해. 그 중에서 나한테 좋은 건 아무것도 없어.

당신처럼 시만을 절박하게 구했던 사람이 또 어디 있다고. 좀 낯선데요.
나한테 잘 맞는 게 아니라 나는 이것밖에 할 수 없다고 생각했어. 난 문학밖에 없었어. 지금은, 지금은 아니라고 생각해. 내가 문학으로 할 수 있는 일은, 우리 할머니, 고 얘기를 써야 되는데, 왜 이렇게 쓰기가 싫을까.

할머니 산소 얘기를 들으니, 당신 시집이 어떻게 엮이는지 궁금해요. 항상 플롯이 있죠. 할머니 산소의 경우처럼 어떤 큰 줄기의 생각을 바탕으로 플롯을 미리 짜나요.
아니. 자연히 그렇게 가게 돼. 가령 서울에서 대구 갈 때, 대전을 지나면 차츰차츰 김천과 구미로 가게 돼 있어. 첫 시집부터 쭉 밟아 온 과정이 그렇거든. 마치 주 요리를 먹고 나면, 뭐야, 마지막에 아이스크림 나오는 거. 그건 바꿔 먹을 수 없잖아. 근데 이런 생각은 해. 첫 시집과 두번째 시집을 내고, 나는 서양에 물렸거든. 동양으로 돌아섰단 말이야. 『주역周易』하고 불교 쪽으로.

박사 논문도 『주역』으로 네르발 시를 분석한 것이었죠?

그래. 근데 그때부터 욕 많이 먹었다. 김현金炫 선생이 "쟤 저 러면 안 되는데, 너무 빨리 늙어 버렸다" 이랬어.

동시대로 읽지 않아서 그런지는 모르겠어요. 하지만 『그 여름 의 끝』이 '늙었다'는 것에 동의하지 않습니다.

내가 서울에서 문인들하고 부대꼈으면 그리로 빠졌겠나. 사 실은 대구 내려와서 그랬어. 여기 오니까 주위에서, 너 한학漢學 하고 동양학 해라, 그랬어. 나는 그때까지 김소월金素月도 몰랐 어. 동양학을 하면서 『그 여름의 끝』을 쓴 거야. 동양을 공부하 니까, 서양 비관주의가 참 못마땅하더라고. 사람들이, 아, 자는 맛이 갔다. 다시 시 쓰겠나, 그랬어. 근데 지금 생각해 보면 예 방주사를 빨리 맞은 거 같아. 이 길이 어디서 끝날지 사실은 몰 라. 바둑은 마지막 수를 둠으로써 전체 집이 살아날 수도 있고, 마지막 수를 제대로 안 뒀기 때문에 전체 집이 안 될 수도 있는 거라.

동서양 사상을 앞서서 두루 공부했기 때문에 겨울나무 같은 상 태가 빨리 왔을 수도 있다고 봐요.

지금 내가 도달한 시점이 불가능이거든. 이전에 내게 있던 모 든 문제가 불가능으로 귀결돼. 미셸 슈나이더, 벤야민, 모리스 블랑쇼, 해서 (종이를 꺼내며) 불가능에 대한 글만 뽑았어. 이렇게 쓰고 싶어서 발버둥 하는데도, 못 써.

사실 평생 '불가능'에 시달리지 않았나요. 스스로를 작가로서의 시인이고 노력형 작가라고 말했는데, 오히려 가능성에 매달리는 사람 가운데 불가능을 내면화한 사람이 많은 것 같아요.

그랬지. 근데 지금은 최악의 경우지. 지금은 아예 일을 안 하니까. 나는 이런 얘기를 듣고 싶어. 아, 저 사람 참 열심히 했다. 가톨릭 노래 중에 이런 게 있어. "임의 전 생애가 마냥 슬펐기에 임 쓰신 가시관을 나도 쓰고 살으리라 이 뒷날 임이 보시고 날 닮았다 하소서." 이건 참. 그래, 내 열심히 했다, 눈물나, 그지? 이거 말고 더 있나. 나달이 페더러 이기고 인터뷰할 때도 그랬어. 내가 이기긴 했지만, 페더러한테는 안 된다 이거야. 그리고 축하 파티도 안 열었다는 거야. 스물한 살짜리 스포츠 선수가 말이야. 근데 아이고, 우린 뭐, 서로 잘났다고…. 난 나달이 하는 게 문학이라고 생각해. 그게 아까 이야기하자면…

나를 낮추는 것이죠.

낮추는 거지. 글쓰기는 내가 '국'일 수는 없는 거야. 내 '그릇'을 데울 뿐. 절대적인 겸손. 근데 이게 일상생활에서는 안 돼. 하지만 문학은 어떠냐. 그 안에서는 어쩌면 해 볼 수 있는 어떤 영역, 지대….

근데 이성복이 말하는 문학의 가치와 의미는 아랑곳 않고, 시어들이 만드는 긴장 관계, 그리고 리듬만을 즐기는 사람이 더 많지 않나 싶어요.

나는 처음엔 몰랐어. 리듬을 알기 시작하면 리듬을 잃어버려. 내가 첫 시집 낼 땐 리듬을 의식 안 했거든. 지금은 시가 거의 다 리듬이라고 생각해. 내 시의 나쁜 부분이기도 하고 좋은 부분이기도 한데, 내 시에는 나도 모르는 부분이 많아. 어쩌면 내 시에서 제일 좋은 점은 거의 그렇게 리듬으로 쓰였기 때문인지도 몰라. 시는 은유가 아니거든.

『타오르는 물』 같은 산문에선 은유를 아주 징글징글하게 밀어붙였잖아요. 장시長詩로 만들어도 될 정도로.

그 생각들이 다 남한테 주워 모은 거라. 내 안에 있는 생각을 가지고, 사진을 빌미로 해서 내가 어디까지 나아갈 수 있는가 보려 한 거지. 불가능에 대한 얘기지. 시는 전적으로 일차산업이라고 생각해. 내가 아는 지점이 어디까지인지, 굉장히 원시적으로, 본능적으로 밀어붙이거든.

이성복 시의 힘은 어쩌면 그 산문들처럼 엄청난 구체성과 치밀함에서 나오죠. 그런데 시는 왜 점점 짧아지는 걸까요.

시에 대해 갈피를 못 잡는 거야. 시는 내용적으로 이야기할 부분이 있고, 또 음성, 리듬, 목소리 이런 쪽이 있는 거라. 내가 거기 의지할 때는 시가 짧아져. 첫 시집에서 그 둘이 하나였다면, 지금은 따로 나오는 거야. 지금은 꼭 그 안에 어떤 이야기가 숨어 있어. 리듬을 타고는 있지만, 리듬이 목표가 아니고, '이 봐라, 이게 내가 본 인생이다', 이런 얘기가 되는 거라. 근데 난 그거에 대해서 불만이라. 그건 시가 아니거든. 산문을 시적으로 줄인 거지. 내가 정확히 무슨 말인지도 모르고 쓰는 게 시야. 나이 들면 자꾸 무슨 이야기를 해서 남을 설득하는 쪽으로 가는데, 이게 어쩔 수 없는 길인지 뭔지 모르겠어.

하지만 여전히 젊다는 생각이 들어요. 마흔만 넘어도, 의심보다는 예술, 형식, 다 무시하고 말씀을 늘어놓는 문학가들이 참 많습니다.

하지만, 아직도 버티는구나, 하는 사람들이 있긴 있어. 서사작품에는 주인공인 '나'가 있고, 화자로서의 '나'가 있고, 실제로 쓰는 작가로서의 '나'가 있다 그러잖아. 근데 시의 본령은 그 셋이 하나일 때거든. 시라는 것은 시인 자신이 연출가이면서 동시에 배우야. 첫 시집에선 탱탱하더니 다 늙었구나, 하는 시집은 주인공과 화자의 관계에서 살펴보면 될 거야.

일전에 이인성李仁星 작가에게 쓴 편지에서 보면, 『아, 입이 없는 것들』이 화자와 작가의 동일시가 가장 덜한 것 같다고 자평했어요.

나이 먹고 철 드냐 안 드냐 하는 부분과, 아까 내가 예방주사를 빨리 맞았다고 한 부분이 복합적으로 작용하고 있을 거야.

'시가 나온다'는 시적 영감에 대한 표현이 있죠. 그것이 '화자로서의 나'보다는 '작가로서의 나'에 대한 맹목적인 신화를 이루는 데 일조하고 있다고 봐요.

임계점臨界點이라는 게 있기는 해. 물이 끓는 순간 같은 것. 그 전에는 시가 아니라….

시가 '나온다'라고 느끼나요.

화자로서 쓸 땐 잘 안 돼. 아마 바둑하고 프로 바둑 차이겠지. 젊은 사람 바둑은 힘이 넘치는데 에러가 많고, 늙은 사람 바둑은 집이 튼튼한데 힘이 없고. 또 나이 들면 스스로 자격지심이 들어서 못 하는 부분이 있어. 저 분수 같은 거 보면 사자 입에서 물이 콸콸 나오잖아. 그렇다고 사자가 물 뱉는 건 아니잖아. 시가 나온다고 할 때는, 시인이 영감을 받았다든지 미쳤다든지 하는 의미가 아니야. 엄마가 애 낳는 것처럼, 구멍이 있으니까 그 구멍으로 나오는 거야. 모든 구멍은 받아들임이자 배출의 장소거든. 뭐, 삼십대하고 육십대가 같을 수는 없어. 한 시인의 내면적인 시선, 그것만 안 달라지지.

　당신의 시선은 어떤 건가요.

　실크로드에서 우연히 나를 찍은 사진이 있거든. 그 시선이야. 비참에 대한, 추악함과 위선에 대한 환멸이면서, 하이고, 이젠 마, 경상도 말로 '덧정없다(정 떨어진다)'고 하는 시선. 지금 이렇게 이야기할 땐 잘 안 나타나도 꿈에는 꼭 나타나. 어떤 사람의 음악을 들으면, 아 이건 누구다, 라고 할 수밖에 없는 그런 것. 그 사람이 기쁨을 이야기해도 슬픔을 이야기해도, 같으면서 다른 지점들. 위상기하학位相幾何學 책에서 봤는데, 지하철 노선도 있지? 그게 획기적인 발견이래. 그 전에는 아무도 지도를 그렇게 그릴 수 있다고 생각 못 했다는 거라. 명확하지. 그처럼 얼개를 만드는 방식이 어떻게 바뀌어도 변하지 않는 게 있어.

　한편으로, 어떤 시인들은 비평적 전략을 갖고 있는 것 같아요. 작가로서의 성찰이라기보다 비평가로서의 성찰이랄까요.

내가 답답한 거는 시인이 시를 쓰는 이유가 인생 때문인데, 그 사람들은 반대로 가는 것 같아. 시를 위해서 인생을 사는 듯한 느낌이 들어. 보면 다 드러난다고. 나는 모릅니다, 라고 말하는데, 진짜 모르는 게 아니라 나는 모른다는 것을 이야기하기 위해서 모른다고 하는, 뭐 그런 거라. 그걸 왜 썼는지 제대로 파악할 수 있는 글이 별로 없어. 나는 항상 그래. 내가 흔들릴 때는 선생, 내 경우는 김수영하고 카프카한테 얘기를 들어 봐. 맞춰 보면 될 거 아닌가. 이게, 뭐가 어떻게 되는지, 그게 고전인데…. 학생들에게는 절대적으로 카프카에 의지해서 말해. 그 길이 바른 길이다. 나를 양보할 순 있어도 내 선생을 양보할 순 없다.

또 한 명의 선생, 김현이 말한 "물음의 형태로 존재하는 순정성"이 당신에 대한 정확한 수식이라고 생각해요.
문학은 물음, 그 외에 다른 답이 없어.

실제로, 이성복 시에는 비판적인 의문문이 참 많죠.
마음이 무엇입니까, 라고 묻는다면, 그 묻는 것 외에 달리 마음이 없거든. 어떤 대답도 가능하고 어떤 대답도 불가능하지. 일본 사람 책에서 읽은 건데, 어떤 사람이 '인생이란 무엇인가'를 평생에 걸쳐 묻다가 어느 순간 웃음이 팍 나왔다는 거야. 묻고 있는 그것이 인생인 거라. 그 외에 달리 인생은 없는 거라. 어떤 임시방편도 허락하지 않는 물음이 순정성을 띠겠지. 그 물음 자체를 보존하고 지키려고 하는 사람, 김현 선생이 말한 것은 뭐 그런 뜻이 아니었을까 싶어.

매우 세밀하게 그려진 일상을 통해 물음을 던져 왔는데, 이상하게도 '정치'에 대한 직접적인 물음은 없었어요.

없지. 첫 시집에만 있었지. 그지? 사회적인 존재로서의 책임감이 거의 없어. 어떤 사람한테는 존재 이유 그 자체일 수도 있을 텐데. 인정해. 나도 보고 있으면 너무 가슴 아프고 힘들어. 그렇지만, 나는 인생 자체가 비윤리적이라고 생각해. 인간도 먹이사슬에 있다고 해서, 칠십년대에 내가 참 욕 많이 먹었지. 기본적으로 나는 어떤 판 안에서 보는 사회나 정치를 인정하지 않아. 내가 동물이나 짐승 이야기를 할 때는 사람에 대한 이야기도 다 포함돼 있어. 내가 고기고 생선이고, 멸치도 안 먹거든. 채식주의자라서가 아니야. 걔네들이 먹이로 보이면 관계없어. 모든 생명 있는 것들을 인간이 해치고 비웃는 걸 견딜 수가 없어. 내 도덕이나 윤리는, 너무 근본적이라서 우스꽝스러워져 버리는 어떤 거야.

「기파랑을 기리는 노래 1—나무인간 강판권」을 보면, 실제로 강판권 교수 같은 사람을 얼마나 반가워했을지 짐작이 가요.

세상에 예쁜 사람은 얼마나 예쁘냐. 우리 학생이 농장에서 자두를 따서 경비실에 놔뒀다고 연락이 왔어. 그래 경비실에 가서 찾으면서 아저씨도 좀 드세요, 했더니 경비 아저씨가 그 학생이 자기 건 따로 가져왔다는 거야. 하이고, 어찌 그런 생각을 내나? 참 그런 아름다운 사람을 기억해 주는 게 시인이야. 시인은 세상의 엄마거든.

스스로 '엄마'이고 싶다고 생각하세요.

난 안 돼. 나는 늘푼수('앞으로 좋게 발전할 품성'의 경상도식 표현)가 없다고. 남한테 해는 안 끼치려 하지만, 크게 잘해 주는 것도 없어. 하지만 나는 기억하는 사람이고, 잊지 않으려고 노력하는 사람이야.

영화 〈스트레이트 스토리〉에 이런 대사가 있어요. 한 젊은이가 할아버지에게 물어보죠. "늙어서 가장 괴로운 순간은 언제인가요." 할아버지가 대답해요. "젊은 시절이 생각날 때." 잘 잊지 않는다는 건 회한이 많다는 뜻 같아요.

도저히 나라고 생각하기 싫은 장면들이 있어. 어떤 경우에는 자의로 그리한 것도 있고, 하다 보니까 그런 것도 있고. 우리 집이 장수 집안이거든. 어머니가 지금 구십육 세야. 근데 나는 별로 여기 애착이 없어. 물리학자 파인만이 수술실 들어가면서 의사한테 그랬대. 죽어도 좋은데, 죽을 때 좀 깨워 주시오. 나는 물리학자로서 죽음을 알아야겠으니까. 나하고 정반대라. 나는, 제발 좀 깨우지 마!

젊었을 때 생각했던 문제가, 지금도 여전히 문제인가요.

소동파蘇東坡 시 중에 이런 게 있어. "廬山煙雨浙江潮 未到千盤 恨不消 到得還來無別事 廬山煙雨浙江潮" 여산의 안개비와 절 강의 파도는 중국 사람들이 꿈에 그리는 것들이야. 근데 소동파가 거기 안 가 봐서 한이 참 많았다가, 막상 가 보니 별거 아니네, 하는 거야. 이 시의 마지막 구절이 첫번째 구절하고 똑같아. 처음 말할 때의 힘이 다 빠진 거라. 나한테 선禪하고 시詩하고 충돌하는 부분이 그거야. 선은 힘을 빼는 거거든. 기쁠 것도 없고

슬플 것도 없는 상태. 근데 시는 그걸 계속 간직해야 돼. 지금
그 시처럼 두 개가 만나야 되는데, 나는 안에서 충돌하거든. 한
편으로는 시에 대한 집착이나 관성이고, 다른 하나는 공부에 대
한 갈망. 나를 시 쓰는 기계로 본다면, 내 기계의 우수성일 수도
있지만 단점일 수도 있어. 내가 잡식성이라, 하여간 흡수할 수
있었던 게 많았거든. 서양의 비관주의, 동양학, 힌두이즘…. 근
데 바로 그것 때문에, 결국은 망칠 수도 있지.

　예전에 꽤 노력했는데도 수영을 못 했다고 들었어요. 혹시 아
직도 물에 안 뜨세요.
　그래, 그건 포기했지. 아, 이제 안 돼. 난 물에 안 들어갈 거
라. 뭐 들어갈 일도 없고. 하하. 근데, 스윙은 요새 좀 나온다고
그러거든.

　축하드릴 일이네요.
　응. 스윙할 때는 몸이 먼저 돌아간 다음에, 요 시선을 보내야
돼. 하하. 문학적으로 얘기하면 자기 운명을 먼저 보내 주는 거
지. 기쁨이 오면 기쁨을 보내 주고, 슬픔이 와도 슬픔을 보내 줘
야 하는데, 그게 어려워. 그러니까 마지막 표정을 만들어야지.
실크로드 사진에 나오는 고 표정.

　곧 그 표정으로 된 시를 읽을 수 있었으면 좋겠습니다.
　시는 표정 하나 얻는 거라. 뭐, 달리 아무것도 없지. 시로 세
상을 이해한다? 아니지. 시가 누구를 위로하나? 그것도 아니
지. 마지막까지 남는 건, 표정. 김인환金仁煥 선생이 이렇게 말했

어. (가방에서 쪽지를 꺼내며) 요거 한번 읽어 봐. "작품의 가치
는 작가가 자기 운명에 대해 가지는 어떤 참됨에 비례한다." 근
데 참되긴 불가능해. 참되려고 하다가, 결국 꺾어져. 하지만,
(스윙 동작을 취하며) (팔을) 보내주고 (시선은) 나중에 가는
거. 무연히, 아무 일도 없던 것처럼.

삶, 서러움에 대하여

박지혜 『HEREN』 기자

시인 이성복을 만나러 가는 길. '시 귀신'의 경지에 이른 대가를 독대(!)해야 한다는 부담감을 떨칠 수 있었던 건, 그의 의도치 않은 배려 덕이었다. 이메일로 받은 답장에는 곧추선 언어 대신 어린아이들이 눈싸움을 하고 있는 정겨운 애니메이션 영상이 첨부되어 있었으니, 편할 대로 시인이 따뜻하고 편안한 어른이라 해석하고 말았던 것. 어느덧 대구시 수성구, 그가 일러준 주소 앞에서 서성대며 기다리노라니 검고 두툼한 겨울 점퍼를 입은 작은 남자가 다가와 주머니에서 손을 꺼낸다. 이 땅 모든 문청文靑들의 환상, 젊은 시인들의 꿈, 바로 그였다. 작은 원룸에 마련된 작업실 문을 열며 그가 허리를 잔뜩 굽히곤 슬리퍼를 내 쪽으로 돌려놓았다.

이성복이 누구인가. 그는 『뒹구는 돌은 언제 잠 깨는가』라는 시집으로 1980년대 초반 우리 문단에 벼락처럼 등장한 사내였다. 그가 「몽매일기」라는 시에 쓴 것처럼, 그의 시는 "한 시대의 습기와 한 시대의 노린내를 너는 두 개의 입으로 토해"내며 울렁거리는 가슴을 가진 청춘들과 함께했다. 욕지거리와 음란한 상상들, 그리고 해체적인 줄 바꿈이 무시로 등장하는 그의 언어를 뭇 평론가는 "초현실주의의 방언"이라 했고, 시인 황동규黃東奎는 "행복 없이 사는 일의 훈련으로, 행복이 없는 노래의 삶으로"라며 갈무리했다. 그러나 '포스트모더니즘'이라는 사조, '포스트 김수영'이라는 수사가 어찌됐건 존재론적인 슬픔을 토해내는 그의 시는 한 세대를 건넌 지금까지도 유효하다.

"아픔은 '살아 있음'의 징조이며, '살아야겠음'의 경보라고나 할 것이다." 44쇄째를 찍고 있는 그 시집의 발문에 이 시대의 문청들이 진 빚은 또 얼마인가.

"나는 전적으로 인생에 대한 관심에서 시를 쓰기 시작했어요. 이놈의 인생을 어찌해야 할까. 말아먹을 수도 없고, 밟을 수도 없고, 패대기칠 수도 없는, 그 한 가지 숙제 때문에 지금까지 왔고, 중간중간 흔들렸겠지만, 다시 보면 난 여전히 그 자리에 있어요."

이성복이라는 존재가 더 특별한 것은 청년 시절 유난한 재능을 보인 시인들이 쇠락하고 고꾸라지는 전례 속에서 그가 은둔하듯 조용히 시인의 삶을 감당해 왔기 때문이다. 그렇게 "늙어軍人 간 친구의 便紙 몇 통을 받았"던 청년이 어엿한 대학의 선생이 된 사이에도, 드문드문 그의 시는 계속됐다. "한 여자 돌 속에 묻혀 있었네 / 그 여자 사랑에 나도 돌 속에 들어갔네 / (…) / 남해 금산 푸른 하늘가에 나 혼자 있네 / 남해 금산 푸른 바닷물 속에 나 혼자 잠기네"라는 희대의 아포리즘을 낳았던 시집 『남해 금산』. 김소월金素月과 한용운韓龍雲의 뒤를 잇는 연애시라는 평가를 받을 만큼 서정성이 두드러졌던 『그 여름의 끝』, 그리고 동양철학에 대한 그의 관심과 함께 세월이 발효되며 등장했던 『호랑가시나무의 기억』『아, 입이 없는 것들』『달의 이마에는 물결무늬 자국』까지. 아직도 인터넷은 '이성복'이라는 검색어를 넣으면 후배 시인들의 인용을 주렁주렁 달고 나오고, 일찍이 대한민국의 시인이 차지할 수 있는 빛나는 상들이 모두 그를 거쳐 갔으니, 시인으로서 그의 생은 남루하기보다는 찬란했다.

"사람들이 나에게 온실에서 큰 놈이라고 하는데, 나는 부정하지 않아. 좋은 학교 나왔고, 좋은 선생 만났고, 감사하게 잘 살았지. 그게 내 핸디캡일 수도 있어. 그렇기 때문에 더 내면으로 나를 괴롭히는 일에 몰두했을지도 몰라."

사실 시인은 일찍이 시를 통해 얘기한 바 있다. "나는 세월이란 말만 들으면 가슴이 아프다 / 나는 곱게곱게 자라왔고 몇 개의 돌부리 같은 / 事件들을 제외하면 아무 일도 없었다 중학교 / 고등학교 그 어려운 修業時代, 욕정과 영웅심과 / 부끄러움도 쉽게 風化했다 잊어버릴 것도 없는데 / 세월은 안개처럼, 醉氣처럼 올라온다"(「세월에 대하여」 부분)고.

그러고 얼마나 지났을까. 세상과 문단은 거짓말처럼 그를 잊었다. 아니 숨죽이며 기다렸다고 말하는 편이 옳을까. 시력詩歷 삼십 년에 시집 여섯 권, 오 년에 한 권꼴로 나오던 그의 시집이 십 년을 쉬었으니, 시인으로 그의 생이 끝난 것 아니냐는 뜬소문이 나올 법도 했다. 그리고 지난 이월 출간된 『래여애반다라』

는 그렇게 오매불망 그의 기별을 기다린 이들에게 전하는 시인 이성복의 선물이었다.

"나는 한 번도 시를 생각 안 한 적은 없어요. 그냥 쓰기가 싫어. 허허. 티베트 고산에서 조장鳥葬할 때 밀가루에 사람 시체를 개어서 던져 주면 독수리들이 그걸 찍어 먹는데, 그것도 절대 맨 정신으론 못 봐. 그처럼 시를 쓸 때는 불편해. 하면 될 것 같아도 손이 안 가. 내가 지난 십 년 동안 어떻게 썼냐면, 문창과 선생이었으니까 나도 학생들 쓸 때 같이 쓴 거야. 만약 내 시집이 남들처럼 열 권을 넘었다고 생각하면 끔찍해. 일곱 권도 나는 너무 많아."

가늠할 수 없는 고통이라 해야 할까, 의외의 낙천이라 해야 할까. 시인에게 '시 쓰기 싫다' 소리를 듣는 것은 일종의 충격이었으나, 그 이야기는 거짓 위안, 나쁜 예술로 독자와 자신을 기만할 수 없었다는 고백이기도 했다. 그렇게 그는 시와 함께 늙었고, 시는 그의 삶을 영매靈媒처럼 거쳐 나갔다.

"시 쓰는 사람은 거울과 같아요. 거울은 대상을 만들어내는 게 아니라 대상이 오면 비춰 주는 거지. 대상이 가면 비추는 것도 끝나는 것이고. 안에서 불려 나가야지, 불러내면 안 돼. 임신한 여자가 아이 눈썹, 다음엔 손가락을 만드는 게 아니라, 그저 잘 먹고 태교하는 것처럼 전적인 수동성이지."

그의 언어가 세월과 함께 늙었다고 하면 시인이 화를 내실까. 그의 새 시집 『래여애반다라』에는 노년에 접어든 그의 일상과 생生·사死·성性·식食에 대한 가눌 곳 없는 쓸쓸함이 비듬처럼 내려앉아 있었다. 아직은 짐작할 수도 없는 그 서러움을 그의 글로 더듬어 보는 건, 막막하고도 신비로운 기분이었다. 막 이제 인간 노릇을 시작한 꼬마를 보는 놀라움(아저씨, 쉬 하는 데가 어디예요? / 변기를 코앞에 두고 바퀴벌레보다 더 작은 인간의 새끼가 / 눈 똥그랗게 뜨고 또 물었다 / 갑자기, 노란 작은 오이꽃 속에 묻어 있는 / 진딧물처럼 내가 부끄러워졌다, 「화장실에서」), 감각과 기억 가—진 것들의 처연함(까마득한 하늘 높이 까박까박 조는 연에서 흘러내린 실은 제 무게 이기지 못해 무너지듯 휘어지지요 그 한심하고 가슴 미어진다는 기색도 없이 아래로, 아래로만 흘러내리고, 그때부터 울렁거리는 가슴엔 지워지지 않는 기울기 하나 남게 되지요, 「연에 대하여」), 생의 순환에 대한 숨 막히는 성찰(마수다, 마수! 첫 손님 돈 받고 / 퉤퉤 침을 뱉는 국숫집 아낙처럼, / 갑자기 장난기 가득한 눈으로 / 나를 바라보는 생이여, 「來如哀反多羅 9」). 그리고 가늠할 수도 없는 삶의 비의를, 진맥하듯 턱 하니 짚어내는 그 솜씨에 소스라친 건 또 한두 번인가!(어느 날 아침 변기에 앉아 바라보면, 억지로 / 찢어발기거나 태워 버리지 않으면 사라지지도 않을 / 낡은 수건 하나가 제 태어난 날을 기억하기 / 위해서가 아니라, 이제나 저제나 우리 숨 끊어질 / 날을 지켜보기 위해 저러고 있다는 생각이 든다, 「소멸에 대하여 1」). 언젠가 시인이 "시란 서러운 것들에 올리는 제사"라 했던가. 그는 시에 대해 많은 이야기를 들려주었지만 갈무리하자면 그가 생각하는 시란 그저 읽고 나서 '낮은 탄식'을 하게 하는 것이라 해 두어야겠다. 경상도 말로 '아, 가가 가가?' '아, 그게 알고 봤더니 그거였구나' 하며 뒤늦게 밀려오는 애잔함. 평생 사랑받지 못한 여성을 빗댄 그의 시 「뚝지」도 이야기하고 있지 않은가. "갈가리 찢긴 암컷의 아랫도리엔 미처 다 / 쏟아내지 못한 알들이 무더기로 남아 있었던 것이다 / 바보야, 그러면 그렇다고 말이라도 할 거지, 바보야."

그의 말은 입을 떠나면 떠나는 대로 모두가 시어였다. 거듭되는 시 얘기에 친구들이 모두 떨어져 나갔다는 청춘의 회고담처럼, 언어와 함께 생각하는 버릇은 여전해 보였다. 그의 생각은 모두 비유와 은유의 힘을 빌려야만 앞으로 나아갔고, 그렇게 '형이상학적'이어서 단번에 이해할 수 없는 그 말들이 예술과 자아를 분리할 수 없었던 그의 생에 대한 증거처럼 느껴지기도 했다.

"시가 없다면, 고름, 섹스, 사기, 거짓을 어떻게 얘기하겠어. 나는 언어가 가는 마지막 지점이 우리 삶이고, 세계라고 생각해. 언어에 대해서 잘 알면 인생의 전체에 대해서 알 수도 있어. 그래서 언어가 좋아. 왜 문학을 하겠어? 언어로밖에 안 되는 것, 언어로도 안 되는 것, 스승과 제자, 부부, 부모 자식 간에 할 수 없는 얘기들. 안 되는 걸 말하려면 안 되더라도 해야 돼. 그리고 시라는 건 스냅사진처럼, 그 안에 표정 하나 얻어내는 거, 그게 다야."

참으로 다행인 것은 시인이 삼십 년 교수 생활에서 물러나 조성한 이 자취방 같은 작업실이 그의 천국 같아 보였기 때문이다. 이제 더 바랄 것도 이룰 것도 없는 자의 여유가, 그 단출하고 홀가분한 서재와 여전히 천진한 눈에 가득했다. 이야기를 얼추 끝낸 그가 '장난 놀 요량으로' 구입했다는 손바닥만 한 모바일 기기를 서툰 손놀림으로 꺼내 놓았다. 아, 아이패드를 조물락거리는 시인이라니! 하지만 그가 방구석에서 심심해 끄적거린 글들은 행갈이 없이도 그대로 시였으니, '시인으로서의 그도 명예퇴직해 버리면 어쩌나' 하는 조바심은 그 길로 사라졌다. 벗어나려 발버둥 쳐도 어쩔 수 없었던 시력 사십 년의 시인은, 아마 누구보다 먼저 그 불가능을 알고 있을 것이다.

"사실, 내가 쓰는 시의 주제가 '인생이 허망하다'는 거 아니겠어? 그리고 박수 받으면 내 인생이 즐겁지. 그런데 인생이 허망하다는 걸 떠들어서 내 인생이 즐거워지면, 그게 뭐하는 짓인데? 반성하지 않으면 그 자리가 바로 거짓의 자리야. 예술이라는 건 손잡이까지도 칼날이라고 했어. 예술의 첫째 수혜자와 피해자가 바로 예술가 자신이지. 저 새끼 죽어야지 말하면, 자기 자신이 죽어."

이 일갈이 어찌 예술만을 향한 것이겠는가. 『래여애반다라』를 통해 보여 준 생·사·성·식, 그 비루함마저 아름답게 만드는 것이 바로, 미안함과 부끄러움과 서러움을 지니고 사는 마음 아니었던가! 이날, "우리가 어디서 또 만날 수 있겠냐"며 시인이 지나치게 많은 이야기를 해 줄 때, 나도 문득 서러움과 미안함을 느꼈음을 그는 알고 있을까. 서울로 가는 차 시간을 묻고 두고 가는 것이 없냐며 살뜰한 단속을 하는 그의 말, 보내는 서운함이 담긴 나직한 한숨은 그래서 오랫동안 잊히지 않을 것 같다.

불가능의 시

케이비에스 '즐거운 책읽기'

티브이에서 정말 오랜만에 뵙는 것 같아요. 그동안 어떻게 지내셨어요.

학교에서 나온 지가 일 년 좀 더 되네요. 오전에는 산에 다니고, 오후에는 사무실 나와서 낮잠을 자거나 엉뚱한 짓 하거나 그러다가 저녁 여섯시 반쯤 되면 집에 가고, 그게 다입니다.

직접 작업하시는 공간에 와서 뵈니까 굉장히 여유롭게 시간을 보내고 계신 게 아닌가 하는 인상을 받았는데, 상당히 오랜만에 시집이 나왔어요. 시간이 그렇게 많이 지났더라고요.

제가 지난번 시집 낼 때도 한 십 년 걸렸고 이번 시집도 한 십 년 걸렸는데, 걸렸다기보다도 사실은 지나쳐 왔다 하는 표현이 맞을 것 같네요. 밖에서 보기에는 그 세월 동안, 뭘 그렇게 오래 꾸물거려 왔느냐고 할 수도 있겠지만, 또 한편으로 생각하면 만약 그 사이에 시집을 몇 권 더 냈다면 얼마나 끔찍했을까 하는 생각도 해 봅니다.

십 년 만에 나온 시집이기 때문에 많은 분들께서 그동안 뭘 하

섰느냐는 질문을 많이 드렸을 것 같아요.

그렇죠. 하지만 그냥 놀았던 것만은 아니죠. 예를 들자면 새 같은 것이 수면을 스치면서 물고기를 찍어 먹는 순간은 한순간 이지만 어떤 의미에서 새의 이십사 시간은, 다시 말해 수면에 내려오는 순간 외의 다른 모든 시간들은 기다리고 준비하는 과 정으로 볼 수 있잖아요. 시 쓰는 순간은 한순간이지만 실제로 준비하는 시간은 한없이 길고, 그 안에는 밥 먹고 화장실 가고 게으름 피우고 노닥거리는 과정이 다 포함되겠죠.

그러면 이번에 새로 나온 시집에 담은 작품들은 어떻게 쓰게 되셨나요.

제 경우에는 한 시집을 이러이러한 방향으로 몰고 가겠다, 그 런 생각은 전혀 없었어요. 그게 아니라 일정한 시간이 지난 다 음 그 사이에 씌어진 것들을 구조화시키고 배치하다 보면, 아, 내가 이러이러한 생각을 했었구나 하는 것을 깨닫게 되죠. 다시 말해, 아, 내가 이 시기에는 이렇게 세상을 보고, 또 이렇게 나 자신과 다른 사람을 보고 있었구나 하는 것을 뒤늦게 깨닫는 거 죠. 일종의 편집 과정이 자기 확인 과정이면서 동시에 자기 시 의 확인 과정이라고 볼 수 있겠죠.

짧지 않은 시간을 보내고서 시집을 내셨는데, 시집을 출간하 고 나서 소감은 어떠셨나요.

이번 시집이 어떤 의미에서 제 육십 년 살았던 삶을 총체적으 로 반영하는 것일 수도 있고, 또 한편으로는 지금까지 나온 여 섯 권의 시집을 뭉뚱그려 하나의 모습으로 보여 주는 것일 수도 있을 것 같습니다. 다소 건방진 이야기로 들릴 수도 있겠지만, 지금 제 경우에는 시를 쓸 수도 있고 안 쓸 수도 있다는 생각입니다. 그건 시에 대한 평가절하나 내버림이라기보다는, 시에 대한 제 태도의 변화가 아닌가 생각합니다. 예를 들면 거울이라는 것이, 사물이 다가오면 비추고 가 버리면 거두어 버리듯이, 시인이란 존재도 대상에 대해 그러한 태도를 갖는 게 아닌가 하는 생각이 들어요. 그런 점에서, 좋게 이야기하자면 시로부터 자유로워진 거고, 나쁘게 말하자면 긴장이 완전히 와해되었다고 할 수 있겠죠. 둘 중 어느 쪽이 맞는지, 혹은 그 두 쪽이 다 맞는지 그건 나도 모르겠어요.

예전에 비하자면 작품을 써야 된다는 부담감 같은 것을 털어냈다고 볼 수도 있는 건가요.

애초부터 저는 시에 대한 관심보다는 삶에 대한 관심이 더 많지 않았나 생각이 듭니다. 말하자면 시라는 것은, 제가 이렇게 나아갈 때 뒤따라오는 그림자 같은 것이 아닌가 하는 생각을 해 왔어요. 근데 때로 시가 앞장서 나갈 때는 당혹스럽기도 했고, 시가 너무 뒤에 처질 때는 뭐랄까, 불안하거나 긴장되기도 했다는 생각이 듭니다. 근데 이제는 저하고 시의 관계가 무슨 팽팽한 관계, '밀당'을 계속하는 애인 관계라기보다는 그저 격의 없이 동행하는 동반자의 관계가 되지 않았나 해요. 글쎄요. 이제 시와 저는 벽화에 그려진 두 남녀처럼 서로 멀뚱하게 상대방을 바라보고 있는 것 같아요. 아니면, 시는 하품하고 나서 눈가에 맺히는 물기처럼 무연하고 망연한 어떤 것일 수도 있겠다는 생각을 해 봅니다.

　선생님께서 설명해 주시는 많은 이야기들이 이번 작품집의 제목에 다 포함돼 있지 않나 싶은데요. 이번 시집의 제목인 '래여애반다라'는 불교 경전에서 나온 듯한 느낌을 받았는데, 이게 어떤 뜻인가요.

　2006년인가 경주 동국대에서 「래여애반다라」전이라고 신라시대의 진흙조상들을 전시하는 전시회가 있었어요. 제가 신문에서 이 제목을 보고 확, 당겼던 거죠. 그래서 실제로 가 보고, 포스터를 얻어 와 그 제목을 도려내 벽에 붙여 놓고 늘 마음속에 새겼어요. 그러면서 이게 어떤 의미인지도 정확히 모른 채, 막연히 앞으로 시집을 내면 이 제목으로 하고 싶다, 이런 생각을 했던 것 같아요. '래여애반다라來如哀反多羅'는 「공덕가功德歌」혹은 「풍요風謠」라고 불리는 향가鄕歌의 한 구절로서, '오다, 서럽더라'의 뜻으로 새겨지지요. 근데 이 이두 문자는 여러 가지 울림을 가지고 있어요. 가령 '래여'라는 말은 여래라는 말을 거꾸로한 것이고. 그 다음에 '애반'이라는 말은 열반이라는 말을 상기시키고, 또 '반다라'라는 말은 만다라와 비슷하지요. 여러 가지 불교적인 디테일이 그 안에 스며 있다고 할 수 있죠. 뿐만 아니라 향가라는 장르 자체가 불교문화 속에서 태어난 것이잖아요. 그러니까 이 이두 문자는 불교와의 연관성을 떠날 수가 없는 것이지요.

　시집의 제목 '래여애반다라'가 결국 우리 인생을 풀이하고 있다고 보시는 건가요.

그렇죠. 그러니까 제가 이 여섯 글자 안에 인생의 파노라마가 다 반영돼 있다, 이런 생각을 하게 됐죠. 그래서 본래 그렇게 하면 안 되는 거지만, 이 이두 문자의 글자들의 뜻을 따로따로 새겨서 오독誤讀을 해 본 겁니다. 그렇게 해서 '이곳에 와서, 같아지려 애쓰다가, 슬픔을 맛보고, 맞서 대들다가, 많은 일을 겪고, 비단처럼 펼쳐지다' 라는 일종의 내러티브가 구성되죠. 그런 점에서, 이 시집은 지금까지 제가 살아온 삶을 향가의 공정에 집어넣고, 해부하고 관찰하고 종합해 본 것이라 할 수 있죠.

시집의 제목에서 아주 응축적으로 독자들에게 어떤 메시지를 전하고 있다는 느낌이 드는데요. 독자들하고는 어떠한 메시지를 공유하고 싶으셨나요.

시집 뒷날개에 제가 쓴 후기가 붙어 있는데, 그 글의 주된 내용은 '불가능'이라는 겁니다. 이 불가능이라는 것은 우리가 이 삶 속에 들어와 있는 이상, 그리고 우리가 이 삶 속에서 언어문자를 사용하는 이상, 우리가 말하려 하는 것을 제대로 전달할 수 없다, 다시 말해 우리가 말하려 하는 순간, 우리의 말하기는 이미 실패로 예정돼 있다는 것입니다. 그러니까 제게는 부모와 자식 사이, 스승과 제자 사이, 연인들 사이에도 도저히 전달할 수 없는 어떤 것, 그것이 우리 삶의 실체라는 생각이 듭니다. 전달할 수 있는 것은 전달되면 끝나는 겁니다. 그렇지만 전달할 수 없는 것은 늘 목구멍에 걸려 넘어가지 않는 가시처럼 우리를 괴롭히죠. 제가 항상, 제 자신한테나 다른 사람들한테 시로써 각인시키고자 하는 것은 이 말할 수 없음, 전달할 수 없음, 어떻게 해도 해 볼 수 없음, 속수무책, 속절없음이에요. 이것이 제 시의 어떤 기본 저류라고 할까요.

선생님 작품에 등장하는 소재들이 어떻게 보면 아주 소소한 생활용품들, 예를 들면 비누라든지 수건, 신문 같은 것들인데, 이런 것들도 다 시어가 되더라고요.

시 쓰는 사람이 대상을 택할 때 굳이 시적인 것을 찾아서는 안 됩니다. 왜냐면 시적인 것은 이미 시적이기 때문에 시로 쓸 필요가 없는 거죠. 또한 일부러 비시적非詩的인 것을 갖고 와서 시를 쓰려 해서도 안 돼요. 왜냐면 비시적인 것은 시적인 것을 한번 뒤집어 놓은 것이기 때문에 시적인 것과 별 차이가 없죠. 그런 점에서 저는 항상 눈앞에 있는 것, 혹은 발밑에 있는 것, 즉 물적이고 즉각적인 것이 시의 대상이 된다고 생각합니다. 그게 시적이라고 해서 혹은 비시적이라고 해서가 아니라, 바로 자신의 눈앞에 있고 발밑에 있기 때문에 시의 대상이 되는 것이지요. 그것이 바로 나 자신이고, 나 자신의 삶이에요.

작품집을 통해서 장모님의 이야기라든가 사모님 이야기, 제자와 있었던 에피소드들, 받았던 선물들, 이런 이야기들이 자연스럽게 펼쳐지고 있어서, 선생님의 일상이 그대로 묻어 있는 게 선생님 시라는 생각이 들었는데요. 유독 기억에 남는 일상을 이렇게 시로 작품화했던 것들 가운데 소개해 주실 수 있는 작품이 있다면?

제 시의 소재는 비누나 수건처럼 늘 눈앞에 접하는 것들이에요. 그것들은 늘 제 옆에 가까이 있기 때문에 더 애착이 가는 존재들입니다. 예를 들면 지금 제 허리띠는 돌아가신 장인어른이 차시던 혁대거든요. 근데 이걸 왜 차느냐, 저도 모르겠어요. 그게 그분 것이기 때문에 찬다고밖에요. 이게 하도 오래돼서 학생들이 이걸 보고 제가 너무 가난하다고 생각했던지 자꾸 혁대를 사 줘요. 그래서 받은 혁대가 서너 개나 돼요. 그래도 저는 여전히 이 혁대를 차고 있어요. 그처럼 제가 늘 가까이서 만나고 접하는 사람이나 사물들이 제 시의 소재가 되지요.

작품을 일상생활 하시면서 찰나의 영감이 있을 때 쓰시나요, 아니면 따로 작업시간을 갖고 쓰시나요.

제가 문창과 선생을 오래했어요. 한 십여 년 했는데, 그 사이에 제가 배우게 됐다고 할까, 익히게 된 방법이, 제 시 쓰기의 모습을 상당히 바꿨어요. 예를 들자면 시창작실습 시간에 학생들하고 같은 제목으로 십 분 만에, 혹은 십오 분 만에 글쓰기를 하는 그런 작업이에요. 그러니까 마치 백일장 하듯이 언제 어디서든지 제목이 주어지면 바로 쓸 수 있는, 그런 자세와 준비를 갖추는 거죠. 지금은 시를 써도 내가 쓰고 싶은 것을 안 써요. 오히려 누가 뭐든지 쓰라고 하면 쓰게 되죠. 그게 참 역설인데, 그런데도 불구하고 그건 내 시거든요. 왜냐면 그 시를 다른 사람이 아닌 내가 썼잖아요. 그 안에는 내 체험, 내 무의식, 내 갈망, 내 좌절, 내 비속함. 내 부질없음, 이런 것들이 죄다 투영될 수밖에 없는 거죠. 그런 점이 상대적으로 이 방법의 장점이에요. 반대로 내가 뭔가를 쓰려고 할 때는 이미 쓰려는 의도가 들어가기 때문에, 바로 쓰려고 하는 그 지점에서 실패하는 거죠.

근데 이렇게 쓸 경우에는 아무런 준비도 필요 없어요. 남녀 간의 사랑에서처럼 내 몸이 여자 역할을 하는 거예요. 나는 대리모처럼 몸을 빌려 줄 뿐 다른 일을 안 해요. 대상이 나를 관통하고 굴절해 나간 그런 과정으로, 그런 결과로서 시가 남게 되는 거죠. 지금은 그냥 노트북을 켜거나 메모지를 들고, 무작정 아무 의미 없는 말을 툭툭 던져 봐요. 그러고 나서 그 말을 따라가 보는 거죠. 비유적으로 이야기하면, 길에서 깡통 같은 것을 보잖아요. 그럼 깡통을 뻥 차는 거예요. 그러면 두르르 굴러서 저기 가면 그 자리에 가서 또 뻥 지르고…. 학교 갈 때 애들이 그러잖아요. 그렇다고 뭐 한 시간, 두 시간씩 그렇게 하는 건 아니잖아요. 한 서너 번, 대여섯 번 하면 재미가 없어져서 그만두고 그러죠. 또 깡통을 차다 보면 잘못해서 맨홀로 쑥 들어가는 수도 있고…. 그건 어떻게 될지 모르는 거죠. 그런 점에서 인생하고 많이 닮아 있어요. 시 쓰기도 마찬가지예요. 말하자면 이게 깡통이라고 해서 차는 것도 아니고, 페트병이라고 해서 차는 것도 아니고, 돌멩이라 해서 차는 것도 아니죠. 그냥 거기에 있기 때문에 차는 거라고 할 수밖에 없어요. 그처럼 시 쓰기가 일종의 놀이가 되는 거예요.

일반 독자들이 시를 읽고서 이게 무슨 말이야, 하는 반응을 보일 때가 참 많잖아요. 이게 뭘 쓴 걸까. 무슨 뜻일까. 그래서 어렵다고도 이야기를 많이 하고요. 또는 관념적이라는 생각들을 많이 하는데 그럴 땐 어떠세요.

근데 한 편의 시에 대해, 독자가 이거 읽어서 무슨 말인지 모르겠다 할 때는, 왕왕 자기 자신을 어떤 자격을 갖춘 재판관 비슷하게 생각하는 것 아니겠어요. 그건 상당히 잘못된 생각일 수 있어요. 예를 들자면 어떤 고차원적인 수학 문제를 못 풀면 자기가 잘못된 걸로 생각하는데, 고도로 응축된 시에 대해서는, 자기가 이해 못 하면 시가 잘못됐다는 생각을 하거든요. 왜 그럴까. 누구나 다 언어를 쓰고 있기 때문에, 언어로 만들어진 시를 이해하는 건 당연하다고 생각하기 때문이 아닐까요. 사실은 그렇지 않죠. 예를 들자면 음악을 하더라도 체르니, 바이엘을 몇 년씩 해야 기본이 되는 거고 미술도 마찬가지잖아요. 근데 사람들이 시는 공짜로 먹으려 해요. 시하고 수학하고 음악하고 참 비슷하다고 해요. 왜냐하면 셋 다 패턴을 찾아내는 작업이니까요. 근데 수학하고 음악의 경우에는 그 재료가 시공간적으로 변함없는 거예요. 오차가 전혀 없는 거죠. 근데 시의 경우에는 오차가 무지무지 많은 재료인 언어를 사용해요. 거의 뭐 저질인 그런 재료를 쓰는 거죠. 그럼에도 불구하고 시는 참 대단해요. 만약 시가 없다면 우리가 밥 먹는 것, 똥 누는 것, 추악한 것, 이별하는 것을 이야기할 수가 없잖아요. 언어라는 것은 몸에 비유하자면 모세혈관과 같은 거예요. 실핏줄이 끝까지 미치지 않으면 살이 썩는 것과 마찬가지로, 삶은 언어로써 유지되지요. 말하자면 언어의 최전선이 삶이라고 볼 수 있어요. 이 불완전한 언어라는 재료를 가지고 삶을 재구성하는 것은 음악이나 수학보다 더 어려운 것이 아닐까 해요. 물론, 시를 쓰는 사람이 잘못할 가능성도 얼마든지 있죠. 그러나 지금 제가 이야기하는 점도 생각해 봐야 된다는 거죠.

선생님께서는 작품 속에서 자신의 쇠잔해 가는 육체의 모습을 통해 죽음과 소멸에 대한 소회를 풀어 주셨더라고요. 어떤 느낌이십니까.

몇 년 전 제가 몽골에 간 적이 있었어요. 고비 사막 같은 데서는, 비가 올 때는 냇물이 생겼다가 비 그치면 냇물이 없어지고, 그냥 냇물이 흘러간 자국만 남더라고요. 그 자갈 바닥에 어린 낙타 한 마리가 이제 털도 다 빠지고 뼈만 남아서 반쯤 묻혀 있는 것을 본 적이 있었어요. 자기의 육체가 쇠락하고 소멸해 가는 것을 보는 느낌도 그와 비슷하지 않을까 해요. 지금 지는 길바닥에 반쯤 파묻혀 있는 그 어린 낙타의 유골을 보듯이 제 자신을 바라봐요. 누구나 그 필멸의 과정을 거치게 되어 있죠. 그런데 제 생각은 그래요. 뭐 거기 달라붙어서 애원하거나 애착하지 않는 것. 원래 내 것이 아닌 것이 내게서 떠나가는 것을 망연히 바라보는 것. 울부짖지 않고 매달리지 않고 다만 바라보는 것. 그것만이 제가 할 일이라 생각해요. 그래서 전 집의 애들한테 그렇게 이야기합니다. 불평하지 마라. 신음은 해라, 그렇지만 불평하지 마라. 불평해서 좋아진다면 불평해라. 그렇지만 불평해서 소용이 없다면 불평하지 마라. 이번에 제가 몸살을 앓으면서도 그런 생각을 해 봤어요. 이건 불평해서 될 문제가 아니다. 몸이라는 것은 나한테 한때 머물러 있다가 인연이 다하면 가는 것인데, 그것을 나와 동일시해서 붙잡으려 한다면 누가 깨지냐. 몸이 깨지냐, 내가 깨지냐. 내가 깨지는 거죠.

죽음을 관통하는 시어들이라고 해야 될까요. 아주 담담하게 펼쳐 놓으신 것 같은 느낌이에요. 선생님께서는 그간 많은 작품들을 내셨지만, 이 작품이 내 인생이다, 나의 이야기다, 이렇게 유독 애착이 가거나, 이 작품이 나를 표현하는 것 같다, 이렇게 꼽을 수 있는 작품이 있으시다면?

이번 시집을 보면 지난 여섯 권의 시집의 흔적들이 다 들어 있어요. 우리 몸만 해도 그렇잖아요. 꼬리뼈가 있고 맹장이 있고. 또 우리 몸에는 원래 개처럼 유방이 여섯 개가 있었다고 해요. 유방암이 엉뚱한 데 생겨나는 이유가 그거라 해요. 그게 퇴화해서 지금은 안 보일 뿐이죠. 이번 시집에도 지난 여섯 개의 시집들 흔적이 다 남아 있어요. 그 중에서 어떤 것이 나의 참모습이다, 이렇게 이야기하기는 힘들 거고. 다만 이번 시집에 와서 지난 여섯 권의 시집에 없었던 것이 나타났다면, 그게 아마 이번 시집의 특색 같은 것일 거예요.

시와 산문의 차이는 뭔가요.

이번 시집의 경우 그 차이가 크게 나타나지 않아요. 시를 산문처럼 펼쳐 놨거든요. 비유하자면 권투할 때는 이렇게 가드를 올리고 하잖아요. 자기를 안 보여 주기 위해서. 그리고서 상대를 공격하는 것이죠. 근데 이번 시집의 일부에서는 완전히 가드를 내린 상태에서 시합을 해 나가죠. 그러니까 독자들이 저게 시인가, 하는 의문을 가지는 것도 당연하단 생각이 듭니다. 다만 이럴 때는 산문으로 진술한 내용 자체가 다른 어떤 것에 대한 비유가 되는 거죠. 그러니까 시의 진술 안에 비유가 스며 있는 게 아니고, 진술 자체가 인생 전체에 대한 비유가 되는 셈이지요. 이러한 점을 고려하지 않으면 왜 이 사람이 이렇게 쓰는지 도무지 이해가 안 가는 지점이 있는 거죠. 말하자면, 지금 제 글쓰기 방식에 코드가 맞지 않는 분은 할머니들 치는 화투 같은 느낌이 들 수도 있을 거예요. '할매화투'라는 게 자기 패를 완전히 다 보여 주면서 치기 때문에 재미가 없다고 하잖아요. 아마 그럴 때 느끼는 무미건조함을 이번 시집에서 느꼈을 분도 있을 것 같아요. 사실 이번 시집을 내기 전에 학생들과 전편을 다 읽었는데, 그 느낌이 참 인상적이었어요. 전에는 그런 적이 없었거든요. 특히 시집 뒷부분의 「남지장사」 「북지장사」 시리즈는 읽어야 맛이 나는 것 같았어요. 완전히 가드를 내려놓고, 그러니까 시라는 생각도 삶이라는 생각도 다 잊어버리고, 그냥 중얼중얼, 끼적끼적 나아가는 그런 모습을 보여 주는 것. 그게 지금 나한테 제일 잘 맞는 어법이 아닌가 하는 생각을 해 봅니다.

보통은 시집을 볼 때 그 작가의 일상을 짐작하기는 쉽진 않은데, 이번 작품집을 보면서는, 선생님께서 애착을 갖고 있는 물건이라든가, 인상적이었던 에피소드라든가, 사랑하는 대상들에 대해서 구체적으로 공감하면서 쉽게 받아들일 수 있었던 것 같아요. 그런 게 아무래도 산문적인 어법에서 왔던 게 아닌가 생각되네요.

그렇죠. 그 일상의 세부들, 사물들이나 사건들을 시라는 필터로 여과하지 않고 그대로 던져 놓고, 그 다음에 그것들이 인생의 여러 요소들의 상징이 되게끔 하는 방식이지요. 예를 들면 지금 제 방에도 주워 온 물건들이 많은데, 길 가다가 저거 재미

있다 하면 가져와서 먼지 툭툭 털고 턱 올려놓는 거예요. 그러니까 내가 하는 일이 별로 없는 거죠. 아마 제 이번 시집에 대해 사람들이 느끼는 당혹감도 그런 것일 테지요. 제가 만든 것도 아니고 그냥 주워 온 것 아니냐고. 주워 놓은 거 맞아요. 근데 누가 주웠냐. 바로 내가 주웠단 말이에요. 나한테 의미 있다면 줍는 것이든 만드는 것이든 차이가 없는 거예요. 예를 들자면, 마르셀 뒤샹의 변기 같은 것도 그렇잖아요. 아무것도 손대지 않고 공간만 바꾼 거죠. 그게 예술이냐. 종래의 사고방식으로 보면 예술이 아니죠. 그러나 사물과 사건의 의미를 바꿨다는 점에서는 분명히 예술이죠. 이번 시집에는 제 이야기들이 많이 나오는데 이런 생각을 해 봐요. 이건 수필은 아니다. 왜냐면 수필의 경우에는 글 중간에 의식적인 화자가 딱 버티고 서서 어떤 일상적인 소재를 가지고 자기 생각이나 느낌을 이야기하는 것이죠. 외견상으로 보면 이번 시집도 수필 비슷하죠. 그렇지만 제가 생각하기에 다른 게, 여기서 화자는 수필적인 화자가 아니라, 말하자면 배우가 되는 화자, 제 자신을 까발리고 무대화시키는 화자이지요. 제 자신을 욕보이고 조롱하는 화자는 수필적인 화자가 될 수 없거든요. 수필적인 화자는 자기를 빨가벗기고 희화화하는 것을 두려워해요. 어쩌면 수필적인 화자가 자기를 빨가벗기고 희화화하게 되면 시적인 화자가 된다고 할 수 있겠죠. 예를 들자면, 이번 시집의 「선생 3」이라는 시에는 정말 부끄러운 이야기가 나오는데, 실제로 제가 꿨던 꿈이에요. 근데 이걸 시집에 넣자니, 집의 애들한테도 그렇고, 집사람이나 처제들 보기에도 그렇고 해서 한참 망설였어요. 그런데 이게 바로 나 자신이잖아요. 내가 시로써 드러내고 싶은 것이 바로 이 지점이에요. 내가 망가지는 순간이 오히려 나에 가깝다는 생각을 하게 되는데, 바로 그러한 방식이 이번 시집의 특징이 아닌가 해요. 그리고 그것이 시하고 수필이 달라지는 지점이기도 하고요.

선생님께 시는 어떤 존재이며 어떤 의미입니까.

갑자기 너무 큰 질문이라, 글쎄 시는 어떤 걸까. 시하고 인생하고 참 닮았다고 생각해요. 어떤 점이 닮았냐면, 이를테면 인생은 살아 보기 전엔 모르는 거예요. 내가 결혼하기 전에는 어떤 여자하고 같이 살지 모르는 거예요. 만나 봐야 아는 거예요. 결혼해서 내가 아들을 둘 낳을지 딸을 하나 낳을지, 그것도 모르거든요. 어떤 애를 낳을지는 낳아 봐야 알잖아요. 시도 마찬가지예요. 써 봐야 아는 거예요. 마지막에 펜을 놓는 순간, 아! 그렇구나 하고 알게 되지요. 제가 늘 그런 이야기를 해요. 시라는 것은 경상도말로 "가가 가가?" 하는 것과 같아요. 그러니까 아, 그 애가 그 앤가? 하는 말이에요. 그 순간이 올 때 시고, 그 순간이 아니면 시가 안 된 거예요. 한참을 이야기했는데도, '그래서?' 하면 아무 얘기도 안 한 거잖아요. "아, 가가 가가?" 이게 시예요. 그런 점에서 시하고 인생하고 참 많이 닮았어요. 아까 케이티엑스KTX 타고 대구 오실 때도 막상 구미에 와 봐야 구미가 되지, 생각만으로는 구미를 알 수 없잖아요. 구미를 여러 번 지나가 봐도 마찬가지예요. 또 지금 와이프하고 결혼을 안 했으면 어땠을까. 이런 생각은 도무지 할 수가 없는 거예요. 왜냐면 지금 와이프하고 살아오면서 이미 내가 변했기 때문에, 그 이전으로 돌아가 지금 와이프 아닌 다른 여자와의 인생을 생각할 수 없기 때문이죠.

시하고 인생은 어떤 '일방통행로' 같은 데가 있어요. 한 방향으로만 나아갈 뿐, 다른 방향으로 돌아올 수 없는 것. 옛날에 〈태양은 가득히〉라고 알랭 들롱 나오는 영화가 있었어요. 거기서 보면 마지막에 시체가 배 뒤에 끌려 나오는 장면이 있어요. 모든 걸 완벽하게 처리하고 드디어 부잣집 딸내미하고 결혼하려는데, 자기가 물속에 처넣은 사람의 시체가 턱 하고 나타나는 거예요. 아시죠? 굉장히 시적이죠. 그처럼 시는 우리 인생의 참얼굴이에요. 그렇잖아요. 인생이라는 게 너무 안타깝잖아요. 이리 살아도 안타깝고 저리 살아도 안타깝고, 돈 있는 놈은 있는 대로 안타깝고, 없는 놈은 없는 대로 안타깝고. 똥을 이리 굴리고 저리 굴려도 똥이듯이, 이거 가지고는 아무것도 안 되는 게 인생이에요. 바로 그렇기 때문에 시가 있는 거예요. 시인이 시를 쓰는 게 아니에요. 시는 쓰는 게 아니라 씌어지는 거예요. 시는 목적지를 두고 어디로 간다든지 하는 그런 과정이 아니고, 러닝머신 위에 올라타서 그냥 걷고 있는 사람의 경우와 같아요. 러닝머신에 오르면 안 걸을 수가 없잖아요. 계속해서 가긴 가죠. 그렇지만 자기가 가지는 거지, 스스로 가는 게 아니잖아요. 대부분 시를 가는 거라고 생각하는데, 그러면 머릿속에 이미 가지고 있는 결론을 따라가는 거죠. 시는 대상에 의해서 내가 씌어지는 거예요. 더 심하게 말하면, 시는 대상에 의해 혹은 타자에 의해서 내가 망가지는 거예요. 자기 자신을 어쩌든지 계속 밀어붙여 가지고 절벽 앞에 탁 세우는 것. 탈출구라고 생각했던 바로 그 지점이 함정이라는 것을 보여 주는 것, 그게 시라고요. 그렇지 않으면 시를 쓸 필요가 없어요.

시를 기다린다는 말씀을 자주 하셨잖아요.

기다린다고 하지만, 사실은 다 갖춰져 있는 거죠. 그런 이야 기하잖아요. 시인은 오만 체험을 다 하고, 그래서 한 줄의 시를 쓰게 된다고. 그 말도 맞긴 맞아요. 근데 또 한편으로 생각해 보면 시는 이미 준비되어 있는데, 내가 준비가 안 돼 있는 거예요. 시는 기다린다기보다는, 스스로 올라오는 것이라 해야 할까. 왜 곶감 같은 것 있잖아요. 곶감에 분이 나면 그 하얀 가루가 달고 맛있잖아요. 그게 밖에서 오는 것이 아니잖아요. 그 분이 안 나면 붓으로 밀가루를 칠해 가지고 사기를 치는 거죠. 시는 안에 이미 있는 것이지, 내가 손댈 필요가 없어요. 아예 손을 대서는 안 될 일이에요. 예술에서는 해야 할 일보다는 안 해야 할 일을 안 하는 게 일이라. 마치 엄마가 애 낳을 때 좋은 거 먹고 좋은 생각하고 또 남편하고 안 싸우고 그러면 그게 잘하는 것이지, 오늘은 손톱 한 개 만들었다, 내일은 또 발가락 한 개 만들었다, 그런 엄마 없잖아요. 내가 하는 일이 없을수록, 내가 개입하는 일이 적을수록 대상이 살아나게 되죠. '레이디 퍼스트'라는 말이 있듯이 예술에서는 무조건 '대상 퍼스트'예요. 그게 다예요. 예술은 보는 게 아니고 듣는 것에 가까워요. 보는 건 눈꺼풀과 눈알 가지고 얼마든지 조작하잖아요. 근데 듣는 건 그렇게 할 수가 없죠. 그런 점에서 여성성하고 닮아 있어요. 일을 안 하는 건 아니나, 스스로 할 일이 별로 없는 거죠. 내가 할 일이 별로 없을 때, 상대가 자신을 가장 잘 발휘할 수 있죠.

시집을 기다리는 독자들의 어떤 기대, 설렘, 또 시집이 나오고 난 이후의 평가, 이런 것에 대한 부담은 지금도 있으신가요.

그렇죠. 예를 들자면 야구공도 그렇잖아요. 처음에 딱 맞아 가지고 쫙 뻗어 나갈 것 같았는데 한 몇 미터 가다가 푹 떨어지는 것도 있고, 처음에는 뭐 비실비실 나가다가 끝에 가서 쭉쭉쭉 뻗어 나가는 것도 있고. 마찬가지로 시집을 내고 나면 반응이라는 게 어떻게 나올지 짐작을 못 하잖아요. 전 독자에게서 나오는 어떤 반응도 의미있다고 생각해요. 내가 좋아하는 문구 중에 이런 게 있어요. '그때 내가 어떤 말을 했기에 그 사람이 그렇게 힘들어 했을까.' 내가 독자한테 가지는 태도도 그런 겁니다. 나의 어떤 부분이 저 사람한테 안 좋은 느낌을 갖게 했을까. 다른 한편으로는 또 이런 생각도 해요. 독자가 이 시집을 좋다고 해서 안 좋은 게 좋아질 리 없고, 독자가 나쁘다 해서 더 나빠지는 것도 아니거든요. 그건 이미 결정된 거라. 말하자면 시험 봐 놓고 하느님한테 붙여 달라고 비는 것과 똑같아요. 그건 하느님 소관이 아니고, 또 기도해서 될 문제도 아니죠. 그러나 사람이라는 게, 그걸 알면서도 기도를 하게 돼 있죠. 아마, 시집을 냈을 때 시인이 갖는 기대도 똑같을 거예요. 만약 어떤 시인이 전적으로 현명하다면 아무 부담감이 없겠죠. 그러나 시인이라는 존재도 똑같이 세속적이고 똑같이 명예욕에 사로잡혀 있잖아요. 어쩌면 그게 허망하다는 것을 아는 것이 시인의 몫 아니겠어요.

이번 시집을 내고서 이런 생각을 해 본 적이 있어요. 사실 내 시가 말하는 게 인생이 허망하다는 거거든요. 전적으로, 이 인생에서 건질 게 아무것도 없다, 다 손 놔라, 이런 얘기를 하는 건데, 만약 내 시가 인생이 허망하다는 이야기를 해 가지고 독자들이 아, 너무 좋다, 이 시집 최고다, 이건 불멸의 작품이다! 뭐 그러면 내가 듣기 좋거든. 기분이 무지 좋아지고. 그러면 내 인생이 즐거워지는 거라. 그런데 이게 문제가 있지 않아요? 인생이 허망하다는 걸 열심히 이야기해 가지고 인생이 즐거워진다면 이건 말이 안 되잖아요. 자기모순이고 함정이지요. 난 바로 그렇게 아는 게 시인이라고 생각해요. 기분이 '업'되는 것도 시인이고, 또 마지막까지 '아, 이렇게 해 가지고 내 인생이 즐거워진다면, 뭔가 문제있는 거 아닌가' 하고 추궁하는 것도 시인인 거죠. 만약에 그런 어리석음이 없었다면 그런 질문도 하지 않았을 것 아니에요. 한마디로 말해, 시인은 누구보다 세속에 있는 사람이에요. 이를테면 갓난애들이 억지로 눈을 떴다 감듯이, 잠깐 이렇게 빛을 향해 찡그리면서 눈 떴다가, 빛이 너무 강해서 다시 눈을 닫는 존재. 그처럼 진실의 빛은 너무도 강해서 오래 버틸 수가 없어요. 지금 이 이야기가 바로 정확하게 시의 지점이고, 시인의 자리라고 생각해요. 시인은 득도하고 해탈하고 그래서 완전히 자유로워지는 사람이 아니에요. 속물하고 똑같아. 똑같은 정도가 아니라 그냥 속물이야. 똑같은데, 다만 언뜻언뜻 눈을 뜨고, '아, 나 같은 속물이 시라는 걸 가지고 또 장난치고 있구나' 하고 깨달을 때가 있을 뿐이지요.

또 다른 이야기를 하자면, 내가 학생들한테 마더 테레사 이야기를 자주 해요. 왜? 내가 너무도 그 얘기를 좋아하니까. 마더 테레사가 기도를 하는데 기자가 와서 물었대요. 그래, 하느님한 테 무슨 청원을 하십니까. 그러니까 하는 말이 청원 같은 거 안 합니다. 그냥 듣습니다. 그래서 기자가 다시 물었대요. 그러면 하느님이 당신한테 무슨 말씀을 해 주십니까. 그러니까 마더 테 레사 말이, "말씀 같은 거 안 합니다. 그분도 듣습니다" 이랬대 요. 그게 바로 시의 자리거든요, 정확하게 시인의 자리, 참 눈물 나는 자리라! 그래서 사람들만 만나면 계속 이 이야기를 했어 요. 듣는 공부가 최고라고! 들을 때 공부는 끝나는 거예요. 어느 철학자가 말했대요. "공부란 뭐냐, 책상 앞에 앉는 것이다." 근 데 제일 안 듣는 놈이 누군지 아세요. 정신병자들. 그보다 조금 낮지만 거의 안 듣는 게 신경증 환자들. 다시 말해 남의 말 안 듣 는 사람은 또라이에 가깝다고 할 수 있죠. 대부분 사람들은 남 의 말을 잘 안 들어요. 보세요. "지금 예쁜 브로치 하고 계시네 요. 우리 와이프도 저 비슷한 브로치 있거든…" 이렇게 이야기 하면 제 이야기하려고 남 브로치 이야기하는 거라. 그건 속된 말로 '혼빙간'이라, 혼인빙자간음. 내 이야기하기 위해 남 끌어 들이는 것. 그건 야비한 거거든요. 그래서 듣는 거다 이거예요. 내가 듣지 않으면, 또라이에 가까워지는 거예요. 어떻든 분명한 것은 말하는 사람은 안 듣고, 듣는 사람은 말 안 해요.

근데 내가 이걸 계속 이야기하다가 어느 순간에 딱 알았어요. 뭘 알았냐면, 내가 선생이니까 이걸 계속 이야기하는데, 들으라 고 이야기하는 건 듣는 게 아니고 말하는 거라고. 내가 그 순간 에 듣지는 않고 말하고 있다는 것. 골프연습장서 제일 가르치기 힘든 게 선생하고 의사래요. 말할 줄만 알지, 안 듣는 거라. 딱

이 지점이 시인의 자리라. 계속해서 자기는 안 들으면서, 듣는 게 최고 공부라 말하는 것. 이번 내 시집에 보면 "선생이란 자기 말과 반대로 사는 사람"이라 그랬잖아요. 아까 인생이 허망하다 하면서 칭찬받으면 기뻐 날뛰는 자기모순! 이 지점을 딱 적발해 가지고 까발려서 읽는 사람의 모순을 적발하는 것. 그래서 노가 다에게 몸이 전 재산이듯이, 예술가에게는 자기가 전 재산이라. 자기가 없으면 무슨 수로 남을 끌어들일 수가 있겠어요. 이건 개인주의, 주관주의 그런 거 아니에요. 이번 시집에서 「사진」이 라는 시에도 나오지만, 옛날 우리 아버지가 야단치실 때 자기 종아리 걷고 때려라, 그러셨거든요. 그러면 못 때려. 그런데 시 인이 그렇게 하는 건 남 때리려고 그러는 건 아니에요. 자기 종 아리를 때림으로써, 남들이 아파하건 안 하건 그건 살필 필요가 없어요. 왜냐면 나 자신을 때릴 수밖에 없으니까 그냥 때리는 거라. 하지만 파급 효과로서, 남들도 부끄러워지게 돼 있는 거라.

세상에서 참 좋은 말 중에 오늘날 와전된 말이 '친절'이라는 말과 '미안'이라는 말이에요. 본래 친절이라는 말은 예의 바르 고 상냥하다는 뜻이 아니라 해요. 『주역周易』의 어느 주석서에 보 면 소년과 소녀 사이는 최고로 친절하다 이랬어요. 그건 '절친' 이라는 소리, 아주 친하다는 소리예요. 소년, 소녀 가만히 놔두 면 막 스파크가 일어나잖아요. 그처럼 누구보다 시인은 대상에 대해 '친절'한 사람, 혹은 친절하려고 애쓰는 사람, 그렇지만 그 게 불가능하다는 것을 알고 늘 '미안'한 사람이에요. 여기서 '미 안'하다는 말은 그냥 예의상 '익스큐즈 미' 하는 게 아니에요. 자기의 전 존재가 불편하다는 뜻이에요. '미안未安'의 '미未'자는 아닐 미, 아직 편안하지 않다, 언제까지나 편안할 수 없다는 거예요. 내가 이러이러한 일에 대해 아직 편안하지 않다, 내 존재가 불편하다는 것이지요. '불안'이라는 말과는 달라요. 이 미안함이란 말은 아주 작지만 뜻은 참 큰 거예요. 우리는 이 세상에서 자기와 남에 대해, 자기 삶과 남의 삶에 대해 미안할 수밖에 없는 거라. 이 미안함을 간직한다는 것, 그것이 우리 삶 전체를 추문으로 만드는 거라. 내가 예전에 이런 이야기를 했어요. 시란, 그것을 이야기하지 않으면 모든 것이 허위가 되고, 그것을 이야기하면 모든 것이 스캔들이 되는 어떤 것을 말하는 것. 이 삶 자체가 온통 허위이고 스캔들인데 어떻게 하루하루 편할 수가 있겠어요. 제가 좋아하는 의사 선생님이 수필집을 냈는데 제목이 "선생님, 안 나아서 미안해요" 이런 거라. 어떤 아줌마가 신경외과 환자인데, 뇌혈관이 터져서 눈이 안 떠지는 거라. 근데 이 환자가 우리 선생님 보고 "선생님, 안 나아서 미안해요" 이러는 거라. 어찌 이리 말할 수가 있겠어요. 난 그 말이 참 좋아. 그 말 앞에서는 시 쓰는 사람이 부끄러워져요. 미안이라는 말의 정말 의미는 그런 거라. 선생님이 그렇게 친절하게 고쳐 주시는데 이렇게 안 나아서 미안해요. 제 몸뚱아리가 그 지경이 되어서도 어떻게 그런 말을 할 수가 있겠어요. 그게 아름다운 거라. 아름답다는 건 예쁘게 꾸미는 게 아니라, 진실을 바로 딱 들이대는 것. 그래서 미안하게 만드는 것, 그게 아름다운 거라.

다른 얘기 하나 더 해 볼까요. 여기서 밥 먹으러 가는 골목길의 어느 집 대문에 에이포A4 용지 하나가 딱 붙어 있었어요. 뭐라고 써 있냐면, "그동안 베풀어 주신 은혜에 감사드립니다. 몸이 아파 미용실을 그만두게 됐습니다" 이게 다라. 근데 가게 폐업하면서 그런 거 잘 안 붙이거든요. 분명히 동네 이웃들 보라고 붙인 글일 거예요. 그 정성이 참 놀랍죠. 몸이 아파 미용실을 그만두는데, 그걸 붙일 여가가 어디 있겠어요. 그 사람이 피부병이나, 뭐 그런 가벼운 병 걸려서 그만뒀겠어요. '몸이 아파 그만두게 됐습니다' 할 때는 낫기 어려운 병을 얻었다는 거지. 그 사람 정성이 그 말 한마디에 다 배어 있어요. 참 아름다운 사람일 거예요. 며칠 뒤 가다 보니까 그 종이가 없어졌더라고. 그렇게 남는 것, 그게 시고 아름다움 아닐까요. 또 하나 얘기 더 할게요. 내 친구 시인의 아들이 어렸을 때 자기 아빠 차를 타고 가다가, 앞에서 운전하는 놈이 담배꽁초를 휙 던지니까 "아, 불쌍하다!" 했다는 거예요. 뭐가 불쌍해? 담배꽁초가 불쌍하다 이거예요. 차들이 막 지나다니는데, 정말 그렇게 무참하게 버려지는 것, 그렇게 말하는 게 바로 시인이에요. 그거 외에 다른 진실은 없고, 그거 외에 다른 아름다움이 없어요. 시인은 사람들 멱살을 잡아서 그들이 자꾸 안 보려 하는 걸 억지로 보게 만드는 사람이에요. 어떻게? 자기 자신을 도구로 해서. 시인의 자기는 도구고 연장이고, 쥐나 토끼 같은 시험동물이에요. 저는 안 하면서 남 보고 하라 하면 먹히지가 않거든.

앞으로 독자들에게 어떤 시인으로 남고 싶으세요.
　내가 얼마 전에 어떤 블로그를 봤더니 "아, 이 사람 그래도 헛소리 안 하고, 계속해서 자기를 괴롭히면서, 갉아먹으면서 왔구나" 그렇게 썼더라고요. 그 이야기 듣고 한순간 울컥했어요. 내가 정말 그렇게 살아서가 아니라, 아니 그렇게 살려 했지만 그렇게 안 살아왔기 때문에 그랬을 거예요. 그러고 나서 1977년 등단할 때 김현金炫 선생님이 『문학과지성』에 써 주셨던 추천사를 휴대폰에 저장해 가지고, 그분이 나를 문인으로 내보낼 때 어떤 마음이셨을까 하고 생각해 봤어요. 여기 적혀 있어요. "우리는 그가 더욱 처절하게 아픔으로써, 저마다 이유도 모르며 치유할 방도도 모르는 아픔을 암종처럼 감추고 있는 우리에게 하나의 희망이 되어 줄 수 있기를 바란다. 희망이 생기는 것은 희망이 전혀 없는 사람을 통해서이다." 끝까지 그렇게 살았어야 했는데… 부끄럽죠. 누가 어떤 결혼식장에 갔더니 사람들이 그렇게 많이 왔더래요. 거기서 사람들 말이 '그 사람 참 잘 산 것 같다' 그러더래요. 사람들 많이 온 게 대단한 게 아니라, '그 사람 참 잘 살았네' 이런 말 들을 수 있으면 족하지요. 가톨릭 성가 중에 하한주河漢珠라는 신부님이 작곡한 노래가 있어요. "임의 전 생애가 마냥 슬펐기에 임 쓰신 가시관을 나도 쓰고 살으리라. 이 뒷날 임이 보시고 날 닮았다 하소서." 너 잘 살았다. 너 참 나 많이 닮았다. 그런 말 들으면 눈물 안 쏟아지겠어요. 돈이든 명예든 다 지나가는 것인데, 아, 너 그래도 이쁘게 살았구나, 그런 말 한마디 들으려고 사는 거 아니겠어요. 시는 그 과정 중의 하나이고, 쓸 수도 있고 안 쓸 수도 있는 거라. 근데 그게 참 어려워요. 이 몸과 마음을 가지고서는 언제든지 사기 치게 돼 있는 거라. 그게 참 어렵더라고요.

선생님, 이 방에서 보니까 소설은 잘 안 읽으시는 것 같네요.

거의 안 읽어요. 잘 안 읽고, 내가 소설 읽을 때는 주로 문장 때문에 읽어요. 내가 좋아하는 작가들은 문장이 좋아요. 어디서 책 추천해 달라고 해서 내가 고른 건 처음에는 나쓰메 소세키의 『유리문 안에서』, 두번째는 벤야민의 『일방통행로』, 세번째는 존 버거의 『그리고 사진처럼 덧없는 우리들의 얼굴, 내 가슴』, 이 제목 내가 무지무지하게 좋아해요. 그 다음 네번째가 바르트의 『애도일기』라고, 요새 나온 것이 있어요. 바르트가 제 엄마 죽고 나서 쓴 일기. 다섯번째가 야누흐의 『카프카와의 대화』. 그 다음에 소설을 두 권 추천했거든요. 하나는 톨스토이의 『이반 일리치의 죽음』. 난 그거 세 번쯤 읽었는데, 이번에 보르헤스가 엮은 세계문학전집을 보니까, 거기도 그 소설이 꼽혀 있더라고. 이효리 앞에서 춤 좀 춘다 하지 마라, 빌교 가면 주먹 자랑하지 마라, 그러잖아요. 그처럼 톨스토이 앞에서는 내가 글 좀 쓰네 하는 말이 안 나와요. 한 문장 한 문장 압도적이어서 기가 질려요. 아, 한 사람이 죽어가는 과정을 어떻게 이렇게 잘 보여줄 수 있을까. 그 다음 한 가지는 허먼 멜빌의 『필경사 바틀비』라는 것이에요. 그것도 참 좋아요. "아, 바틀비여, 인간이여…" 그게 마지막 문장이에요. 그 다음에 내가 꼽은 게 카프카 단편집과 체호프 단편집. 그리고 마지막으로 꼽은 건 『김수영 전집』. 한국작가로는 김승옥金承鈺 문장을 좋아해요. 사실, 사람이 망가지면 글도 같이 망가지는 것 같아요. 글이 망가지면 사람이 멀쩡해도 망가졌다고 보면 돼요. 저 사람 글이 왜 저러나, 그러면 사람도 같이 망가진 거라. 다른 사람이 보면 분명 나도 그렇겠지만… 글이 좋고 안 좋고는 그럴 수 있어요. 하지만 실패할 때도 실패하는 모습이 중요하잖아요. 안 해야 할 짓을 하면 안 되잖아요. 나는 그걸 문장 수준에서 체크해 봐요. 어떻든 난 소설이나 영화 같은 거 잘 안 봐요. 내 인생도 고달픈데 거기 들어가서 또 고달파하는 게 너무너무 싫은 거야. 나 같은 사람은 사람들이 연속극 보는 거 도무지 이해가 안 가. 난 가슴이 쿵닥거려서 잘 못 봐요.

시인은 늘 세속에 있는 사람이라고 하셨잖아요. 선생님도 뭘 얻기 위해 애달파하거나 안타까워하거나, 그게 명예가 됐든, 돈이 됐든, 시가 됐든, 그런 시절이 있었나요.
지금도 그렇죠. 시인은 '잡기 놀이' 하는 애들하고 똑같아요. 잡기 놀이 아세요. 한 발을 딱 여기에 고정시키고 돌아다니면서 상대편을 끌어들이는 것. 시인도 그래요. 항상 세속에서 오만 추한 짓 다 하고 살면서도, 본래 자리를 잊지 않는 것. 사실은 본래 자리가 뭔지, 그런 게 있는지 없는지도 몰라요. 아마도 세속이 전부가 아니라는 걸 알고 일깨우고 되새기는 게 전부겠지요. 세속이 없으면 본래 자리도 없어요. 그런 말 있잖아요. 애욕이 없으면 어떻게 생사의 강을 건너겠느냐고. 요는 세속을 부정하는 게 아니고, 세속이 있는 자리에서 그걸 자꾸 되돌아보는 일이에요. 사실 난 참 여러 가지로 혜택받은 사람이라고 생각해요. 학교나 등단이나, 문인으로나 사회인으로나, 좋은 조건을 가졌던 것 같아요. 그래서 주위에서 '저 친구는 온실에서 컸다' '오래 못 갈 거다' 그런 말을 자주 들었어요. 다른 한편으로는,

다른 사람들보다 많은 혜택을 누리면서도, 앓는 소리는 혼자 다 한 게 면구스럽기도 해요. 그리고 지금 이 말까지도 다 '면피용'이에요. '면피'라고 말하는 것 자체가 또 다른 '면피'지요. 그러니 미안하고 불편할 수밖에 없지요. 보세요. 내 시가 인정받고 싶다는 이 생각 자체가 시를 쓰게 하는 추진력이잖아요. 어떤 사람 말로는 시인이 거지하고 제일 닮았다고 해요. 네 숟가락은 플라스틱인데 난 스텐 숟가락이다. 넌 모모 출판사에서 시집 냈지만, 난 모모 출판사에서 시집 냈다. 그 둘이 다른 게 없잖아요. 어떤 게 세속이냐 하면, 비교경쟁의 대상이 되면 전부 세속인 거라. 아파트 평수가 삼십오 평이거나 사십이 평이거나 그게 세속이 아니잖아요. "너는 삼십오 평 사는데 난 사십이 평 산다." 바로 이렇게 말하는 게 세속인 거라.

우리가 살아 있는 한 절대 세속에서 못 벗어나요. 그래도, 그래도 한 번 뒤돌아보는 것, 난 그것이 시라고 생각해요. 그러니까 어디 순수한 게 따로 있는 게 아니라, 불순하다고 아는 것 외에 다른 진실은 없는 거예요. 혹은 모든 게 허위라는 걸 아는 거 외에 다른 진실이 없는 거지요. 아까 저한테 다른 욕심이 없느냐고 물으셨잖아요. 욕심 그대로 있죠. 다만 이제 몸과 마음이 늙어서 조금 묽어졌을 뿐이지. 이런 얘기가 있어요. 어떤 선생이 학인들한테 이야기했대요. 세상에 오래 살면서 보니까, 모든 욕심에서 벗어나도 명예심에서는 못 벗어나는 것 같더라. 그러니까 제자 하나가 하는 말이 "맞습니다, 선생님. 제가 수많은 스승들을 만났지만, 선생님만큼 명예심에서 벗어난 사람은 보지 못했습니다" 하니까, 그 선생이 좋아하더래. 바로 그 좋아하는 자리가 명예심의 자리잖아요. 이게 참 안 떨어지는 거예요. 숨 넘어 가야 떨어지지. 나는 골프나 테니스나 어지간히 못 하는 사람인데, 어느 날 신문 스포츠란에서 이런 구절을 보았어요. "귀가 너무 얇으면 발전이 없다." 누가 이런 말 하면 쪼르르 따라가고, 또 저런 말 들으면 쪼르르 따라가고…. 너무너무 그 말이 좋아서 스크랩을 해 놓았어요. 근데 한 일주일인가 뒤에 가만히 생각해 보니, 그게 바로 귀가 얇은 거라, 그 스크랩한 거 말이에요. 참 한심해요. 거기서 빠져나가려 한 것이 다시 자기를 가두는 일이라.

문학의 위기라고 이야기를 많이 하는데, 선생님은 그 말을 받아들이시는지요.

십 년 전만 하더라도 시집 냈을 때 시에 대한 대접이 지금하고는 많이 달랐어요. 아마, 이제 문학이나 시로 다시 돌아가기는 힘들 거라. 그러나 일정 부분 문자로밖에 안 되는 게 있을 거예요. 다른 예술로 대체할 수 없는 부분, 그 부분은 아주 구태의연하더라도 계속 살아남아 있을 거예요. 만약 문학예술에서 시가 죽어 버린다면, 시는 다른 데서 다른 방식으로 나타나지, 없어지지는 않을 거예요. 문자를 경유해서가 아니라, 이미지로나 사운드로나, 시적인 것은 계속해서 나타날 거예요. 왜냐면 시는 발견이고 반전이고 낙차거든. 반전! 그 반전이 없는 예술은 예술이 아니에요. 아까 이야기했듯이, 언어가 삶의 최전선이라면, 언어 없이 어떻게 우리가 고름, 강간, 사랑, 치욕 이런 것들을 얘기할 수 있겠어요. 세상에서 제일 때 묻은 게 언어고, 제일 불안정한 게 언어인데, 그런데도 우리가 그토록 애지중지하는 것은 바로 삶이 불안정하고 때 묻었기 때문이지요.

그럼에도 문학은 무엇을 해야 하겠는가, 아니면 할 수 있는가요. 시가 하는 일, 문학이 하는 일은 말할 수 없는 것을 말하는 거거든요. 근데 말할 수 없는 것을 말한다는 것 자체가 어불성설이죠. 말할 수 없는 것을 말하려다 실패하는 것, 그게 시고 문학이에요. 그렇게 해서, 편안하게 잊고 살려 하는 사람들을 계속해서 깐작깐작 괴롭혀 가지고 잠 못 자게 하는 것, 계속 불침 놓고, 똥침 놓고, 어쩔 줄 모르게 해서 불편하게 만드는 것, 그리하여 진실하고 아름다운 것 앞에서 잠시 잠깐이라도 깨어나게 만드는 것. 이런 것은 음악이나 미술로는 안 되거든요. 또 철학이나 종교로도 안 되지요. 종교는 저승을 미끼로 해서 이승을 구제하는 쪽이고, 철학은 머리를 미끼로 해서 몸을 끌고 가려 하는 것이죠. 시는 이 불완전한 몸과 마음을 어떤 논리나 환상으로 바꾸지 않고, 이 삶의 맹목과 무의미를 끝까지 견디고 증언하는 것이잖아요. 시와 문학이 아니라면 뭐가 이 일을 대신할 수 있겠어요. 가령 음악에서 표제음악이라는 거 있잖아요. '전람회의 그림' 같은 거요. 음악이 미술을 대신하려 하는 것, 그게 됩니까. 그렇게 한 번 시도는 해 볼 수 있지만, 음악은 음악이고, 미술은 미술이잖아요. 만약 시가 없어진다면, 시가 감당해 왔던 것들 모두 사라지고 말 겁니다. 공룡이나 맘모스처럼. 자, 이쯤에서 이야기를 끝내도록 하지요.

오랫동안 수고하셨습니다.

불가능에 대한 불가능한 사랑

신형철 문학평론가

시인 이성복을 '소개'하는 일은 시인에게가 아니라 독자에게 결례가 될 것이다. 그래도 그의 최근 십 년에 대해서는 이렇게 소개해 볼 수도 있으리라. 그는 『아, 입이 없는 것들』(문학과지성사, 2003)과 『달의 이마에는 물결무늬 자국』(열림원, 2003; 개정판, 문학과지성사, 2012)을 잇달아 내놓은 이후에 두 권의 산문집을 펴냈다. "구상적 세계의 의미와 가능성"을 묻는 『오름 오르다』(현대문학, 2004)와 "비구상적 세계의 무의미와 불가능"을 성찰하는 『타오르는 물』(현대문학, 2009)이 그것이다. 이 책들에는 '사진 에세이'라는 타이틀이 붙어 있는데, 틀렸다고 할 수는 없지만 충분히 정확하다고 할 수도 없는 제목이다. '사진'으로부터 촉발된 것이기는 하지만 어느 순간 그것을 넘어서 버리는 글들이기 때문이고, '에세이'라는 이름이 이 산문의 시적 아름다움과 철학적 깊이를 다 감당해내지 못하기 때문이다. 이 두 권의 책은 지금껏 한국어로 시도된 산문 글쓰기의 한 절정이라고 생각된다. 말은 쉽고 뜻은 어려운 것이 사상이다. 한없이 맑고 투명한 물이 흐르는데도 그 바닥이 보이지 않는 강

같을 것이다. 좁고 깊게 살피는 자는 전문가는 될 수 있지만 사상가는 될 수 없다. 사상이란 두루 살핀 다음 끝까지 가는 것이다. 시인 이성복의 최근 십 년을 '사상의 시기'라고 부르고 싶다. 이성복을 만나기 위해 그의 새 시집을 들고 대구로 내려갔다.

來: 공부

시인에게 최근에 어떤 공부를 하고 있는지 물었다. 대답 대신 그는 직접 타이핑하고 제본한 얇은 책 한 권을 내밀었다. 표지에는 '꽃에 이르는 길'이라고 적혀 있다. 이 제목은 일본 전통 예능인 노能의 대가 제아미世阿彌가 쓴 『풍자화전風姿花傳 외』(김효자 역, 시사일본어사, 1993)에 합본돼 있는 네 개의 글 중 하나에서 빌려 온 것이다. 이 책에서 '꽃'은 예능의 어떤 궁극을 가리키는 말로 쓰였다. 그러므로 '꽃에 이르는 길'이란 곧 예술의 궁극에 이르는 길이라는 의미가 될 것이다. 여기저기 펼쳐 보니 동서고금의 문호와 철인들이 토해낸 궁극의 말들이 빽빽했다. 시경詩經과 향가鄕歌에서 출발해 카프카와 블랑쇼까지를 아우르는 길이 그 안에 나 있었다. 말하자면 이것은 소위 '대문자 책' 혹은 '단 한 권의 책'이라고 불릴 만한 것이었다. 아마도 칠십년대 중반부터 시작되었을, '꽃'을 찾기 위한 시인의 긴 공부가 이 한 권의 책에 응축된 것이리라. 그는 이 책을 통째로 외운다. 러닝머신 위를 달리면서 이 구절들을 다 외우면 세네 시간 정도가 걸린다고 했다. 나는 거의 말문이 막혔다.

"이젠 공부를 안 합니다. 건방진 말로 오해되어서는 안 되는데, 나 자신이 완성되었다는 의미가 아니라, 공부의 요체를 나름대로 찾았다는 뜻입니다. 그러니까 모르는 게 없어서 아무것도 읽을 필요가 없다는 뜻이 아니라, 뭘 읽어도 저 책 속으로 수렴된다는 것입니다. 모든 독서의 끝이 결국 가닿는 지점이 있습니다. 그것을 저는 '불가능'이라고 부릅니다."

작업실 한쪽 벽에는 시인이 만든 기묘한 공식이 붙어 있었다. '$n+1=0 \ (n \geqq 0)$.' 그는 이것이 그의 '불가능'을 공식화해 놓은 것이라고 했다. 모든 독서가 결국 이곳에 이르기 위한 과정이고, 이곳에 도달하고 나면 독서는 무의미해진다는 것. '불가능'이란 바로 그 역설적인 지점에 붙여진 이름이었다. 그는 이 지점을 탐구하는 책이 있으면 찾아 읽지만, 그렇지 않은 책들에 대해서는 크게 흥미를 느끼지 못한다고 했다. 말문이나 열어 보자고 던진 질문이었는데 그 질문을 딛고서 시인은 곧바로 모든 예술의 궁극이라 해도 될 곳으로 들어가기 시작했다.

"어제 동물 다큐멘터리를 보다가 재미있는 것을 발견했어요. 재미있다는 말은, 나는 모든 걸 시로 연결해 버릇하니까, 그런 의미에서 재미있었다는 것입니다. 거북이가 말입니다, 아가리를 쫙 벌리는데 제 혀를 마치 벌레처럼 보이도록 만들더군요. 그러니까 물고기가 그게 벌레인 줄 알고 잡아먹으려다가 도리어 거북이에게 잡아먹히고 말아요. 또 한 가지 더 있습니다. 개미를 잡아먹고 사는 새가 있어요. 그런데 이 녀석은 다른 힘센 새가 자기 알을 훔쳐 먹으려고 나타나면 뱀 흉내를 내기 시작합니다. 그러면 다른 새는 이게 진짜 뱀인 줄 알고 도망을 가는 거예요. 이런 생각을 했습니다. 사람이 진실에 의해 보호받는 것도, 또 진실을 가지고 제 삶을 유지하는 것도 저런 식이 아닌가. 진실이라는 것은 본래 가짜입니다. 아마도 라캉이었던 것으로 기억하는데, 진실이라는 것은 항상 'as if'의 형식, 즉 '마치 …처럼'이라는 직유의 형식으로 존재한다고 했었지요. 거북이가 제 혀를 벌레처럼 보이게 만들고 또 새가 뱀의 흉내를 내는 것, 그것은 허구이지요. '마치 …처럼'일 뿐입니다. 그러나 그 허구로서의 진실이 우리로 하여금 자신을 보호하고 삶을 기획project하게 합니다. 시라는 것도 그런 것이 아닐까요. 삶 자체가 허구라면, 시는 허구 속의 허구입니다. 그런데 이 허구 속의 허구를 만들어서 삶이라는 허구를 뒤집거나 혹은 무화無化시키는 것, 그런 것이 시겠지요."

어렵다. 여기에 세 가지 명제가 섞여 있기 때문이다. 첫째, 삶은 허구다. 둘째, 진실이라는 것은 허구 속의 허구다. 셋째, 그 진실이 우리를 '보호'하고 삶을 '기획'하게 한다. 내가 막연하게나마 이해할 수 있는 것은 첫번째 명제뿐이다. '삶은 허구다.' 이해하고 있다기보다는 자주 들어서 익숙해졌다고 말하는 편이 옳을 것이다. 삶은 미망迷妄이다, 우리는 동굴 벽에 비친 그림자만 보고 있을 뿐이다, 우리는 매트릭스matrix에 갇혀 있다 등등. 문제는 그 다음 명제다. 나는 허구로서의 삶을 뚫고 나갈 수 있게 해 주는 것이 진실이라고 알고 있다. 진실, 한번 알고 나면 그 이전으로 돌아갈 수 없게 되는 것. 그래서 동굴 밖으로 나온

죄수는 다시 동굴 벽이나 바라보고 사느니 차라리 죽는 길을 택하고, 매트릭스 바깥으로 나온 이들은 시스템을 상대로 해방 투쟁에 나서는 것이 아닌가. 그런데 시인은 진실마저도 허구라고 말한다. 아니, 애초에 진실은 허구의 형식으로만 존재할 수 있다고 말한다. 그래서 진실은 삶이라는 허구 속에 있는 또 다른 허구라는 것. 이 두번째 명제를 이해하지 못했으니 세번째 명제가 이해될 리가 없다. 진실이 우리 삶을 보호한다니. 진실은 기존의 삶을 무너뜨리는 것이라고 알고 있는 나에게 이 말은 잘 이해되지 않았다. 나에게 익숙한 논법은 차라리 '치명적인 진실로부터 자신을 보호하지 않으면 살아갈 수 없다'이다. 그러나 시인은 '진실에 의해서 자신을 보호하지 않으면 살아갈 수 없다'라고 말하고 있었다. 진실로부터의 보호인가, 진실에 의한 보호인가.

　"진실로부터 우리를 보호하는 것이 아니라 진실이 우리를 보호하는 것입니다. 생각해 보세요. 살아서 이렇게 이야기를 하는 우리가 어느 날 사라져 없어집니다. 이 경산 자락이 원효元曉의 고향입니다. 여기에 신라 사람들이 살았는데 지금 한 사람도 없습니다. 이게 이해가 되십니까. 삶은 허무하고 허망한 것입니다. 그런데 우리가 어떤 진실을 만들어냅니다. '마치 …처럼'의 형태로 만들어지는 그것은, 마치 바다에 내리는 눈처럼, 형체는 있지만 순식간에 녹아 버리는 것이지요. 그러나 그 진실이 우리를 삶의 허무와 허망으로부터 보호해 줍니다. 진실이라는 것은 매 순간 만들어지는 것입니다. 진실은 '진실화 과정'으로서만 존재한다고 해도 되겠지요. 시작詩作을 뜻하는 '포이에시스poiesis' 역시 본래는 '만듦'을 뜻하지 않습니까. 믿음이 없으면 우리는 살 수가 없다고 말한 것은 카프카였지요. 그러나 대부분의 믿음이라는 것은 통속적이고 피상적이며, 이데올로기이고 공동환상입니다. 시가 만들어내는 진실은, 비록 만들자마자 녹아내리는 눈사람 같은 것일지언정, 이 이데올로기 혹은 공동환상으로서의 믿음과는 다른 것입니다."

그러므로 우리는 우리를 보호해 줄 진실을 끊임없이 찾아 나서야 한다. 그런 의미에서 진眞은 진進이다. 물론 이 표현은 시인이 삼 년 전에 펴낸 산문집의 한 대목에서 가져온 것이다. 거기에는 '진선미眞善美'는 곧 '진선미進先未'라는 요지의 인상적인 말놀이가 있다. "진실함眞은 진실함이 아니라 진실함으로 나아가는進 과정이고, 올바름善은 주체가 앞장서先 주인 역할을 하는 것이며, 아름다움美은 아직 오지 않은未 아름다움으로 존재한다."(『타오르는 물』, 238쪽) 그리고 보면 지금 인용한 이 문장도 일종의 '진실'이다. 이런 문장들이 주는 느낌을 우리는 기껏해야 예리하다거나 웅숭깊다거나 하는 뻔한 표현들로 말해 보려 애쓰지만 매번 뭔가 부족하다고 느낀다. 그런데 시인이 들려준 설명 덕분에 나는 이제 달리 말할 수도 있다는 것을 알게 됐다. 이런 문장(진실)들은 우리를 보호한다. 그러니까 우리가 표현해 보려 애썼던 그 느낌은 '보호받는 느낌'이었다. 비록 이 문장들 역시 이내 녹아 없어질 눈송이에 불과할지라도.

"결국 모든 것이 다시 '불가능'이라는 말로 귀결됩니다. 아무리 해도 안 된다는 것, 그러나 죽기 직전까지 하지 않을 수 없는 것. 츠베타예바는 '만젤스탐은 시가 없이는 앉을 수도, 걸을 수도 없었고, 살 수조차 없었다'라고 적었습니다. 그래서 제가 언젠가 모스크바 대학 교수에게 물어봤습니다. 이런 말이 있더라 했더니 그 말이 사실이라더군요. 만젤스탐이 강제수용소에서 죽을 때 그 옆에 있던 사람이 봤답니다. 만젤스탐은 죽기 오 분 전까지 입으로 시를 썼다는 거예요. 종이가 없었으니까요. 남아 있는 그의 시는 대부분 그의 부인이 기억해 둔 덕분에 남은 것들입니다. 카프카는 사람은 절대적으로 명랑해야 한다고 하면서, 타이타닉호의 악사들이 배가 침몰할 때까지 연주를 계속했다는 사실을 예로 들었지요. 생각해 보십시오. 악사들이 연주를 하건 하지 않건 아무 차이가 없습니다. 그러나 하는 겁니다. 결국 제가 처음에 말한 두 가지 사례로 되돌아가게 되는군요. 거북이가 혀로 벌레 흉내를 내고 새가 뱀의 흉내를 내는 것, 'as if'의 형식으로 뭔가를 계속 찔러 보는 것. 그런데 이 직유라는 것은 또 얼마나 허망합니까. 직유로는 칼이 잘 안 들어갑니다. 강철에는 손톱자국도 안 남잖아요. 걸었다고 생각하는데 안 걸리는 것이 직유입니다. 그렇지만 걸어 보는 것입니다. 마치 암벽 등반 같은 것이죠. 못을 하나 쳐서 거기에 줄을 걸고 한 칸 올라 갑니다. 그러나 그 자리는 결국 다음 칸으로 올라가기 위한 준비 공간일 뿐이지요. 이게 얼마나 허망한 일입니까. 도대체가 어떻게 할 수가 없는 일입니다. 그런데 어떻게 안 할 수도 없는 일이지요."

제대로 된 공부라면, 그 공부는 결국 불가능이라는 지점에 도달할 것이다. 그 불가능 앞에서 시는 망연자실 칼을 찔러 넣는다. 어떻게 해도 안 되지만, 어떻게 안 할 수도 없는 일이다. 그런데 그 불가능의 지점을 언어로 표현한다는 것은 가능하기나 한 일인가. 시인은 「마태복음」에 나오는 '하늘나라에 대한 세 가지 비유' 중 하나를 얘기하며 말을 이어 갔다. "하늘나라는 좋은 진주를 구하는 상인과 같다. 그가 값진 진주 하나를 발견하면, 가서, 가진 것을 다 팔아서 그것을 산다."(13: 45-46)

"말하자면 상인의 그 진주에 해당하는 것이 저에게는 '불가능'입니다. 그런데 그것을 어떻게 언어로 표현할 수 있을까요. 수학에서 무한에 대해 하는 말들이 제게는 흥미롭습니다. 무한이라는 것은 계속 불어나는 것이니까 그것에 대해서는 말을 할 수가 없지요. 그런데 그 무한을 '과정'이 아니라 '덩어리'로 생각하는 순간 비로소 무한을 다룰 수 있게 되었습니다. 무한에도 크기가 있다고 말할 수 있게 되는 것입니다. 정수의 무한과 유리수의 무한은 크기가 같습니다. 그러나 무리수의 무한은 저것들보다 큽니다. 일대일 대응이 안 되기 때문입니다. 생각해 보세요. 모르는 수에 대해서는 말을 할 수가 없지요. 그런데 그것을 X라고 표기함으로써 그 수에 대해서 말을 할 수 있게 되었잖아요. 모르는 것에는 칼이 안 들어갈 것 같지만 이렇게 때로는 들어갑니다. 그것처럼 불가능에도 손을 댈 수 있습니다. 트램펄린처럼 그 위로 뛰어넘을 수도 있겠지요."

무한한 무한에 무슨 크기가 있어서 서로 비교할 수 있단 말인

가. 그럴 수 있다는 것을 최초로 밝혀낸 사람은 칸토어다. 그는 '셀 수 있는 무한'과 '셀 수 없는 무한'이 있음을 입증하는 데 성공했다. (그 증명의 과정을 여기에 다 옮겨 적지는 못한다.) '셀 수 있는 무한'은 칸토어의 기준에서 보면 모두 크기가 같다. 그러므로 '셀 수 없는 무한'은 '셀 수 있는 무한'보다 크다고 말할 수 있게 된다.『무한으로 가는 길』(존 배로, 전대호 옮김, 해나무, 2011)은 좋은 책인데, 이 책은 칸토어의 발견을 이렇게 요약한다. "칸토어의 발견—다양한 크기의 무한이 있고, 무한을 분명한 방식으로 분류할 수 있다는 사실의 발견—은 수학에서 가장 위대한 발견 중 하나이다."(105쪽) 물론 시인이 내게 들려준 말의 요점은 불가능에 대해 말하는 일이 불가능하지만은 않다는 것이었다.

如: 비유

위에서 그는, 칼을 넣는다, 라고 말했다. 이것은 비유에 대한 비유다. 안 그래도 비유에 대해 묻고 싶었다. 이번 시집을 읽으면서 (물론 새삼스럽게) 감탄한 것 중 하나가 그것이었기 때문이다. 그의 직유들은 세계라는 허구의 살에 정확히 칼을 찔러 넣는다. 아니, 이 비유는 그의 비유에 어울리지 않는다. 그의 그것은 칼처럼 찌르고 들어가는 것이 아니라 침처럼 찾아 들어간다. 그는 아무것도 비판하지 않는데 우리는 반성하게 된다.

"흔히 직유가 원시적이고 피상적인 비유라고들 합니다. 고트

프리트 벤이 당대의 라이벌이었던 릴케를 폄하했던 건 릴케가 직유의 시인이었기 때문입니다. 직유는 멜빵 중에서도 느슨한 멜빵이라는 것, 직유로는 시가 단단해질 수 없다는 것이지요. 그러나 직유에도 여러 종류가 있습니다. 가장 유치한 것은 형태에 대한 것입니다. 그것은 대상을 바꾸지 못하기 때문에 안 쓰는 것만 못합니다. '단풍잎은 우리 아가 손바닥'이라고 말해 봤자 이런 식으로는 아무것도 바꿀 수가 없죠. 그러나 새의 날개와 사람의 팔처럼 형태적으로는 전혀 다르지만 구조적으로는 유사한 것을 연결하는 것은 다릅니다. 말하자면 형태의 유사성이냐 구조의 유사성이냐의 문제인 것이죠. 사다리 타기로 치면, 전자는 아랫줄의 'A'에서 윗줄의 '가'로 연결되는 것이고, 후자는 '라'로 연결되는 것입니다. 구조주의의 용어를 사용해 본다면 전자를 아날로지analogy, 후자를 호몰로지homology라고 할 수 있겠지요. 아날로지 층위에서의 유사성에 의거한 비유는 세상을 오히려 더 탁하게 만듭니다. 그러나 호몰로지 층위에서의 유사성은, 색맹검사를 할 때 보이는 숫자처럼, 어느 순간 문득 올라옵니다. 시는 바로 그것을 위해 쓰는 것이고, 그게 올라오지 않으면 덜 쓰인 것이죠. 그러므로 직유를 쉽게 풀리는 비유라고 일반화해서는 안 됩니다. 예컨대 김수영金洙暎의 「절망」에서 '절망이 절망을 반성하지 않는 것처럼'이라는 구절을 생각해 보세요. 직유를 이런 식으로 걸어 버리면 이것은 풀리지 않습니다."

직유라고 했지만 넓은 의미에서의 비유 일반에 두루 해당되는 말이라고 시인은 덧붙였다. 앞에서는 '칼을 넣는다'라고 했고 이번에는 '비유를 건다'라고 말했다. 비유는 '거는' 것인데, 풀리는 것과 풀리지 않는 것이 있다고 했다. 이번 시집에서 이 시인이 걸어 놓은 비유들 중에는 말 그대로 잘 풀리지 않는 것들이 많다. 2부 앞부분에 실려 있는 다섯 편의 「각서」 연작을 보라. 몇 줄 안 되는 이 짧은 시들은 정교하게 걸어 놓은 비유들로 꽉 차 있어서 읽는 이를 황홀한 무력감에 빠뜨린다.

"장식으로서의 비유는 그것을 붙이건 떼어내건 아무런 차이가 없습니다. 근본적으로 세계를 바꾸는 비유가 아니면 그것이 직유건 은유건 결국 조미료에 불과합니다. 국 맛이 나면 거기에 조미료를 넣을 필요가 없지요. 조미료를 친 사람을 보면 그이가 진짜 국 맛을 모르는 사람임을 알게 됩니다. 아시다시피 『논어論語』에는 '회사후소繪事後素'라는 말이 나오지요. 백지가 있어야 그릴 수 있다는 것입니다. 이미 그려진 그림들을 지우고 백지를 만드는 것이 먼저입니다. 피상적인 비유라는 것은 이미 그려진 그림 위에 또 그리는 것에 불과합니다. 그렇게 해서도 안 되고 할 필요도 없는 일이지요. 결국 시가 하는 일이란 인생의 진실을, 즉 '불가능'의 자리를 보여 주는 것입니다. 일상생활이 '불가능'의 자리를 가로막고 있습니다. 문학이라는 것은, 또 문학의 진실이라는 것은 그 꺼풀을 벗겨내는 것입니다. 그런데 벗겨낸다는 것은 불가능하지요. 그러나 어쨌건 해 보는 것입니다. 좋은 비유는 거기에 참여하는 것이지요.

예컨대 '드로잉을 하는 것은 관찰된 무언가를 다른 이에게 보여 주기 위해서가 아니라, 보이지 않는 무언가가 계산될 수 없는 목적지에 이를 때까지 동행하기 위해서이다.' 이것은 존 버거의 말입니다. 뭘 봤다고 해서 그것을 그리는 것이 아닙니다. 중요한 것은 '보이지 않는 무엇'입니다. 그리고 그것이 '계산될 수 없는 목적지'에 이를 때까지 '동행'한다는 것입니다. 저는 이 말이 정확하다고 생각해요. 이것이 뭐와 비슷하냐 하면, 우리가 길에서 깡통을 보면 툭 차지 않습니까. 딱히 깡통이라서 차는 것도 아니고, 다른 게 있더라도 찰 수 있지요. 그런데 이게, 차는 사람의 의도대로 굴러가지를 않습니다. 어떻든 굴러간 그 자리에 가서 다시 찹니다. 잘 굴러갈 수도 있겠고 맨홀에 빠질 수도 있겠지요. 계산될 수 없는 목적지에 이를 때까지 동행한다는 것은 바로 이런 과정입니다."

시가 진실에 도달하는 순간은 비유의 순간인가. 나는 어리석게도 시에는 비유만 있는 것이 아니지 않은가 하고 반문했다. 시인은 '비유를 통해 어떤 지점에 도달한다'라고 생각하지 말고 '어떤 지점에 도달하면 그것이 비유가 된다'와 같은 방식으로 생각해 보라고 답했다. 이를테면 어떤 훌륭한 시의 어조는 그것만으로 비유의 무게를 떠맡을 수 있다고 말이다.

"모든 좋은 시는 작품 전체가 그 자체로 비유이기 때문에 굳이 비유를 쓸 필요가 없다는 말도 가능합니다. 소월素月의 시를 생각해 보십시오.「초혼」같은 것은 끔찍하게 잘 쓴 시인데, 거기에는 비유가 없습니다. 진술이건 묘사건 어조건 그것이 정합성을 갖게 되면 그것 자체로 하나의 비유가 되는데, 그렇다면 비유 안에 다시 비유를 쓸 필요가 없는 것이지요. 체호프는 이런 말을 한 적이 있습니다. '작가의 역할은 상황을 진실하게 묘사하는 것이다. 독자가 더 이상 그 상황을 피해 갈 수 없도록.' 이렇게 쭉 밀어붙여서 독자를 벼랑 끝에 딱 세워 놓고 작가는 빠지는 것입니다. 이 상태가 되면 비유가 필요 없는 경지인 것이지요. 쟁기를 깊게 박아 넣어야 가능합니다. 그러기 위해서는 무엇이 필요할까요. 언젠가 호영송扈英頌 작가가 했다는 이 말에 저는 절대적으로 동감합니다. '예술가는 자기 모습을 보는 눈을 통해 세상을 본다.' 항상 자기 자신이 울림통이고 비유의 생산 장소지요. 자기가 말을 만드는 것이 아니라 말이 자기 몸을 통해 빠져나간다는 것입니다. 예술가에게 몸은 왜곡의 장소이면서 변형의 장소이기도 합니다."

다시 좁은 의미의 직유에 대해 말하자면, 최근 시인들은 그것을 잘 사용하지 않는다. (직유에 두려움이 없는 시인 중 하나는 진은영이다. 그도 릴케를 좋아하기 때문일까.) 분명한 것은, 직유 자체가 유치한 것이 아니라 직유가 유독 유치해지기 쉽다, 라고 말해야 한다는 것이다. 시인들은 알고 있으리라. 잘못 만들어진 직유가 얼마나 적나라하게 시인의 바닥을 드러내고 마는지.

哀: 스승

시인은 최근에 『2013년 제4회 젊은작가상 수상작품집』(문학동네)을 읽었다고 했다. 대상을 받은 김종옥의 소설 「거리의 마술사」를 흥미롭게 읽었다고 했다. 그리고 그는 최근에 읽은 몇 편의 시를 언급했다. 윤제림과 이상국이 좋은 시인이라고 말했고, 젊은 세대 중에서는 서대경과 송승언의 어떤 시들을 칭찬했다. 시인은 자연스럽게 좋은 글의 요건에 대해 말하기 시작했다.

"상갓집에 가 보면, 멀리서 온 손님에게는 꼭 차비를 줘서 보내지 않습니까. 글 쓰는 사람도 마찬가지입니다. 어떤 대상을 다루든, 그 대상에게 뭔가 하나는 줘서 보내야 합니다. 줄 게 없으면 뺨이라도 때려서 보내야죠. 좋은 글은 읽는 사람의 멱살을 쥐고 마주 보는 데까지 나아갑니다. 거기까지 가지 못했다면 글이 덜 씌어진 것이지요. 조금 전에 인용한 체호프의 말, 진실하게 묘사해서 독자가 빠져나갈 수 없도록 만드는 지점에 이르러야 한다는 말이 뜻하는 바가 바로 그것입니다. 저는 어떤 허드레 글을 쓰건 그렇게 하려고 애써 왔습니다. 늘 성공했다고 말할 수는 없겠지만요. 이것은 시간이 없었기 때문에 잘 쓰지 못했고, 또 저것은 행사용 글이어서 그 취지에 맞춰 쓸 수밖에 없었고… 이런 식으로 핑계를 대서는 안 됩니다. 작가는 글 쓰는 순간을 포함해서 모든 순간에 작가여야 하니까요.

논리가 좀 안 맞고 말이 서툴고 그런 건 큰 문제가 아닙니다. 말이 매끄럽고 논리가 맞아도 피상적인 것이 제일 나쁜 것이지요. 피상적인 것이 왜 나쁘냐 하면 "당신은 피상적이다"라고 말해 줘도 그 말조차 피상적으로 받아들이기 때문이에요. 그래서 피상적인 것은 고칠 수가 없어요. 피상적이라는 것은, 이를테면, 좋은 것과 나쁜 것을 나누고 좋은 것과 편먹는 것입니다. 시는 좋고 소설은 나쁘다, 이런 식의 말들이 피상적인 것이지요. 불교에서는 망상과 실상을 나누어 생각하는 바로 그것이 망상이라고 말합니다. 속물의 본질은 자기가 속물이라고 생각하지 않는다는 것입니다. 그렇다고 속물이 아닌 사람이 있을까요. 없습니다. 자기가 속물이라는 것을 아는 것, 그것 외에는 속물인 상태로부터 벗어날 길이 없어요. 속물이 있고 속물이 아닌 것이 있다, 피상적인 것이 있고 심오한 것이 있다, 그렇게 생각하는 그 자리가 다시 피상성의 자리입니다."

시인에게서 '피상성'이라는 말이 반복될수록 내 얼굴은 뜨거워졌다. 분명히 더 들어가야 한다는 것을 아는데 어쩔 수 없이 마침표를 찍게 된 경우들이 떠오르고 말았기 때문이다. 다행히 읽은 사람들이 좋다고 하면 세상을 속이는 데 성공한 것이지만, 어떤 경우에도 글을 쓴 자기 자신을 속일 수는 없는 것이다.

"어떤 시인이 이번에 발표한 시가 좋았다고 합시다. 그런데 시는 짧기 때문에, 그 하나만 놓고 내리는 판단은 결정적인 것이 될 수가 없습니다. 어떤 '정신'이 뒷받침되지 않는다면 말입니다. 만약 그 시인이 쓴 산문에서도 여전히 그 '정신'을 읽게 되면 저는 그 시인을 백 퍼센트 인정하고 맙니다. 시에 정신이 실려 있다는 것은, 이를테면, 축구선수가 공을 찰 때 발로 차는 동작 자체는 그 순간에 사라지지만, 그 공은 발의 각도를 그대로 가지고 날아가는 것과 흡사합니다. 공(시)에 발(정신)이 실려 있는 것이지요. 이것이 시냐 아니냐를 판단할 수 있는 기준 중의 하나가 거기에 있습니다. 저는 이 부분에서 한국문학이 참

얇다는 생각을 합니다. 우리에 비하면 일본은 참 두텁습니다. 나쓰메 소세키, 다자이 오사무, 미시마 유키오 등등. 총림叢林이라고 하지 않습니까. 나무가 빽빽하게 모여 있는 모습, 그것을 '나무 목木'을 세 개 써서 삼森이라고 하잖아요. 그런데 우리는 '나무 목'이나 '수풀 림'까지밖에 안 되는 것 같아요. 삼森 속으로 들어가면 숙연해집니다. 김수영을 읽으면 뭔가 삼가는 마음이 생기잖아요. 깡패도 큰 깡패를 만나면 단추라도 하나 더 채우게 됩니다. 그런 '삼'이나 '총림' 앞에 있으면, 후대의 작가들도 내가 이런 식으로 함부로 해서는 안 되겠다는 생각을 갖게 될 테지요. '내가 고작 이런 것을 썼구나, 우리 선생님이라면 이것을 보고 뭐라고 하실까.' 어른이 없는 겁니다. 어른을 가지려고 하지 않는 것이지요. 그런데 어른이 없으면 자기가 어른인 것일까요. 아닙니다. 어른이 없는 것, 그것이 어린애지요. 선생이 뭐겠습니까. 마음속에 선생을 갖고 있는 사람이 선생입니다."

안 그래도 '스승'에 대해 묻고 싶었다. 시집 1부에 「선생」연작 세 편이 실려 있어서이기도 했고, 시인이 은사인 고 김현金炫 선생의 영전에 바친 글을 내가 여태 기억하고 있어서이기도 했지만, "스승이 떠난 뒤 백 년이 흐르고 / 어떤 밤에는 강둑을 걸었다"로 시작되는 시 「봄밤」이 "내 연애를 감시하던 스승이 / 먼저 射精해버리신 것이었다"로 끝날 때 내가 느낀 경이의 정체를 오히려 시인에게 물어보고 싶기도 했기 때문이다. 그러나 「봄밤」에 대해서는 묻지 않았다. "스승의 사정射精"을 '스승'에게 물을 일은 아니지 싶었다. 아니, 어떤 시에 대해서건 그것의 '정체'를 시인 자신에게 물을 일은 아닌 것이다.

"'선생'에 대한 정의가 세 가지 있습니다. 첫째, 앞에서 말한 대로, 마음속에 선생을 둔 사람이 선생입니다. 괴테가 그랬지요. 몰리에르는 일 년에 딱 한 편만 읽어야 한다. 왜냐하면 몰리에르는 너무 위대해서 자주 읽으면 설사를 하고 만다는 거예요. 괴테라는 저 대문호가 그런 이야기를 했다는 겁니다. 그런 괴테를 오매불망 사랑한 사람이 플로베르예요. 또 그 플로베르를 사모한 사람이 카프카입니다. (플로베르와 카프카는 '고통의 글쓰기'라는 측면에서 유사한 데가 있습니다.) 또 벤야민의 『일방통행로』에 그런 대목이 있지요. 꿈에 괴테 집에 갔는데, 괴테가 자기한테 '밥 먹어라' 그래서 감격해서 울었다는 것. 문학은 바로 그런 울음 속에 있는지도 모릅니다. 글이나 책은 남을 수도 있고 안 남을 수도 있는 것이죠. 같은 책의 다른 글에서 벤야민은 친구가 보내온 책을 열어 보기 전에 넥타이를 고쳐 매기도 합니다. 말은 쉬워도 잘 안 되는 일이죠. 공자孔子는 꿈에 주공周公을 뵙지 못한 지 석 달이 넘었다고 걱정합니다. 주공은 백 년 전 사람이에요. 그런 그가 꿈에 나타나지 않는다고, 공자는 자신이 벌써 글러 먹은 게 아닐까 탄식합니다.

둘째, 제가 이번 시집에 적은 말입니다만, 선생은 자기가 하는 말하고 반대로 사는 사람입니다. 물론 이 말은 일종의 개그일 뿐이고, 더 뜻을 실어 말하자면 이렇게 표현할 수 있겠지요. '선생은 자기가 자기 말과는 반대로 살고 있다는 것을 늘 의식하는 사람이다.' 셋째, 선생은 자기 제자를 더 큰 선생에게로 인도하는 사람입니다. 제자가 다른 선생에게 가면 기분 나빠하는 사람들이 있습니다. 그러나 제자를 더 큰 선생에게 인도하는 것이 선생의 본래 존재 이유입니다. 제가 주위 학생들에게 김수영이나 카프카에 대해 이야기하는 것이 바로 그런 일이지요.

덧붙이자면, 선생은 인격이 아니라 자리입니다. 인격적으로야 뭐 대단한 게 있나요. 그런데 자신의 인격을 자기의 자리와 동일시하는 이들이 황당한 일들을 하고는 하지요."

反: 향가

시집의 제목이 된 구절 '래여애반다라來如哀反多羅'는 '시인의 말'에 적혀 있는 대로 향가 「풍요風謠」에서 가져온 것이다. '래여, 애반다라'라고 끊어 읽고, '오다, 서럽더라'라고 새긴다. 아래에 전문을 옮긴다. 시인은 양주동梁柱東의 풀이를 따랐지만, 여기서는 김완진金完鎭의 현대어 풀이를 옮긴다.

來如來如來如래여래여래여	온다 온다 온다
來如哀反多羅래여애반다라	온다 서러운 이 많아라
哀反多矣徒良애반다의도량	서러운 중생의 무리여
功德修叱如良來如공덕수질여량래여	공덕 닦으러 온다

시집의 제6부는 온전히 이 구절에만 할애돼 있다. 또 시집의 처음과 끝에는 「죽지랑을 그리는 노래」와 「기파랑을 기리는 노래」가 배치돼 있다. 이번 시집에 대해 말하려면 어쩔 수 없이 향

가에 대해 말해야 한다. 시인에게 향가란 무엇인가. 왜 향가인가.

"제가 향가를 재현했다기보다는, 제 쪽으로 향가를 끌고 와서 이용했다고 해야 할 것입니다. 향가는 복원할 수도 없고 또 복원할 필요도 없는 것입니다. 보들레르가 「현대생활의 화가」에서 말한 대로 당대적인 것 안에서 영원한 것을 찾아내는 것, 말을 바꾸면, 우리 시대 안에 있는 어떤 것을 향가의 정서와 결합시켜 보겠다는 것 정도가 저의 취지였습니다.

시집 맨 끝에 수록한 「기파랑을 기리는 노래」는 강판권 교수의 『나무열전』(글항아리, 2007)에 쓴 추천사를 행갈이해서 발표한 것입니다. 이 책의 저자가 '나무 인간'입니다. 그런데 「찬기파랑가」에 '잣나무'가 나오잖아요. 그래서 자연스럽게 연결이 된 것입니다. 근데 이 시를 시집 어디에 배치할 것인가가 문제가 되더군요. 그러다가 장옥관張沃錧 시인의 시집에 쓴 추천사를 시로 바꾸어 발표한 작품이 있는데, 그것을 제가 좋아하는 「모죽지랑가」와 연결시켜서 「죽지랑을 그리는 노래」로 이름 붙이고 「기파랑을 기리는 노래」와 짝을 맞추었어요. 그러니까 기파랑의 자리를 만들어 주기 위해 죽지랑이 들어온 것입니다. (원래 예술이라는 것이, 이것이 있으면 저것이 있는 식으로 되는 경우가 많습니다.) 처음에는 이렇게 될 줄은 몰랐습니다. 향가의 형식에 찬讚, 모慕, 제祭, 원願 등이 있지 않습니까. 그것을 염두에 두고 '기리는 노래'와 '그리는 노래'라는 식으로 말을 맞추어낸 것도 기분이 좋더군요. 그리고 만들고 나서 보니까 강판

권의 'ㄱ'과 '기파랑'이, 장옥관의 'ㅈ'과 '죽지랑'이 맞아떨어지는 겁니다.

지금 보면 '래여애반다라'라는 제목 안에는 '만다라'도 있고 '여래'도 있고 '열반'도 있어요. 불교적 음향이 울리고 있는 말입니다. 제가 그동안 가톨릭, 불교, 주역, 정신분석 등을 봐 왔습니다만 그것들을 시에 직접적으로 드러낸 적은 한 번도 없습니다. 이번에도 마찬가지예요. 그저 시집 처음과 끝에 두 개의 향가를 세우고 그 지붕으로 '래여애반다라'를 얹은 겁니다. 그래서 시집 안에 있는 시들에, 고깃집에 다녀오면 옷에 고기 냄새가 배듯이, 향가의 울림이 배어들도록 한 거지요. 이것은 향가를 복원하는 것과는 좀 다른 일입니다."

중국에는 『시경詩經』, 일본에는 『만엽집萬葉集』이 있는데 우리에게는 왜 『삼대목三代目』이 없는가. (나는 송재학宋在學 시인이 『삼대목』에 대해 쓴 훌륭한 에세이를 떠올린다.) 우리에게 남은 건 몇 편의 고려가요와 향가뿐이다. 고려가요는 질펀한 데가 있지만 향가는 손 댈 데가 없다고 시인은 감탄했다. 시집을 읽어 본 사람들은, 향가를 복원하려 한 것이 아니라 향가의 어떤 것을 지금의 어떤 것과 결합해 보려 했다는 시인의 말을 납득할 것이다. 그는 이번 시집에서 굳이 향가의 정서와 가까운 것을 찾자면 「정선」 같은 시가 아니겠느냐고 말했다.

　　내 혼은 사북에서 졸고
　　몸은 황지에서 놀고 있으니
　　동면 서면 흩어진 들까마귀들아

숨겨둔 외발 가마에 내 혼 태워 오너라

내 혼은 사북에서 잠자고
몸은 황지에서 물장구 치고 있으니
아우라지 강물의 피리 새끼들아
깻묵같이 흩어진 내 몸 건져 오너라

—「정선」 전문

"그래도 이번 시집에서는 이 시가 내기 보기에 좀 아득한 쪽에 속합니다. 나는 시가 아득함에 도달하면 그것으로 끝이라고 생각해요. (『시경』에 실려 있는 시 중에서 「갈대兼葭」나 「도꼬마리卷耳」 같은 시들 말이지요. 아무것도 아닌 시들입니다. 하나의 구조만 딱 세워놓고 그것을 반복하고 있을 뿐이에요. 그런데 이게 참 맛이 깊은 겁니다.) 좋은 시는, 다 읽고 나서, 아무 말도 할 수가 없습니다. 「정선」은 어쩌면 저의 시 「남해 금산」과 좀 닮은 면이 있다고도 생각합니다. 「정선」도 그 내용물이 '다 빠져나가 버려서' 잡을 수가 없는 사례지요. 저도 어떻게 썼는지를 자세히 말하기 어렵습니다. 첫 행을 썼기 때문에 두번째 행을 썼고, 두번째 행을 썼으므로 세번째 행을 썼다고밖에는요.
「정선」을 쓰고 나서, 읽는 분들에게는 어떻게 받아들여지든지 간에, 개인적으로 흡족했던 것은 이 짧은 시에 고유명사를 여섯 개나 집어넣을 수 있었다는 점입니다. 고유명사를 잘 쓰고 싶습니다. 고유명사처럼 덧없고 허드레이고 비시적非詩的인 것이 없어요. 다른 시인들이 고유명사를 쓴 것을 보면 참 좋은데(최승자崔勝子 시인이 '청파동'이라고 하면 무언가가 확 살아나지 않습니까), 저는 그게 안 되는 거예요. 그런데 이 시에는 여하튼 정선, 사북, 영월, 동면, 서면, 아우라지를 넣어 보았습니다. 덧붙여, 두 연을 대구對句로 맞췄다는 것, 옛것이면서 아슴한 느낌의 이미지들을 만들어냈다는 것, 그런 것도 마음에 들어요. 향가의 정서를 살린 다른 작품이 있다면 5부 끝에 수록돼 있는 「남지장사」「북지장사」 시리즈를 들 수 있을 겁니다. 향가를 풀어 놓았을 때 뒤에 남는 느낌, 그냥 허드레하고 막막한, 뭐라고 딱히 얘기할 수 없는, 그러나 인생이 뭐 그렇지, 하는 그런 느낌을 담아 보려고 했어요. 아무튼 지붕을 '래여애반다라'로 얹었기 때문에 어떤 소재로 쓴 시이건 다 향가라는 차일遮日 아래 놓이게 된 셈입니다."

그는 '래여애반다라'의 여섯 글자를 하나씩 음미하고 그 뜻을 풀어 '시인의 말'에 적었다. "이곳에 와서來, 같아지려 하다가如, 슬픔을 맛보고哀, 맞서 대들다가反, 많은 일을 겪고多, 비단처럼 펼쳐지다羅." 이번 시집이 여섯 개의 부로 나뉘어 있는 것도 이 여섯 글자를 의식했기 때문이리라. 혹시 여섯 글자가 순서대로 각 부의 제목이 된다고 생각해도 되는가 물었다. 원래는 그런 취지였는데 어떤 부분은 맞고 어떤 부분은 맞지 않는다는 것을 깨닫고 인위적으로 그렇게 하기를 포기했다고, 그래서 각 부에 제목을 달지 않았다고 그는 답했다. 대체로 길이가 짧고 전압을 낮춘 시들이 앞쪽에 배치돼 있다.

"반대로 했다면 허탈하게 끝난다는 느낌을 주었겠지요. 두 개의 구조가 있지 않겠습니까. 처음에는 쉽게 들어갔는데 빠져 나올 때는 힘들게 하는 구조가 있는가 하면, 또 반대의 구조가 있을 수 있겠지요. 이번 시집은 뒤로 갈수록 뭔가 내 마음대로 운신이 되지 않는 그런 세계를 보여 주려고 했습니다. 시 쓰기는 문제 해결의 과정입니다. 꽁꽁 묶인 마술사가 사슬을 풀고 나오는 것처럼, 어떤 식으로건 풀면서 나오는 것입니다. 그런데 그렇게 풀고 나오는 대단원을 흔히 '결말'이라고 하지만 사실은 이 결結이 '맺을 결'이지 않습니까. 그러니까 풀면서 나오는 것이 어쩌면 묶는 것이기도 하다는 거예요. 풀리는 것처럼 보일 때는 속으로 묶는 것이 있고, 묶는 것처럼 보일 때도 속으로는 푸는 것이 있는 법입니다. 결국 묶는 것과 푸는 것은 하나라는 말이 됩니다."

이성복의 처음 두 권의 시집에서 말의 긴장을 배운 이라면, 이번 시집은 그 긴장이 덜하지 않느냐고 스승에게 불평할 만하다. 말은 쉬워졌고 뜻은 깊어진 것이 이번 시집이라고 생각하는 나는 그 불평에 동의하지 않는다. 시의 긴장이 반드시 말의 긴장에서 오는 것은 아닐 것이다.

"이번 시집의 전체적인 특징은, 뭐랄까, 독자에게 부담을 주지 않는다고 할까요. 문맥이나 문장 구조의 층위에서는 신경을 쓸 필요가 없게 만들었다고 할까요. 그렇다면 말의 꼬임새에서 긴장이 생기지 않는다면 어디에서 긴장을 만들어내야 할까. 저는 그것을, 말이 아니라, 시 속에서 인생과 딱 대면하게 되는 그 지점에서 생겨나게 하려고 했습니다. 가령 장모님(「오다, 서럽더라 2」)과 장인어른(「오다, 서럽더라 3」)에 대한 시들은 '그냥' 쓴 것들입니다. 써 놓고도 이거 시 아닌 것 같다 싶어서 손을 더 대 보려고 했어요. 그런데 그럴 수가 없더군요. 장모님 영정 사진을 차에 놓고 내린 아이를 야단쳤다고 썼는데, 그러면 거기서 뭘 더 어떻게 해야 할까. 아이를 야단칠 것이 아니라 애비인 나도 똑같은 놈이다, 뭐 그런 내용이 더 붙을 수도 있겠지만, 중요한 것은 그게 아닌 겁니다. 이 시에 손을 대 보려고 해도 어찌할 수 없었던 것은 이 시 자체가 바로 '어찌할 수 없음'을 말하고 있기 때문이었던 거지요. 누가 죽더라도 살아 있는 사람들은 밥을 먹고 웃고 떠들고 하는 겁니다. 그런 긴장 와해의 순간들이 있잖아요. 그런데 비극적인 정서가 와해되는 바로 그런 순간 자체가 '일상성의 비극'인 것입니다. 플로베르는 인간은 단 한 번 칼에 맞아 죽는 것이 아니라 바늘에 여러 번 찔려 죽는다고 했지요. 이번 시집에서 제가 말하려고 했던 것이 그런 것입니다. 잔잔하고 피상적인 일상 자체, 이것 외의 다른 비극이 없다는 것. 그것이 말의 긴장 따위들을 이미 다 안고 가 버리는 것입니다. 영화의 대결 장면에서 한 사람이 칼을 들고 온갖 동작을 하는데 다른 사람이 총으로 한 방 쏴 버리는 것 같은 느낌이라고 할까요. 거기서 뭘 더 어떻게 할 수 있겠습니까. 다른 긴장을 의도했다면 말들이 다른 방식으로 풀렸을 겁니다. 예컨대 나의 첫 시집처럼 말이지요."

덧붙여 말하자면, 이번 시집에서 눈여겨봐야 할 것은 '말의 긴장'이 아니라 '말의 이완'이 가져오는 어떤 미학적 효과일 것이다. 다음 구절들에는 그 자체로는 별 힘이 없는 입말이 시 속에 옮겨졌을 때 기묘한 힘을 발산하게 된 사례들이 있다. 굳이 밑줄을 칠 필요도 없을 것이다. 바로 그 부분에서 철렁하게 될 테니까. "내가 보지는 못했지만 저건 분명 어떤 손길이 지나간 거다 / 슬픔 같은 것이었는데, 고추장 붉은 덩어리가 뭉서리져 있고 / 슬픔도 그냥 슬픔이 아니다 / 저건 내가 손 댄 게 아니라니까 / 아이가 핥아먹는 솜사탕에도 벌건 선지피 덩어리가 뭉서리져 있고 / 저건 기억도 아니라니까"(「누군가 내게 쓰다 만 편지」). "아, 얼마나 무서웠을까? 돌아온 어미가 새끼들 부를 때, 덤불숲 까치는 제 새끼 입속에 피 묻은 살점을 뜯어 넣어주고 있었다 아, 저 엄마는 어떻게 살까?"(「아, 정말 얼마나 무서웠을까」). "때로 수컷 뚝지가 쫓아내도, 쫓아내도 떠나지 않는 암컷 뚝지를 기어코 밀어내는데, 그것이 왜 그렇게 안 떠나려고 버둥거렸는지는, 혼자서 풀이 죽어 떠나가다가 느닷없이 나타난 대왕문어의 밥이 된 다음에야 알 수 있다 갈가리 찢긴 암컷의 아랫도리엔 미처 다 쏟아내지 못한 알들이 무더기로 남아 있었던 것이다 바보야, 그러면 그렇다고 말이라도 할 거지, 바보야"(「뚝지」).

그 밖에도 그가 '성기'나 '음부' 따위의 말에서 '자연주의적 슬픔'이라고나 해야 할 어떤 쓸쓸함이 느껴지게 만드는 기술, 또 자신의 생을 자신의 육체와 분리하여 대화하는 설정들을 운용하는 방식 등에는 시를 공부하는 이들이 한 번쯤은 따져 봐야 할 시학적 비밀이 숨어 있는 것처럼 보인다. 그는 '생이여, 너는…'과 같은 구문을 사용해도 비천해지지 않는 드문 시인이다.

多: 위기

시인은 환갑을 넘겼고, 교수직에서 물러났으며, 일곱번째 시집을 냈다. 한 번쯤 돌아볼 때가 된 것이다.

"나는 지금까지 한 번도 비슷한 시집을 낸 적이 없다고 생각합니다. 이러저러하게 내 보자고 의도한 적도 없어요. 그런데 시를 정리해 보면 달라졌음을 발견하게 되는 겁니다. 총 일곱 권의 시집을 보면, 아버지에서 출발해서 어머니로, 당신으로, 가족으로, 그리고 사물로 갔던 것이지요. 마지막으로 외국시인의 시를 놓고 나의 시를 쓰는 실험을 하고, 그리고 결국 여기로 왔습니다. 그런데 하나의 문제가 끝났다는 건 또 다른 문제가 시작된다는 것이지요. 내가 지금 죽지 않는 한, 지금 내가 나가고 있는 출구가 다시 내가 빠져나가야 할 함정이 되는 겁니다. 이제 어디로 가야 할까. 지금의 시 쓰기는 예전과는 완전히 달라졌습니다. 쓰는 일이 너무 쉬워졌어요. 그래서 저 자신을 불신하고 있습니다. 뭘 써도 시가 된다? 그건 칭찬이 아닙니다. 시를 써도 되고 안 써도 된다는 얘기지요. 저는 지금 하루에 몇 편도 쓸 수 있습니다. 이번 시집의 상당 부분이 학생들과 창작 연습을 하면서 쓴 것들이에요. 말을 하나 툭 던져 놓고 그 말을 따라가는 겁니다.

예컨대 슬픔에 대해서 쓴다고 해 봅시다. '슬픔에게 감사해야 할 일이 어디 한두 가지인가.' 말을 이렇게 툭 던져 놓습니다. 그리고 그 말의 뒤를 따라갑니다. '슬픔이 아니라면 내가 어디서 기쁨을 얻을 것인가. 그러니 슬픔에게도 옷도 사 주고 밥도 사 줘야 되겠다. 슬픔은 나보다 언제든지 젊다. 내가 나이를 먹어 가도 새로운 슬픔이 자꾸 오니까.' 그리고 이제는 빠져나와야 할 타이밍이지요. '슬픔에게는 젊은 애인이 있다. 그러나 난 슬픔이 하나도 안 부럽다. 왜냐하면 슬픔은 몸이 없어서 하지도 못하기 때문이다.' 이런 식입니다. 장난일까요. 장난 맞습니다. 이 장난을 통해 나의 강박관념이나 문제의식이 어떤 식으로든 나오겠지요. 나와서 풀리겠지요. 산뜻하게 빠져나오는 것도 있고, 그렇게 안 되는 것도 있겠지요. 그런데 뭘 해도 시가 나오기는 하는 겁니다. 어떻게든 뚫고 나가게 돼요. 뺨이라도 한 대 때리고 나올 수 있습니다. 문제는 이런 작업이 저에게 재미가 없다는 거예요. 왜 해야 되는지 모르겠다는 것입니다. 정신의 피흘림 같은 것이 느껴지지 않아요. 아까처럼 쓰고 나서, 그래 슬픔에 그런 부분이 있지, 해 버리면 그만일까요. 그런데 말입니다, 시라는 게 본래 그런 거지 그 이상의 뭐가 있는가, 라고 한다면 또 어쩔 텐가 싶어요. 그렇게 쓴 것들이 훨씬 더 자연스러우면서도 묵직하게 느껴진다면?

여하튼 여러 가지로 편하지가 않습니다. (물론 편하지 않다는 건 좋은 징조이기는 하지요. 무언가를 하면서 그게 편하게 느껴진다면 그거야말로 진짜 문제일 겁니다.) 예전에 갖지 못한 것을 지금 갖고 있는데, 그때 가졌던 것을 지금은 안 가지고 있는 겁니다. 경험과 인식의 관계가 본래 이런 것인지도 모르겠어요. 경험할 때는 인식을 못 하고, 인식할 때는 경험을 못 하는 겁니다. 문학과 관련해서 지금 내가 갖고 있는 것이 무엇인지 잘 압니다. 그야말로 핵심에 와 있다는 생각이 들어요. 그런데 이렇게 됨으로써 내가 잃어버리는 게 있는 것 같아요. 지혜는 삶의 쓰디쓴 열매인데 그건 경험이라는 꽃이 떨어져야 생기는 겁니다. 반대로 말하면, 지혜가 생겼다는 건 경험이라는 꽃이 이미 떨어졌다는 얘기가 되지요."

물론 시인에게 희미한 예감조차 없는 것은 아니었다. 그는 어쩌면 말의 긴장은 더 강해지고 말의 내용은 비몽사몽에 가까운 세계 쪽으로 가게 될지도 모르겠다고 짐작하고 있었다. "철학이 적재돼 있는 『두이노의 비가』 말고, 무의미한 말을 툭툭 던지는 『오르페우스에게 바치는 소네트』 같은 세계이겠지요." 허리를 잡고 도는 아이들 놀이에서 꼬리가 머리를 붙잡으려는 찰나쯤에 와 있는지도 모르겠다고, 마지막 돌을 어디에 놓느냐에 따라 모든 것이 결정되는 바둑판 위에 있는 것인지도 모르겠다고도 했다.

羅: 문학

사실 나는 바로 다음 질문을 던지기 위해 그를 찾아간 것인지도 모른다. '무엇을 위해 살아야 하는가.' 책상 앞에 앉아 있으면 눈앞에 검은 구멍이 하나 열리는 것을 보기 시작한 지 꽤 됐다. 왜 이렇게 바쁘면서도 왜 이렇게 허망한가. 이십대에 해야 할 고민을 뒤늦게 하는 것인가, 사십대에 해야 할 고민을 성급히 하는 것인가. 이번 시집과 무관한 질문이라고 생각하지 않는다.

아니, 바로 이런 질문을 하게 만드는 것이 이번 시집이다. 내 질문에 시인은 웃었다. 그것은 하느님도 답해 줄 수 없다고. 하느님을 우리가 만들었는데 그가 무슨 수로 답하겠느냐고. 그는 '왜 사는가'를 '왜 문학인가'로 바꾸면 겨우 답할 수는 있을지도 모르겠다고 했다.

"믿음은 온갖 환상과 왜곡과 착각의 근원이지만, 그것이 없으면 살 수가 없는 것이기도 합니다. 한 사람의 믿음은 그 자신에게만 중요할 뿐, 밖에서 보면 웃기는 것에 불과하지요. 믿고 싶어서 믿는 것이 아니라 살기 위해서 믿는 것입니다. 어느 신부님이 그러셨다더군요. 부활이 없으면 자신들의 인생은 꽝이라고. (웃음) 근데 부활이 믿을 만한 일이긴 합니까. 아니잖아요. 그런데 우리는 본래 믿을 만하지 않은 것을 믿습니다. 믿을 만한 것은 믿을 필요도 없으니까요. 부활에 대한 믿음이 없다면 신부님들의 인생은 아르헨티나 지폐 쪼가리나 마찬가지입니다.

문학도 그런 믿음의 영역이라고 생각해요. 우리가 반드시 문학을 해야 할 아무 이유도 없습니다. 문학을 한다고 대단한 의미와 행복을 찾을 수 있다는 보장도 없습니다. 그러나 우리는 믿고 있잖아요. 문학이 아니면 피상성을 피상성이라고 누가 얘기해 주겠습니까. 이건 미술이나 음악이 할 수 없는 일입니다. 오직 문학만이 할 수 있는 것이지요. 문학이 참 지저분하고 모호성이 많은 예술이지만 이런 막강한 장점이 있습니다. 이것이 문학공동체의 믿음이지요. 부활보다는 훨씬 더 믿을 만한 것이잖아요. 밖에서 보면 신앙촌이나 케이케이케이KKK단 같은 것과 딱히 다를 것도 없겠지만, 우리들은 로마 시대 기독교도들의 유대감 같은 것으로 묶여 있습니다.

어차피 우리는 다 죽습니다. 그러면 이 모든 게 또 다 무슨 의미가 있는가 하는 생각이 들 수밖에요. 그러니 '노나 공부하나 마찬가지다'라고 하면서 사람들은 '그러니까 놀자'라고 말합니다. 하지만 그게 아니라, '그러니까 공부한다'라고 해야지요. 왜? 마찬가지이기 때문입니다. 논다고 더 행복해지는 거 아닙니다. 시험 때 만화 보면 더 괴롭잖아요. 그럼 공부할 수밖에 없습니다."

이번 시집에서 「나의 아름다운 생」과 「나의 아름다운 병원」은 '아름다운'이라는 말이 자꾸 걸려서 특히 여러 번 읽었다. 왜 뒤의 시에서 시인은 "어여쁘디 어여쁜 나의 생이여"라고 적었을까. 이 시집 전체를 이끄는 반어가 아닌가 싶었다. 인식론적으로는 초超근접 상태이면서 정서적으로는 적당한 거리를 둔 상태일 때 이렇게 자꾸 목에 걸리는 반어가 나올 것이다.

"우리 선친께서 육 개월을 앓다가 돌아가셨습니다. 그런데 그 마지막 눈빛이 잊히지가 않아요. 거울을 보면 가끔 저한테서 그 눈빛이 보여요. 그 눈빛의 기미幾微는 하나가 아니었습니다. 생에 대한 애착이 있는 것도 아니고 그렇다고 없는 것도 아닌, 뭔가 안타깝고 허망한 그런 눈빛. 제가 "어여쁘디 어여쁜 생이여"라고 적었을 때 생각한 것은 그런 느낌이었던 것 같습니다. 이를테면 해외 뉴스에 나오는 반군들의 시체 같은 것, 그런 것은 저를 너무나도 비참하게 만듭니다. 자비慈悲라는 말이 있잖아요. 이때의 '자'는 물론 '사랑'을 뜻합니다만, '비'는 그냥 '슬픔'이 아니라 '연민'이라는 점이 중요합니다. 즉, '슬프다'가 아니라 '슬퍼해 주다'를 뜻한다는 것이죠. 어떻게 할 수도 없고 하지 않을 수도 없는 그런 느낌. 얼마 전에 환경 다큐멘터리에서 봤습니다. 엄마 고라니와 새끼 고라니가 길을 가다가 새끼가 삼사 미터 아래로 떨어졌습니다. 추락한 새끼는 곧 포식자한테 잡아먹힐 텐데, 그렇다고 위에 있는 엄마가 뭘 어떻게 해 줄 수가 없으니까, 새끼가 울부짖는 그 모습을 지켜보다가는 그냥 가 버리더군요.

저는 사람이 안 먹고 살았으면 제일 좋겠어요. 먹어야 하는데 무생물을 먹을 수는 없으니까 다른 생명체를 먹습니다. 먹이사슬 속에 있는 존재는 항상 남을 잡아먹어야 하고, 또 잡아먹힐까 봐 두리번거려야 합니다. 도대체 우리는 어쩌자고 이런 구조 속에 들어와 있는 것입니까. 이것보다 더 '어쩔 수 없는' 것이 또 있습니까. 그러나 이것을 문제 삼기 시작하면 문화가 성립되지 않겠지요. 이 부분에 대해서는 건드리지 말자는 게 문화니까요. 말하자면 커튼을 쳐 버리는 것입니다. 어쩌면 이것은 너무 근본적이어서 문학이 잘 얘기하기 어려운 것인지도 모르겠습니다. 제 시가 이런 주제를 다룰 경우, 이건 시가 다룰 수 있는 문제가 아니지 않은가 하는 인상을 줄 수도 있겠다고 생각합니다. 예전부터 생각해 온 것이지만, 제 윤리는 너무 근본적이어서 타인들에게는 코믹하게 느껴지는 것이 되고 말았습니다."

예술의 궁극적인 지점에서 출발한 대화가 윤리의 가장 근본적인 지점에까지 이르렀다. 준비한 질문은 많이 남아 있었지만 나는 그 질문들이 문득 시시하게 느껴져서 일방적으로 대화를 끝내 버렸다. 그의 작업실 한편에는 그가 삼십 수년 동안 보관해 온 온갖 메모와 노트들이 쌓여 있었다. 그는 최근에 그것들을 다시 들여다보고 있다고 했다. 칠십년대 후반에 쓴 시들 중 발표하지 않은 것들의 일부가 이번 시집에 포함됐다는 얘기를 듣고(「이별 없는 세대」 연작이 그것이다) 나는 또 한 번 질려 버리고 말았다. 삼십 년도 전에 쓴 시를 부끄러워하지 않을 수 있다는 것이 도대체 가능한 일인가. 그가 그 시들에서 여전히 자기 자신을 발견할 수 있었고 그래서 그 시를 자신의 것으로 인정할 수 있었다는 것은, 이성복이라는 시인이 삼십 수년 동안 단 한 권의 시집을 써 왔다는 것을 뜻할지도 모른다. 그리고 이제 그는 그 시집의 마지막 부部에 도달해 있는 것이리라. 아마도 그 부의 제목은 '불가능'일 것이다. 앞으로 더 나아갈 수도 없고, 그렇다고 뒤로 물러설 수도 없을 것이다. 그는 '불가능'이라는 그 벽을 계속 두드려 볼 것이라고 말했지만, 나는 이제 그가 시를 놓아 버린다고 해도 납득이 된다. 이제 그에게 남아 있는 것은, 그의 표현 그대로, '불가능에 대한 불가능한 사랑'일 것인데, 그 사랑이 반드시 '시'의 형식으로 계속되었으면 좋겠다고 바라는 것은 예나 지금이나 이성복의 시를 경외하는 나 자신을 위한 바람이다. 이 글에서 그를 계속 '시인'이라고 호칭한 것도 여기에 어떤 주술적인 힘이 실리기를 기대했기 때문이다.

예술, 탈속과 환속 사이

박준상 숭실대 철학과 교수

이곳에서 글쓰기에 관심을 갖고 있으면서 이성복 시인을 모르는 사람들은 소수일 것이고, 나 역시 그를, 그의 이름을 아는 다수에 속해 있었다. 그는 이 대담을 준비하기 위해 만나기 전까지 내게는 먼 곳에 있는 생면부지의 작가였다.

그러나 나는 그로부터 멀리 떨어져 있었지만 다만 그의 이름만을 알고 있었던 것은 아니고, 그의 작품들이 출간되면 곧 큰 관심을 갖고 읽었던 그의 독자들, 애독자들 가운데 한 사람이었다. 나의 주의는 특히 이곳에서 일반적인 의미로 받아들여지는 '수필'과는 완전히 다른 그의 산문에 기울어져 있었다. 그의 산문은 매우 예외적인 글쓰기의 산물로서, 주목을 요하는 고유한 점을 간직하고 있는 것으로 나타났다.

시인의 산문은 매우 철학적인데, 일차적으로 그 점에서 고유하다고 말할 수 있다. 그의 산문은 적지 않은 수필들과는 다르게 개인적이고 경험적인 어떤 사건들이나 에피소드들을 밝히는 이야기에 의존해서 전개되지 않고, 더욱이 그러한 이야기에서 마감되지도 않는다. 또한 그것은, 우리가 보통 작가 '개인'과 동일시하는 주관으로서의 경험적 자아에 근거해서 전개되지도 않고, 더욱이 그러한 자아를 확인하거나 표명하는 데에서 귀결되지도 않는다. 설사 거기에서 작가가 개인적으로 겪었던 사건들과 에피소드들을 적지 않게 밝히고 있다 할지라도, 작가가 자신을 일인칭으로 칭하면서 스스로에 대해 직접적으로 규정하고 '고백'하는 장면들을 여기저기서 연출하고 있다 할지라도 그렇다. 말하자면 그의 산문에서 궁극적으로 말하고 있는 자는, 보편적인 윤리적 미학적 종교적 문제들(가령 아래의 대담에서 이성복이 분명히 밝히고 있듯이 '생사 문제')에 대해 성찰하고, 나아가 그것들과 싸우며, 그에 따라 열리는 여러 갈래의 길을 가리키고 있는 한 '사유자' 또는 '철학자'이다.

이번 대담을 계기로 그와 만나기 이전부터 나는 그에게 존재와 삶을 바라보는 고유한 윤리적 종교적 관점들이 있다는 사실과, 그의 문학이 고유한 어떤 시학詩學과 함께 나아가고 있다는 사실을 여러 번 확인하고 있었다. 그러나 여기서 '고유한'이라는 형용사가 단순히 '독창적인'이라는 의미를 가리키고 있는 것만은 아니다. 왜 그에게서 고유한 어떤 것들과 만나게 되는가. 즉 주관적 개인적인 것과 동일시될 수 없는 대체 불가능한 어떤 것들과 마주하게 되는가. 물론, 그가 어떤 독특한 주관성에 근거해서 말하기 때문이 아니고, 그러한 주관성을 표현하는 것을 자신의 과제로 삼고 있기 때문도 아니며, 그가 보기 드물게 ― 우리가 방금 위에서 밝혔던 대로― 철학자로서 철학적 사유의 높이에서 말하기 때문만도 아니다.

이성복이 드러내는, 정확히 말해 이성복에 의해 드러나는 고유성의 계기에 대해, 우리는 그가 이문재와의 대담에서 했던 다음과 같은 말을 통해 알아볼 수 있다. "내게 있어 글쓰기는 내가 아는 지식을 따라가는 것이 아니고, 언제나 나 자신을 시험 재료로, 분석 재료로, 시험 양으로 사용합니다." 즉 그의 글쓰기는, 또한 그의 사유는 자신이 읽고 습득했던 이러저런 지식들에 이끌려 나가는 것이 아니라, 자신을 실험 도구로 삼아 시험하는 '행위'에 따라 촉발되고 움직인다. 그러나 궁극적으로는 자신을 확인하기 위해서도 표현하기 위해서도 아니고, 더욱이 자신을 드높이기 위해서도 아니고, 어떤 상황 속으로 들어가 남아 있기 위해서, 자신을 '시험 양', 속죄양으로 삼아 어떤 의식儀式에 참여하기 위해서다. 여기서 그 의식이란 한 자아가 모든 상황과 타인들과 단절된 채 자기의식을 표출하는 나르시스의 제사의 반대편에서 벌어지는 공동의, 종족種族의 제사라는 점을 강조해야 한다. (이 대담에서 시인은 아마 자신이 도달한 마지막 윤리일, 개체를 넘어선 종족의 윤리에 대해 이렇게 밝히고 있다. "수레바퀴 테두리가 계속해서 돌 때 중심축이 앞으로 나아가듯, 개체의 생명이 소멸을 거듭할 때, 종족의 생명은 간단없이 이어지는 것입니다. 자전하는 개체는 생자필멸生者必滅일 수밖에 없지만, 그것은 종족 전체의 공전을 가능하게 하는 필수적 조건입니다. 카프카는 '원죄란 개체가 종족의 지위를 침탈하려는 것'이라고 했습니다만, 개체는 자신의 역할을 다하면 반드시 떨어져 나와야 합니다.")

이성복의 글쓰기와 사유는 이미 주어져 있는 보편적(추상적 관념적) 지식들이 아니라 구체적이고 단수적인 자기 자신에 의

해 방향 잡혀 있지만, 결국 어떤 공동의 영역에 진입하고자 한다. 그러나 그러한 움직임은 사람들 사이에서 공통적으로 일반화될 수 있을지도 모를 또 다른 어떤 ―마찬가지로― 보편적인 진리라는 표적을 향해 나아가지 않는다. 그 움직임은 그 자체로부터 나올 수 있는 또 다른 진리를 정식화하려는 것이 전혀 아니고, 다만 종족의 생('생生·사死·성性·식食'의 삶)을 표현하고 증거하고 노래하는 것으로 수렴된다. 거기에 이성복의 사유와 글쓰기의, 또한 그의 산문의 궁극적인 고유성이 있다. 그는 분명 '철학적'이라고 불릴 수 있는 사유를 이어 가지만, 또한 우리가 그에게서 여러 관념들이 제시되고 전개되는 장면들을 볼 수 있지만, 그는 관념들을 입법화하거나 '진리'로 우리에게 가르치려 하지 않고, 마지막에 결국 모든 관념 이전의, 그 이후의, 그 너머의 종족 공동의 생을 노래한다. 그의 노래, 그의 음악이 그의 최후의 말이다. 그는 산문을 통해 철학을 통과해 가지만, 산문에서조차 자신이 마지막에 도달한 지점을 '시詩'라고 가리킨다. 그렇게 하면서 그는, 너무나 많은 경우 철학자가 개체로서, 자아로서 자신의 관념들로 종족을 통제하거나 인도하거나 지배하기 위해 전유하고자 했던 높이로부터 내려와, 종족의 일원임을 인정하는 동시에, 종족을 위해, 종족의 한 무명씨를 위해 노래한다. "나는 혜안을 바라지 않습니다. 내가 바라는 것은 삶으로부터 초월하거나 이탈하는 것이 아니고, 살아 있는 삶 자체를 그대로 건지려고 하는 노력이지요. 나는 한 시대를 함께 겪어 가는 사람들의 목소리가 내 입을 통해 노래할 수 있기를 바라는 것이지요." 이성복은 종족 위에서 가르치려는 역할을 부정하고, 스스로 종족 속의 한 사람(무명씨)으로서 종족과 함께 아파하고 괴로워하기를, 자신을 통해 종족의 노래가 울리기를 원하며, 그에게는 그러한 희망에 따라 열리는 길이 바로 예술가의 길이다. "나는 통로다. 해결이 아니다."(『네 고통은 나뭇잎 하나 푸르게 하지 못한다』) "예술가의 몫이라는 것은 이 세계를 초월해 버리지 않고 우리들 곁에 남아서 함께 괴로워하는 데 있습니다. 우리는 예술가가 우리와 함께 이곳에 남아 괴로워해 주기를 바라지요. 예술가란 대속자代贖者, 아픈 사람보다 더 아파하고, 아픈 사람 자신도 모르는 아픔을 대신 아파하는 사람입니다." 이성복의 고유성이 있다면, 그가 설사 다른 시인들에 비해 더 많은 철학적 관념들과 관점들을 견지하고 제시한다 할지라도, 궁극적으로는 그 모든 것이 마치 바다 위에 내리는 눈이 즉시 녹아 사라지듯이 사라져 가는 지점을, 그 모든 것이 떨면서 울리고 소멸되는, 소멸되지만 그에 따라 음악과 노래를 남기는 그러한 지점을 수신하고 송신하고 있다는 사실로부터 유래한다. 이행의 통로가 되는 것, 따라서 그의 고유성은 비고유한 자가 되는 데에 있다.

그에게 관건은 어떤 법을 제시하는 데에, 설법說法을 하는 데에 있지 않고, 스스로 존재 또는/그리고 비존재가, 삶 또는/그리고 죽음이 울리는 소리통이 되는 데에 있다. 즉 삶과 죽음이 종족의 공동 원리이며 자연의 운행運行 자체라면, 그에게 관건은 '짐승'(이성복이 끊임없이 되돌아가고 있는 이 단어! 종족은 짐승의 종족일 것이며, 따라서 어떠한 경우라도 민족과 동일시될 수 없다)의 몸이 생성되고 소멸하면서 터져 나오는 소리가 퍼져

나가는 공명통이 되는 데에 있다. "내 몸은 악기다. 뜯어다오, 신神이여!"(『네 고통은 나뭇잎 하나 푸르게 하지 못한다』) 시인의 소망은, 아마도 불가능할 희망은, 자신이 제출한 언어가 죽은 문자들로 남지 않고 무화되면서 그려내는, 삶과 죽음의 보이지 않는 접촉점들을 수신하는 것이다. 동시에 그 언어가 파열되면서 찍어내는, '우리'의 생명과 소멸의 비표상적이고 비형상적인 감지점들을 송신하는 것이다. "시는 머리의 방어막을 뚫고 나오려는 몸이 발버둥치는 소리이다. 그 소리는 고통으로 인해 반쯤 벌어진 입술 사이로 게거품처럼 번져 났다가 사라진다. 그 번져남과 사라짐 사이에 길고 짧은 시간이 개재하며, 그 시간들의 반복되는 장단이 불가항력의 음악을 만들어낸다."(『고백의 형식들』)

'몸의 발버둥', 그러나 그것은 예외적이거나 병리학적인 광기의 표현이 아니고, 예술적인 어떤 극단의 표출도 아니며, 어쨌든 특별한 어떠한 것도 아니다. 의식이 절대로 알 수도 포착할 수도 지배할 수도 없는 죽음을 예감하고 있는 몸의 떨림이다. 시는 지금 이곳에서 해골들이 돌아다니고 있다는 사실을 감지하고 예언한다. 너무나 당연한 것을 말하기에 예언일 수도 없는 시의 말, 그러나 그토록 자명한 죽음이 언제나 스캔들일 수밖에 없다는 점을 되돌려 본다면 언제나 예언일 수밖에 없는 시의 말, 그 말을, 시인은 죽음과 죽음의 무無가 필연적 '진리'임을 가르쳐 주기 위해서가 아니라, 삶과 죽음의 접경지대를, 그 순간을, '시간들의 반복되는 장단'을 붙잡아 노래하기 위해서 '한다'. 그 '함'을, 그 '말함'을 이성복은 '사랑'이라는 단어 이외의 다른 것들로 정의하지 않을 것이다. 시는, 정확히 말해 장르로서의 '시'가 아니라 산문에서조차 문자들 위로 번져 나가는 시적 움직임은 "벼랑, 단애 앞에서 인생을 살펴보는 것" "그 막막함, 단애에 서기까지 올라온 과정, 짧은 삶을 회한으로 돌아보는 것"의 흔적으로 남지만, "단애에 섰기 때문에 돌아본 삶이 귀중해지는 것"이다. 그리하여 종족의 삶, 타자의, '우리'의 삶을 껴안을 수 있는 것이다.

"시—불꽃을 튀기며 타들어가는 도화선. 재가 되는 시간. 지금 무엇이 파괴될 준비를 않고 있는가."(『네 고통은 나뭇잎 하나 푸르게 하지 못한다』) 언어는 자신의 원천으로 되돌아갈 때 자신이 의식에 분비해 왔던 관념들과 의미들을 순간적으로 중지시키고 자신 이전의, 자신을 낳았던 몸의 움직임을, 삶의 숨결을, 보이지 않는 탈존의 운동을 현시시킨다. 언어의 시적 작용, 산문에서도 문자들 위를 스쳐 지나가는 시적 파장, 그러나 여기서 문제되는 것은 벼랑 끝에서 '볼 수 있는' 보다 강렬한 어떤 것이 아닌가. 그것을 차라리 도화선을 타고 들어오는 시의 불꽃이라고 불러야 하지 않는가. 과연 그 불꽃의 운명은 피어남이 꺼져 감이고 번쩍이는 것이 사그라지는 것이라는 동일성에 있으며, 그렇게 그 불꽃은 자신과 운명을 공유하는 인간(또는 짐승)의 생과 죽음의, 생성과 소멸의, 나타남과 사라짐의 접경지대를 비춘다.

'실천학'을 위하여

선생님께서는 시인으로서 사상 또는 철학에 줄곧 깊은 관심을 표명하여 오셨습니다. 또한 일반적인 의미에서의 '수필'이라고 볼 수 없는, 철학적 미학적 성찰이 중심에 놓여 있는 산문집을 네 권(『네 고통은 나뭇잎 하나 푸르게 하지 못한다』 『나는 왜 비에 젖은 석류 꽃잎에 대해 아무 말도 못 했는가』 『오름 오르다』 『타오르는 물』) 상자하셨습니다. 그리고 선생님의 문학과 시에 대한 사유는 언제나 어떤 철학적 사유와 긴밀히 연결되어 있습니다. 제가 보기에 그것은 이곳에서 흔치 않으며, 거기에 시인으로서의 선생님이 갖고 계신 고유한 점이 있는 것 같습니다. 선생님께 사상은 어떠한 의미를 갖고 있습니까.

'예술'이라 하든 '사상'이라 하든 제게는 그리 중요한 문제가 아닙니다. 저에게 시나 철학은 외부 현실을 변화시키는 것이 아니라, 피할 수 없는 생사의 문제를 해결하기 위해 있는 것입니다. 사회도 자연도 생사 문제 안에 포함되어 있습니다. 세상에는 여러 종류의 철학이 있겠지만, 생사 문제를 해결하는 것만을 '실학實學'이라 할 수 있습니다. 생사는 일대사一大事이며, 몽중생사夢中生死라고 하잖아요. 문제는 언젠가 썩어 없어져야 할 이 몸을 가지고 어떻게 생사를 벗어나는가를 살피는 데 있습니다. 동양의 전통에서 흔히 인식론이나 존재론으로 깊이 들어가지 않는 이유, 혹은 못 하는 이유는 바로 거기 있다고 생각해요.

저의 사유는 서양의 관점에서 보면 사상이 아닐 수 있어요.

하지만 동양에서 철학을 학문들 가운데 으뜸이라고 생각하는 것은, 철학이 생사 문제의 해결에 발 벗고 나서기 때문입니다. 옛날 어느 선사禪師가 공부하는 사람은 반드시 '숨을 거둘 때의 선禪을 해야 한다'고 당부했다고 해요. 요컨대 네가 이 생을 벗어날 때도 흔들리지 않는 공부를 해야지, 그렇지 않으면 말짱 헛거다, 라는 얘기지요. 그래서 예전에 저의 선생님은 늘 "이 교수, 실학을 해야 하네"라고 하셨습니다. 물론 여기서 '실학'은 조선시대 실사구시實事求是의 학문을 가리키는 것이 아니고 '실천학實踐學'을 말합니다. 말하자면 오늘날 실존철학에 더 가까운 것이지요. 그렇게 본다면 저는 여기까지 오는 데에 늘 '실학'의 길을 견지하려고 애썼다고는 할 수 있을 것 같습니다.

선인들이 학문을 하는 것은 '생사의 근원을 밝히고 성명性命의 모습을 탐구하기' 위해서라고 한 것도 그 때문이지요. 생사를 해결한다는 것은 생사의 근원을 밝혀 더 이상 구애되지 않는 것을 말하고, 그것은 다름 아닌 성명의 본모습을 탐구함으로써 가능해지는 것입니다. 요컨대 성명의 본모습을 탐구하는 것이 곧 생사 문제를 해결하는 것입니다. 그것이 저한테는 시의 문제요 '내기'입니다. 시 또한 성명의 이치를 밝힘으로써 생사 문제를 해결하는 것이며, 그런 점에서 시는 '장대높이뛰기'할 때 사용하는 장대에 해당하는 것입니다. 장대를 쓰지 않으면 그 도저한 높이를 뛰어넘을 수 없고, 또한 바bar를 넘기 전에는 반드시 장대를 내려놓아야 합니다. 거기에 시와 학문이 만나는 점이 있는 듯합니다.

제 생각에는 시인은 두 종류가 있는데, 생사 문제에 관심을 가지는 시인과 그렇지 않은 시인입니다. 단순히 자연과 인생을 노래할 뿐 적극적으로 생사 문제를 내비치지 않는 시인이 있는가 하면, 겉으로는 같은 길을 가는 것처럼 보이나 생사 문제에 목숨을 걸고 나아가는 시인이 있습니다. 저에게 생사 문제는 양보할 수 없는 문제입니다. 제가 시를 택한 것도, 그리고 시를 양보할 수 없는 것도, 그것 없이는 생사 문제를 해결할 수 없기 때문입니다. 슬프다고, 괴롭다고 해서 노래할 수도 있고 안 할 수도 있지만, 생사 문제는 아무도 피해 갈 수 없는 문제입니다.

생사 문제를 걸고넘어지는 시인에게는 진선미眞善美가 한꺼번에 문제됩니다. 흔히 진선미와 그것들을 추구하는 인식론, 윤리학, 미학은 개별 분과로 여기지만, 생사 문제 앞에서 그것들은 하나이고 '불가능'입니다. 달리 말하면 생사 문제라는 불가능한 꼭짓점에서 그것들은 하나가 됩니다. 무엇인지를 알아야 제대로 행동할 수 있고, 그 행동이 바를 때에만 아름답다고 할 수 있습니다. 거짓은 절대 아름다울 수 없고, 아름다운 것은 결코 거짓일 수 없습니다. 생사 문제의 해결이란, 우리가 어떻게 살아야 하고, 어떻게 죽어야 하는지를 아는 것입니다. 여기서 안다는 것은 지적知的인 문제에만 그치는 것이 아닙니다. 그 앎은 올바름과 아름다움을 낳는 실천적인 앎입니다. 그런데 그것이 과연 가능할까요. 사진 에세이 『타오르는 물』에서 저는 진眞은 진실로 나아가는進 것이며, 선善은 앞서先 행동하는 것이며, 미美는 아직 아님未을 뜻한다는 말장난을 해 본 적이 있습니다만, 요컨대 진선미의 완성은 불가능하다는 얘기입니다. 생사 문제의 해결 또한 그러할 것입니다. 그렇지만 살아서 우리가 어떻게 그 문제를 피해 갈 수 있겠습니까.

저는 제대로 된 시를 써 온 사람은 아니지만, 늘 생사 문제를 놓지 않으려고 조바심해 왔습니다. 저는 제대로 된 안목도 열심熱心도 없었지만, 이 문제가 아니라면 시가 무슨 의미가 있을까 하는 생각을 늘 해 왔습니다. 제가 시를 읽을 때도 마찬가지였습니다. 생사 문제의 해결이 아니라면 무엇 때문에 남의 시를 읽겠습니까. 작가가 독자에게 책을 건네는 것은 자기한테 가장 가까운 사람에게 자기 임종을 맡기는 것과 같습니다. 또한 독자가 어떤 작가의 책을 사랑한다는 것은 결혼을 앞둔 사람이 자기 일생을 배우자에게 맡기는 것과 같습니다. 만약 문학에 생사 문제가 걸려 있지 않다면 어떻게 그런 일이 가능하겠습니까. 독자로서 저는 뛰어난 재담꾼인 작가에게 저를 맡기고 싶은 생각이 추호도 없습니다. 그 때문에 작가는 함부로 살거나 거짓되게 살아서는 안 되는 것이지만, 그 점에서 저는 할 말이 없습니다. 그렇게 살지 못했으니까요.

이야기가 길어졌습니다만, 생사 문제를 견지해 왔다는 점에서 저의 문학이 철학적일 수 있지만 서양적인 의미의 사변적이고 체계적인 철학은 아닙니다. 오히려 사변과 체계가 무너지는 지점에 저의 시와 예술이 있다고 하겠지요.

천지불인과 생명의 윤리

이 질문은 원래 제가 생각하지 않았던 것인데, 여기서 갑자기 드리고 싶다는 생각이 들었습니다. 선생님께서는 노자의 '천지불인天地不仁'을 자주 거론하면서, 자연이 한 개인, 나아가 인간 자체를 위해 존재하지 않을뿐더러 인간 자체에게 적대적이라는 사실을, 다시 말해 생명 현상과 생명의 전개 과정이 인간을 포함한 동물들에게 잔인하고 무자비하다는 사실을 강조하십니다. 그 점을 돌이켜 보면서 저는, 지난번 뵈었을 때 선생님이 김수영의 경우 현실의 정치적 사회적 문제가 중심 문제였기 때문에 자신과 다르다고 말씀하셨던 것이 기억나고, 선생님에게서는 그러한 문제는 뒤로 물러나 있다는 인상을 받았습니다. 또 어느 대담에서, 선생님께서 첫번째 시집(『뒹구는 돌은 언제 잠 깨는가』) 이후로 정치적 사회적 문제로부터 벗어나 있었다, 라고 말씀하신 대목도 읽었습니다. 그러나 '천지불인'이라는 사실과 어떤 정치적 사회적 문제들이 관련이 없는 것은 아니지 않습니까. 즉 '천지불인'이라는 근본적 문제와 어떤 정치적 사회적 문제들이 연동되어 있으며, 정치는 바로 '천지불인'이라는 본질적 문제를 완화시키거나 어느 정도 해결하는 데에 그 의의가 있지 않습니까.

그러한 물음은 저에게 영원한 갈등입니다. 과거 군부독재 시절 어느 자리에서 "아, 동물들이 저렇게 죽어 가는데…"라고 이야기했다가, 지금 사람들이 저렇게 피 흘리고 있는데 어째 그런 말이 나오느냐고 타박을 받았습니다. 그렇습니다. 당연히, 죽어 가는 사람들을 구하는 것이 먼저이지요. 지금 눈앞에서 한 사람이 까닭 없이 군홧발에 짓밟히는데, 도살되는 짐승 얘기만 하고 있다면 일종의 범죄행위일 수 있어요. 하지만 그렇다고 해서 동물 죽이는 것이 문제가 아니라는 얘기는 아니지요. 그것은 우선순위의 문제일 뿐, 근본적으로 생명 자체가 '악'에 의해 유지되는 것 아닌가 하는 생각을 떨칠 수가 없어요. 제 윤리는 너무나 근본적이어서 코믹한 것이 되어 버리고 맙니다.

저는 문화 안의 인간이라기보다는 문화 자체를 걸고넘어지는 사람입니다. 문화는 커튼 같아서 우리가 보지 말아야 할 것을 가려 줌으로써 삶을 가능케 합니다. 가령 텔레비전 같은 데서 가축들의 목을 따는 장면은 희미한 영상으로 처리하지 않습니까. 저는 문화의 정체가 제대로 밝혀지면 삶 자체가 무너진다고 생각합니다. 『논어論語』에서 제사에 쓸 양羊을 잡는 것을 보고 슬퍼하는 자공子貢에게 공자孔子는 "너는 그 양을 아끼는가. 나는 그 예禮를 사랑하노라"고 합니다. 양을 죽여 제사 지내는 것이 문화이고, 문화가 다시 양 죽이는 것을 정당화합니다. 그런데 제 생각은 너무나 융통성이 없어, 제가 행하는 '악'을 제 눈으로 똑바로 보지 않고서는 배길 수가 없습니다. 비록 그렇게 하는 것이 저 자신을 해치는 일이 될지라도 말입니다. 지금 제가 하는 일은 저 자신이 발 딛고 있는 지반을 흔드는 것과 같습니다. 이것은 어떤 육식 문명도 한 적이 없고, 하면 웃기는 짓이 되어 버리는 일입니다.

저는 동물과 인간 사이의 경계를 만들어낼 수가 없습니다. 일부러 안 만들려는 것이 아니라, 그 둘이 다르다는 생각을 할 수 없기 때문입니다. 그렇게 생각하면서 하루하루 살고 있지만, 사실 이 또한 불가능한 일입니다. 그것은 육식 대신 초식을 한다고 해서 해결될 문제가 아닙니다. 생명이라는 점에서 동물과 식물이 뭐 다르겠습니까. 푸릇푸릇한 상추를 보고, 아, 먹고 싶다! 하는 생각을 알면 상추가 얼마나 끔찍하겠습니까. 사실 정치적인 혼란이 들끓던 시대에는 이 문제가 잘 안 보였습니다. 당장 눈앞에 고통받는 사람이 있는데, 짐승들 죽는 것을 이야기할 수 있겠습니까. 분명 이런 식의 관심과 윤리는 병적인 것이며 현실 방기입니다. 저도 인정합니다.

저는 선생님이 첫 시집 이후로 정치적 사회적 관심이 없었다는 것에 대해 불만이 없습니다. 그것은 선생님이 선택하셨거나 또는 필연적일 수밖에 없었던 길입니다. 이 책의 첫번째 대담 「시·삶·역사」에서 팔십년대 참여문학 계열에 서 있었던 한 대담자와 말씀을 나누셨는데, 저는 결코 당시의 참여문학의 입장에서 말씀드리는 것이 아닙니다. 생사生死, 생生·사死·성性·식食, 저로서도 그러한 문제가 문화 내의 어떠한 문제보다 더 근본적이라고 생각합니다. 문화의 토대인 언어의 한계와 허구성을 밝힌 니체의 은유(메타포) 이론(「비도덕적 의미에서의 진리와 거짓에 관하여」)을 받아들이더라도 저는 반문화성으로 기울어진 선생님의 경향에 공감할 수밖에 없습니다. 또한 동물과 가까운 인간, 의식 이전의 몸, 문화 이전의 자연·생명과 같은, 선생님이 말씀하시는 일관된 주제들에 대해서도 동의합니다. 그렇지만 생·사·성·식으로 표현되는 생명 전개의 과정 또는 생명 현상이 정치적 사회적 영역보다 더 포괄적이라고 본다면, 전자가 후자에 관여하지 않을까요.

물론 관여할 것입니다.

만일 선생님이 지금까지의 정치와 정치적 담론이 지나치게 문화의 영역에만 관심을 기울여 왔다, 즉 지나치게 의식 중심적이었고 관념적이었고 이데올로기적이었다고 말씀하신다면, 이 역시 충분히 공감합니다. 그렇다면 이렇게 여쭈어 보겠습니다. 선생님이 정치적 사회적 문제를 중심으로 삼았던 김수영과 다르다면, 어떠한 관점에서 그러한 것입니까.

어쩌면 제 관점은 저 자신의 선택이라기보다는 체질적인 것 같습니다. 저에게는 윗대 시인들과 다른 길을 간다는 의식도 없었습니다. 가령, 어디가 가려운데 복통과 함께 설사를 할 것 같은 상황을 생각해 봅시다. 당연히 설사를 먼저 해결해야 하겠지요. 문제는 설사를 하고 나서도 가려움이 없어지지 않는다는 것입니다. 저에게 정치·사회적인 문제와 존재론적인 생·사·성·식의 문제의 관계도 그러합니다. 저도 문학의 비판 기능이 이상적理想的인 사회를 추동하는 힘이 되어야 한다고 생각합니다. 그러나 근본적으로 정치·사회적인 비판만으로 인간의 문제가 해결된다고 생각되지는 않습니다. 한 유기체로서 인간은 종縱으로는 '유성생식'을 통해 종족의 생명을 전달해야 하고, 횡橫으로는 '먹이사슬'을 통해 개체의 생명을 유지해야 하기 때문에, 인간의 죽음은 필연적입니다. 이 문제를 해결하기 전에는 생사라는 장애물을 뛰어넘을 수가 없습니다. 다시 한번 말씀드리지만, 저는 문학의 현실적인 기능을 부정하는 것이 아니라, 보다 근본적인 기능이 문학에 있을 수 있다는 것입니다.

그 점도 공감합니다. 저 역시 문학의 첫번째 임무가 그러한 것이라고는 생각하지 않습니다. 블랑쇼도 "정치적 발언의 효과라는 측면에서 격문, 구호, 벽보, 신문 기사 같은 것들이 문학보다 훨씬 더 유용하다"고 말한 적이 있습니다. 어쨌든 선생님의 문학이 생·사·성·식에 주목한다는 점에서, 또는 거기에 주목한다 할지라도 비정치적이라고 생각하지는 않습니다.

저는 체질적으로 미학적이라기보다는 윤리적인 인간입니다. 제 취향은 내면의 미의식을 통해 비루한 현실을 승화시키는 것이 아닙니다. 저에게는, 원하지도 않는 이 삶을 어쩌든지 살아야 하는 데서 오는 창피함이랄지 치욕이랄지 하는 것이 중요합니다. 가령, 제 사무실 근처에는 꿩탕, 토끼탕 집이 많은데, 수십 마리 꿩이 목 졸려 철사 줄에 꿰어 있고, 그 옆에는 아무것도 모르는 꿩들이 서로 할퀴고 올라타고 해요. 또 통통한 토끼들이 비좁은 사육장에 옹크리고 있는데 젊은 남녀들이 낄낄거리며 토끼탕을 먹으러 들어간다는 것, 그런 것들이 저에게는 치욕입니다. 그런 것들을 볼 때마다 저는 인간으로서 굴욕감을 느낍니다. 정말 고개를 들 수가 없어요. 만약 어떤 동물들이 인간에게 그런 짓을 하고, 그 굴레로부터 인간이 영원히 벗어날 수 없다고 생각해 보세요. 도대체 어떻게 그걸 받아들일 수가 있겠어요.

그러나 윤리가, 특히 선생님이 말씀하시는 생명 윤리와 같은 어떤 것이 정치적인 것과 분리되어 있다고 볼 수 없을 것 같습니다.

제 시는 처음부터 윤리성에서 한 발자국도 벗어나지 않았고, 이번 시집(『래여애반다라』)에서도 마찬가지입니다. 그렇지만 저의 윤리는 참으로 비겁한 윤리라고 해야 할까요. 저 같은 사람은 어떤 사고가 났을 때 현장에 남아 일을 추스르는 것도 아니고, 그렇다고 그냥 못 본 체 지나가 버리지도 못합니다. 저는 그 중간 어느 지점에서 오도 가도 못 하고 서성거리고 있어요. 저도 그러한 자신이 못마땅합니다. 하지만 그 비윤리성이 한 인간으로서 제 개인의 약점일 수도 있지만, 어쩌면 인간이라는 종種 전체의 숙명일지 모른다는 생각도 듭니다. 어쩌면 종과 종 사이의 문제는 인간과 인간 사이의 문제보다 더 큰 것일지도 모릅니다.

오늘 인터넷을 검색하다가 이런 이야기를 읽었습니다. '연가시'라는 물속에 사는 기생충이 있는데 그것을 잡아먹는 것이 모기이고, 이 모기를 다시 사마귀가 잡아먹습니다. 그런데 이 연가시가 사마귀의 뇌 속에서 사마귀를 조종해 물속에 빠지게 함으로써, 다시 물속으로 돌아간다고 합니다. 저에게는 사람으로 났다가 죽는 것이 이보다 나을 것이 없다는 생각이 듭니다. 대체 왜 내가 여기서 태어나고, 무엇하러 지금 이러고 있는지, 또 앞으로 어떻게 될지 알 수가 없습니다. 대체 '나'라는 것이 있기나 한 걸까요. 있다면 어떻게 있는 것이 없어지는 일이 생길 수 있을까요. 저는 이 삶을 받아들이지 않았는데 삶은 저에게 일어났고, 제가 발버둥 치는데도 이 삶은 언젠가 정지할 것입니다. 어떻게 이런 일이 있을 수가 있어요. 이 문제를 해결하지 않고서는 저라는 존재는 무의미해요.

그보다 더 받아들이기 힘든 것은 제가 살아가기 위해 다른 생명들을 해쳐야 한다는 것입니다. 사실 거의 모든 문화가 육식문화입니다. 피 흘리는 스테이크를 입에 넣을 때마다 죄의식을 느끼는 종족이 어디 있겠어요. 하지만 그 입에 들어가는 것이 우리 자신의 몸이라고 생각해 보세요. 어떻게 제가 다른 것들을 죽이면서, 다른 것들에게 죽임 당하지 않기를 바라겠어요. 이처럼 이해할 수도 없고 수긍할 수도 없는 삶을 뛰어넘기 위한 '장대'가 시가 아니라면, 시를 무엇 때문에 쓰겠습니까. 그러나 '뛰어넘는다'는 말에도 어폐가 있습니다. 만약 뛰어넘어서 이해하고 받아들일 수 있다면, 그게 또 어디 삶이겠습니까.

선인先人들의 말씀처럼 생사가 '없는' 곳은 생사가 '있는' 이 자리이며, 추위와 더위가 '없는' 곳은 추위와 더위가 '있는' 이 자리입니다. 다른 길이 없어요. 그렇기 때문에 저는 다른 것들을 찌르는 '삼지창'으로 저를 찌르는 것입니다. 제가 빠져 있는 곤경을 어찌할 수 없으니까 저 스스로를 찌르는 것이지요. 저의 시가 그렇습니다. 제 시는, 제가 보지 않으려는 것을 자꾸 보게 함으로써 저 자신을 괴롭힙니다. 이처럼 병적으로 보이는 제 윤리는 제 삶의 정당성을 얻어내기 위한 최소한의 방편입니다.

저는 지금 현실 정치에 대해 말하고 있는 것은 아닙니다. 오히려 선생님이 말씀하시는 생명 윤리에 가까운 어떤 것에 대해 말하고 있습니다. 가령 서양 근대에서 루소, 홉스, 로크가 정치에 대해 근본적으로 성찰해 보기 위해 자연 상태에 주목했었는데, 특히 루소의 경우를 생각해 볼 필요가 있습니다. 루소가 "자연으로 돌아가라"고 말했을 때, 목가적인 자연이 아니라 정치적 자연 상태로 돌아가라고 말한 것입니다. 말하자면 그가 『인간 불평등 기원론』에서 말한 자연인 또는 야만인의 상태를 기준점으로 삼는 동시에 끊임없이 되돌아 볼 필요가 있다는 것이지요. 저는 선생님의 말씀을 들으면서 식물을 좋아했던 루소가, 또한 문명인 또는 사회인에 대한 그의 비판과 부정이 떠올랐습니다. 또한 선생님이 루소처럼 자연이나 생명을 근거로 현실과 사회를 보려고 하시는 것은 아닌가라는 생각이 들었습니다. 물론 선생님은 루소처럼 자연을 긍정적으로만 보고 계신 것은 아니지만 말입니다. 어쨌든 저는, 참여문학 쪽의 어떤 사람이 선생님의 문학이 정치적이지 않다고 말했을 때 취했던 입장에 서 본 적이 없고, 그러한 입장에서 말씀드렸던 것은 아닙니다.

반문화주의와 종교적 윤리

다른 질문을 드리겠습니다. 이 책의 한 대담에서 선생님이 톨스토이의 『이반 일리치의 죽음』을 대단히 높이 평가한 것이 저는 인상적이었는데, 저는 지금 선생님의 말씀을 들으면서 톨스토이의 '사회적 교화적敎化的 도덕'과는 다른 어떤 엄격한 종교적 윤리성 같은 것을 느낍니다. 어떻게 생각하시는지요.

『이반 일리치의 죽음』은 너무나 잘 쓴 작품이지만, 거기서 우리가 일반적으로 알고 있는 교학자, 계몽주의자, 인도주의자로서의 톨스토이와 매우 다른 톨스토이, 이를테면 도스토옙스키처럼 삶에 밀착해서 삶의 비참함을 끝까지 바라보는 톨스토이와 만나게 됩니다. 저는 바로 그러한 톨스토이를 좋아하는데, 거창한 드라마의 대하소설『전쟁과 평화』나, 한 개인의 내면을 추적한『안나 카레니나』나, 러시아적 민중주의를 대표하는『사람은 무엇으로 사는가』의 작가인 톨스토이가 아니라, 삶의 비참한 현실을 적나라하게 보여 주는 톨스토이를 그 전까지는 잘 몰랐습니다. 인간의 누추하고 나약한 지점을 계속 조명하고 공격하는 체호프와 아주 가까운 톨스토이라고 할 수 있을 것 같습니다.

제가 하는 일도 마찬가지로 인간의 가장 취약한 부분을 물고 늘어지는 것입니다. 비유로 말하자면, 저의 시 쓰기는 킥복싱에서 상대 선수의 정강이만 계속 걷어차는 것과 같습니다. 한 번 정강이를 얻어맞은 선수는 그냥 움찔하지만, 두 번 세 번 같은 곳을 연달아 맞게 되면 결국 비틀거리면서 가드가 내려오고 끝내는 결정타를 허용하게 됩니다. 그처럼 저의 시 쓰기도 인간의 뼈아픈 지점을 계속해서 가격하는 것인데, 그것은 인간을 헐뜯기 위한 것이 아니라, 인간이 너무도 가련해서입니다. 인생의 아픈 곳을 이야기하지 않는다면, 어떻게 인생이 소중하다고 말할 수 있겠습니까. 인간의 허약한 지점을 이야기하지 않고 단순히 인간이 위대하다고 말하는 것은 사기입니다. 저는 인간이 소중하기 때문에 인간이 몸서리쳐지는 지점을 자꾸 이야기하는 것입니다.

인간이 소중하기 때문에…, 그렇다면 그것은 어떤 형태로든

인간에 대한 사랑이 아닌가요.

그렇습니다. 제가 인간에게 잡아먹히는 꿩이나 토끼에 대해 이야기한다면, 거기에 인간에 대한 사랑이 안 숨겨져 있겠습니까. 인간에 대한 사랑이 없다면 왜 그런 이야기를 하겠습니까.

그렇다면 선생님은 스스로를 휴머니스트라고 보시는지요.

근본적으로 허무주의자가 아닌 휴머니스트가 있겠습니까. 그것은 단순히 인간이 대단하다, 인간을 사랑한다고 말하는 좁은 의미에서의 휴머니즘이 아닙니다. 저는 그런 것은 기만이라고 생각합니다. 저는 문화 내의 휴머니즘이라면 반대합니다. 인간 또한 다른 생명체들과 마찬가지로 '유성생식'과 '먹이사슬'의 고리 속에 갇혀 있다는 사실을 인정하지 않는 휴머니즘을 저는 받아들일 수가 없습니다. 어쩌면 문화는 그 사실을 은폐하기 위해 있는 것인지 모릅니다. 저는 문화가 추구하는 진선미 자체가 불가능하다고 생각하는 쪽입니다. 그렇다고 해서 제가 무조건 문화를 거부하는 것은 아닙니다. 삶을 유지하기 위해서는 문화가 필요하고, 또한 문화는 계속해서 진선미를 추구해야 합니다. 그러나 문화가 '유성생식'과 '먹이사슬'이 불러오는 죽음을 완전히 가려 버릴 수 있다고 생각한다면 기만이라는 것이지요. 저는 문학뿐 아니라 모든 문화가 그 지점을 건너뛰어 버리는 이유를 알 수가 없습니다. 왜 다른 사람은 가만있는데, 저만 그 지점을 따지고 드나…, 왜 그런지 모르겠습니다.

우리 문학에 대해 잘 알지는 못합니다만, 저는 그러한 선생님의 관점이 우리 문학에서 매우 특이한 경우라고 생각합니다. 일종의 반反문화주의를 견지하고 계신 거지요.

예, 그렇습니다. 저는 지금 인간에게 불리한 일을 하고 있는 것입니다. 그러나 그 일은 인간을 파괴하기 위한 것이 아니라, 오히려 인간을 세워 주기 위한 것이지요. 가령, 아주 친한 어떤 사람이 말도 안 되는 짓을 저질렀을 때, 그래도 '넌 괜찮은 사람이야'라고 말하는 게 아니라, '넌 나쁜 놈이야'라고 찔러 말하는 것과 같은 것이지요. 제 글은 시든 산문이든 저 자신과 독자를 궁지에 몰아넣으려 합니다. '봐라, 이렇게 하면 마음 편하게 살 수 있다' 하고 안심입명安心立命의 비결을 일러 주는 것이 아닙니다. 체호프는 이렇게 말합니다. "작가의 역할은 상황을 진실하게 묘사하는 것이다, 독자가 더 이상 그 상황을 피해 갈 수 없도록." 그러니까 작가라는 사람은 우리를 더 나아갈 수 없는 벼랑 앞에 딱 몰아세우고 뒤로 빠지는 사람입니다. '너도 좋은 사람, 나도 좋은 사람', 이러는 게 아닙니다. 글쓰기는 강하고 독한 것입니다. 그것은 사람들이 눈 감으려 하는 것을 억지로 보게 만들고, 다시는 빠져나갈 수 없는 구렁텅이로 몰아넣기 때문입니다. 그것이 독자를 위하는 길이고, 거기에 아름다움이 있습니다.

예, 그러나 그러한 안심입명에 대한 부정과 비판은, 아직까지 여기서 유교의 영향이 강하다는 전제하에서 보면, 과거뿐만 아니라 현재의 우리의 정서에 안 맞는 것입니다.

그렇습니다. 글쓰기의 역사에서 마지막 지점은 불가능의 추구인데, 거기에 카프카와 베케트와 블랑쇼가 있습니다. 그들의 글쓰기는 불가능에 대한 글쓰기인 동시에 그 자체로 불가능한 글쓰기입니다. 그렇지만 글쓰기가 아니라면 어떻게 불가능에 도달하려는 노력을 할 수 있겠어요. 또 이미 가능한 것이라면 무엇 때문에 굳이 글쓰기를 시도해야 할까요. 그 점에서 우리는 좀 철저하지 못하다는 생각이 듭니다. 불가능은 원천적인 진리입니다. 그것을 언급하지 않으면 모든 것이 허위가 됩니다. 불가능이 가능성의 귀결점이자 출발점이라면, 왜 그것에 대해 말하지 않고 다른 것을 말하는가 하는 의문이 듭니다. 다른 것을 말한다는 것은, 가령 옆에서 어떤 사람이 얻어맞고 있는데, '이 휴대폰은 까맣다'고 말하는 것과 같습니다. '휴대폰이 까맣다'는 것은 물론 틀린 말은 아니지만, 옆에서 누가 죽어 가고 있는데 그런 말을 하면 안 되지요.

제가 '반문화주의'라는 표현을 썼고, 선생님은 불가능을 추구했던 몇몇 현대작가를 거론하셨는데, 저로서는 선생님의 불가능에 대한 관점이 오이디푸스의 이야기에까지 맞닿아 있다고 볼 수 있을 것 같습니다.

오이디푸스는 자기에게 불리한 일을 하는 사람들의 전형입니다. 자기가 하는 일이 불리한 줄도 모르고, 혹은 알면서도 내기를 거는 것입니다. 오이디푸스가 걸었던 내기의 첫번째 피해자는 바로 제 눈알을 빼 버렸던 자기 아닙니까. 어떤 사람은 '진정한 의미있는 발언의 최초의 수혜자는 발언한 그 사람'이라는 말을 했다지만, 사실 최초의 피해자 또한 발언한 당사자입니다. 전에 제 친구 하나가 술에 취해 자다가 누운 채로 오바이트를 했는데, 글쓰기도 마찬가지입니다. 제가 쏟아낸 것을 고스란히 받는 것입니다. 제 생각으로는 문학과 철학의 차이점이 거기 있습니다. 문학 하는 사람은 자신한테 불리한 것을 불리한 줄 알면서도 계속 말하지 않을 수 없는 사람입니다. 만약 어떤 철학자가 그렇게 한다면 그는 철학자인 동시에 문학 하는 사람이겠지요.

제가 선생님의 사유를 '반문화주의'라는 표현을 써서 정의했을 때, 먼저 그것이 '반유교적'이라고 보았던 것이고, 그것과 굳이 유사한 다른 하나의 예를 찾아보고자 한다면, 선생님이 거론하셨던 몇몇 서양 현대작가들과 소포클레스 이외에 니체를 들 수 있을 것 같습니다. 지난번 뵈었을 때 선생님은 니체의 언어철학(은유 이론)에는 동의하지만 그의 '초인'과 '힘에의 의지'에 대한 사상은 받아들일 수 없다고 말씀하셨지요. 제가 말씀드리려는 점은, 선생님이 니체와 같은 귀결점을 지향하고 계시다는 것이 아닙니다. 그것이 아니고, 니체가 언어 비판을 통해 언어와 사유가 한계에 이르게 되는, 또한 아마도 예술만이 불완전하게나마 드러낼 수 있는 문화 바깥의 불가능한 자연적 생의 영역을 밝히고, 그것을 사유의 출발점으로 삼았다면, 그 영역을 선생님도 공유하고 계시는 것처럼 보인다는 것입니다. 또한 니체와 마찬가지로 그 영역에, 예술을 거쳐, 시를 거쳐 다가가려고 하시는 것처럼 보입니다. 선생님에게는 '예술지상주의'와는 무관하게(이 책의 한 대담에서 선생님은 '예술지상주의'를 강하게 비판하셨습니다), 그러나 예술을 토대로 삼아 문화 바깥의 자연적 생명 또는 생의 실상을 밝히려는 경향이 지배적인 것 같습니다. 반문화를 향해 돌아서 있다는 것, 또한 그 반문화의 불가능한 지점을 예술을 통해 조명하려 한다는 것, 저는 그 점이 우리의 문학적 문화적 풍토에서는 상당히 드문 것이 아닌가라고 생각합니다.

저는 문화 안에서가 아니라 생生 안에서 싸우는 사람입니다. 저는 생 자체를 트집 잡는 사람입니다. 사람들이 왜 제가 다른 것은 말하지 않느냐고 할지 모르지만, 저로서는 그것을 놓아두고 다른 것을 말한다는 것은 기만입니다. 저는 이 생이 병病이라는 것을 말하고자 합니다. 그리고 생이라는 병 자체가 소멸되는 지점을 밝히려고 애씁니다. 생 안에는 그러한 지점들이 분명히 있습니다. 밑 빠진 독에 물 붓기 식으로, 의미를 계속 쌓지만 전혀 쌓이지 않는 지점 말입니다. 그곳은 문화 안에서 통용되는 모든 가치들이 몰수되는 지점, 일체의 현상들이 환幻으로 밝혀지는 지점, 요컨대 문화가 도무지 불가능한 지점입니다.

아마 니체는 그 지점에 대해서는 말하지 않았던 것 같고, 결국 그 지점이 예술과 윤리가 만나는 지점, 미와 선이 만나는 지점이 아닙니까.

그 지점에서는 예술과 윤리, 개체와 종족, 유한과 무한이 분리될 수 없습니다. 그 지점은 수레바퀴 테두리와 중심축처럼, 구분될 수는 있지만 분리될 수는 없습니다. 다시 말해 구분해서 생각할 수 있지만, 분리해서 독립시킬 수는 없습니다. 테두리가 있으려면 중심이 있어야 하고, 중심이 있으려면 테두리가 있어야 합니다. 수레바퀴 테두리가 계속해서 돌 때 중심축이 앞으로 나아가듯, 개체의 생명이 소멸을 거듭할 때, 종족의 생명은 간단없이 이어지는 것입니다. 저는 또 그것을 자전rotation과 공전revolution의 관계로 생각해 보기도 합니다. 자전하는 개체는 생자필멸生者必滅일 수밖에 없지만, 그것은 종족 전체의 공전을 가능하게 하는 필수적 조건입니다. 카프카는 "원죄란 개체가 종족의 지위를 침탈하려는 것"이라고 했습니다만, 개체는 자신의 역할을 다하면 반드시 떨어져 나와야 합니다.

생사를 밝힌다는 것은 자전과 공전이 만나는 지점을 밝히는 것이며, 생사를 해결한다는 것은 본래 그 둘이 하나라는 것을 확인하는 것입니다. 그러나 자전과 공전, 테두리와 중심축이 하나일 수 있는 것은, 각각이 자기이기를 포기해서가 아니라 더더욱 고집함으로써 가능한 것입니다. 앞서 말씀드렸듯이 생사가 '없는' 곳은 바로 생사가 '있는' 여기이며, 추위와 더위가 '없는' 곳은 바로 추위와 더위가 '있는' 여기이니까요. 생사 문제를 해결하려는 시詩가 부정적이고 절망적인 장면들을 자꾸 보여 주는 것도 그 때문입니다. 즉 유토피아를 그려 보여 주는 것이 아니라, '무無'토피아를 보여 주는 것이지요. 유토피아가 본래 '없는 곳'을 뜻한다면, 결국 '무'토피아 아니겠습니까. (웃음)

생사 문제의 해결은 자전하는 개체를 공전의 차원과 연결시킴으로써만 이루어질 수 있습니다. 그렇게 한다면 수없는 생사가 거듭된다 할지라도 한 번도 존재한 적이 없게 되는 것이지요. 생사는 단지 꿈속의 일이며, 본래 없는 일本無生死이 되는 셈이지요. 다른 비유로 하자면, 파도는 앞으로 나아가지만 물이 따라가는 것은 아니며, 바통을 전달한 선수는 트랙 밖으로 빠져나와야 합니다. 그렇지만 물은 자꾸 파도를 따르려 하고, 선수는 계속 트랙을 돌듯이 뛰어야 합니다. 그것이 불가능한데도 말입니다. 아니, 그렇게 해야만 생사의 운행이 이루어집니다. 아, 그게 참 힘드는 것입니다.

동물과 차원적 사고

제가 선생님에게서 또한 공감하는 주제들 가운데 하나가, 강조하고 계시는 동물과 인간의 유사성입니다. 그 주제를 시와 산문을 통해 계속 제시해 오셨는데, 그것에 대해 말씀해 주십시오.

먼저 하나 이야기하자면, 저와 비슷한 사고를 하는 사람이 화가 프랜시스 베이컨인데, 그는 푸줏간에 걸려 있는 고깃덩어리 소를 보고 "왜 내가 저기 안 걸려 있지?"라고 했답니다.

예, 그렇죠. 프랜시스 베이컨 역시 동물과 인간의 공동 영역을 탐색했던 작가입니다. 그럼에도 불구하고 말씀하셨던 자전이 공전이 되는 지점에 대해 다시 생각해 보자면, 동물과 인간이 결정적으로 차이 나는 점을 보고 계신 것 아닙니까.

모든 존재는 자전하면서 공전하는데, 오로지 인간만이 자기가 자전하는 동시에 공전한다는 사실을 어렴풋이 짐작하고, 때로는 공전의 위치에 자전하는 자신을 옮겨 놓음으로써 생사를 벗어나고자 합니다. 그것 말고 인간이 동물과 다른 점이 무엇이 겠습니까. 가령 피부과에서 점을 뺄 때 살 타는 냄새가 오징어 굽는 냄새와 똑같습니다. 또 말기 환자의 욕창에서 나는 냄새는 꿉꿉한 오징어 냄새보다 더 지독해서 잘 빠지지를 않습니다. 모두 단백질 덩어리인 것이지요.

정어리같이 개체를 많이 낳는 것들은 고통을 잘 못 느끼지만, 인간처럼 적게 낳는 것들은 고통의 감각이 예민하다고 해요. 통각痛覺이 자기 보존을 가능하게 하는 것이지요. 개체로서 자기 역할을 모르는 정어리는 죽음에 대해 막연한 두려움을 갖겠지만, 인간은 다른 것 같아요. 인간 또한 곧 꺼져 버릴 파도의 마루 하나하나에 지나지 않지만, 그것을 알고 있으면서도 받아들일 수 없으니 힘들어지는 것이지요. 인간이 이 몸을 가지고 생사를 넘어설 수 있는 길은 오로지 차원을 달리하는 것밖에 없는 듯해요. 개체가 스스로를 자전의 차원에서 공전의 차원으로 옮겨 놓을 때, 생사를 포함하는 모든 분별이 사라지게 됩니다.

무슨 말씀인지 알겠습니다. 그러나 다른 차원으로 들어가려면 실천적 관점에서 우리가 어떻게 해야 합니까. 어떻게 '차원적 사고'를 할 수 있을까요.

지난번에 같이 마하라지 이야기를 한 적이 있지요. "우리는 꿈꾸는 주체이지, 꿈과 함께 사라지는 꿈속 대상이 아니다We are the subjective dreamer and not the dreamed objects which disappear with the end of dream." 이 말을 랭보의 말에 얹어 보면 좀 더 쉽게 받아들일 수 있을 것 같아요. "'나는 생각한다'는 것은 틀린 말이다. '누군가에 의해 나는 생각되어진다'고 말해야 한다 C'est faux dire: je pense. Il faudrait dire: on me pense." 그 '누군가'가 바로 '꿈꾸는 주체' 즉 인생이라는 꿈의 작동인作動因이고, 우리가 '나'라고 하는 것들은 그 꿈속에 나타나는 허깨비라는 것이지요. 그 '누군가'는 자전하는 인격체가 아니라, 공전이 이루어지는 자리를 가리키는 것으로 볼 수 있겠지요.

우리가 삶이라는 꿈에서 벗어날 수 없다면, 다시 말해 개념과 이미지로 이루어진 환상의 그물로부터 빠져나올 수 없다면, 거기서 빠져나오려고 발버둥치는 것조차 꿈일 것입니다. 그렇지만 그 모두가 꿈이라 하더라도 딱 하나 꿈 아닌 것이 있습니다. 바로 '꿈꾸는 주체', 꿈꾸는 당사자입니다. 오만 꿈을 다 꾸어대는 그가 현실로서 엄연히 존재하기 때문에 그 모든 꿈이 가능한 것입니다. 꿈꾸는 주체의 위치는 바로 수레바퀴의 중심축에 해당합니다. 그 자리는 한없이 회전해도 한 번도 돌아본 적이 없는 자리이고, 그 때문에 수레는 앞으로 나아갈 수 있는 것이지요.

말하자면 그 자리는 종일 밥을 먹어도 쌀 한 톨 씹은 적이 없고, 종일 울어도 눈물 한 방울 흘린 적이 없는 자리이지요. 여기에 바로 차원적 사고가 있습니다. 가령 이 방에서 한 사람이 자면서 꿈을 꾸고 있다고 가정합시다. 그가 꿈속에서 수백 년을 살며 수많은 곳을 돌아다닌다 할지라도, 그는 사실 한 번도 이 방을 나가 본 적이 없지요. 그것이 바로 꿈꾸는 주체의 자리이며, 거기서 모든 꿈이 전개되는 것이지요.

그런데, 그렇다면 실천적으로 어떻게 우리가 그러한 자리에 놓일 수 있겠습니까. 즉 어떻게 '차원적 사고'를 할 수 있겠습니까. 명상을 해야 하는 것입니까.

차원적 사고 외에 또다시 무엇이 필요하겠습니까. 무엇이 필요하다면 그것은 차원적 사고 이전의 일일 것이고, 그 또한 꿈속에서 다시 꾸는 꿈이겠지요. 차원적 사고는 우리 자신이 꿈꾸는 장본인이지, 꿈속에 나타나는 허깨비가 아니라는 겁니다. 기차를 타고 가면 풍경과 나는 반대 방향으로 달려가지만 사실은 기차가 움직이는 것이지요. 그런데 참 그게 잘 납득이 가지 않아요. 또한 신호 대기로 차가 멈추었을 때 옆 차가 출발하면, 내 차가 뒤로 가는 줄 알고 브레이크를 밟으면서 당황해 합니다. 그럴 때 옆 차가 움직인다는 것을 알고 나면 비로소 안도하지요. 내 차는 한 번도 미끄러진 적이 없었거든요. 차원적 사고를 한다는 것도 그런 게 아닐까요.

원칙대로라면 차원적 사고를 하게 되면 모든 꿈은 증발하고 꿈꾸는 주체만이 남겠지요. 그 상태에서는 어떠한 의미도 집적集積되지 않을 것입니다. 의미의 세계는 개념의 세계이고, 개념의 세계는 환각의 세계일 뿐이니, 그것들이 사라지고 나면 '나'라는 존재는 더 이상 흔들리지 않겠지요. 하지만 이것도 사실이 아니에요. 꿈이 없다면 꿈꾸는 자가 또 어디 있겠습니까. 우리가 꿈꾸는 자의 자리를 알았다 하더라도 꿈은 여전히 계속될 겁니다. 다만 이전처럼 자신이 꾸는 꿈에 크게 휘둘리지는 않겠지요. 휘둘리면서도 그게 꿈이라는 걸 어렴풋이 알 테니까요. 그러니까, '종일 울어도 눈물 한 방울 안 나는 것'이 아니라, '종일 눈물이 나도 한 번도 울어 본 적 없다'고 해야 할까요. 저는 해탈을 믿지 않습니다. 자전하는 개체가 공전의 차원과 연결된다 하더라도 여전히 자전하는 '몸'으로서입니다. 그것을 부정한다는 것은 자기를 속이는 것입니다.

선생님의 입장은 불교와 가까운 것 같기도 하고 아닌 것 같기도 합니다.

예. 그 '주체'의 지점을 바로 힌두이즘과 선불교가 말하고 있지요. 하지만 저는 어떤 종류의 믿음도 가지고 있지 않습니다. 도대체 '믿음'이라는 것 자체를 믿을 수 없어요. 무수한 신라 사람들이 이곳에 살았는데, 지금 단 한 명이라도 있습니까. 언젠가 제가 터키 파묵칼레라는 곳에 갔더니 로마 시대 장군 무덤들이 으리으리하더라고요. 그 안을 들여다봤더니 어느 놈이 똥만 한가득 싸 놓았더라고요. 그게 말이 됩니까. 그러나 말 안 되는 그것이 삶이 아닙니까. 그렇지만, 그럼에도 불구하고 이 생에는 그 불가능을 해명할 수 있는 지점이 있고, 그 지점에 서 있지 않으면 고통이 멎지 않습니다. 가령 메뚜기 같은 것이 수레바퀴 테두리 쪽으로 내려가면 요동이 심하겠지요. 하지만 중심축으로 다가갈수록 요동이 덜해질 것입니다. 그 요동이 번뇌입니다. 이 몸과 마음이 있는 한 번뇌는 없앨 수 없고, 다만 줄일 수 있을 뿐입니다. 살아서 우리가 할 수 있는 일은 존재의 중심축으로 다가가 번뇌를 감소시키는 것뿐입니다.

두 갈래의 길: 예술과 초월

다른 질문을 드려 보겠습니다. 선생님에게는 항상 두 가지 경향이 있어 온 것 같습니다. 하나는 흔히 우리가 '문학적' 또는 '예술적'이라고 여기는, 고통·불안·방황·절망 등과 같은 삶과 존재의 어두운 측면들로 기울어진 경향이고, 다른 하나는, 방금 말씀하신 것인데, '도道'라고 불러야 할지 '이理'라고 불러야 할지, 어떤 이치를 추구하는 경향입니다. 다시 말해 선생님은 두 가지 방향, 즉 문학이나 예술이 자주 표출하는, 삶·존재의 불안정성으로 나아가는 방향, 그리고 '종교적'이라고 부를 수 있을, 평정과 초월로 열려 있는 방향 사이에서 계속 흔들리거나 왕복운동을 하고 계신 것 같습니다. 그 점에 대해 말씀해 주십시오.

저에게 처음 영향을 준 작가는 니체와 보들레르였고, 1984년 처음 프랑스에 갔다 온 후로는 『주역周易』과 『논어論語』를 공부했습니다. 또 1991년 다시 프랑스에 다녀온 뒤에는 후기구조주의와 정신분석, 불교, 힌두이즘 등에 관심을 가졌지만, 노장老莊은 저한테 잘 안 맞는 것 같더라고요. 후기구조주의와 불교 혹은 힌두이즘 사이에는 희한하게도 만나는 지점이 여럿 있었고, 지금도 제 관심사는 그 양쪽에 남아 있습니다. 사실 저는 지금 말씀하신 두 방향, 예술의 길과 지혜의 길 사이에서 왕복운동을 계속해 왔고, 어느 쪽에 더 가까운지는 저도 헷갈릴 때가 많습니다. 어떻든 저는 동물로서의 제 자신의 몸과 짐승들의 고통에 대해 계속해서 말하지 않을 수 없었습니다.

그러나 또 한편으로는 바닥 없는 그 고통을 감당할 힘이 없기 때문에, 모든 고통이 소멸하는 지점, 이른바 '통 밑이 빠지는' 지점에 대해 생각하지 않을 수 없습니다. 저는 여전히 그 두 연안沿岸 사이에서 헤매고 있으며, 마지막까지 그러하리라 생각됩니다. 만약 제가 '통 밑이 빠지는' 지점으로 완전히 들어가 버린다면 더 이상 문학이 필요 없겠지요. 또한 그 지점을 도외시하고 문학만 얘기한다면, 이른바 '플랫랜드Flatland'의 차원에서 벗어나지 못하겠지요. 삼차원에서 '높이'에 해당하는 것을 이차원에서는 '북쪽'으로밖에 생각 못 한다고 하잖아요. 다시 말해 자전에서 공전으로, 테두리에서 중심축으로 들어가지 못하는 것입니다.

그럼에도 불구하고 저는 블랑쇼나 베케트나 카프카가 이야기하는 불가능에서 어떤 긍정성을 얻어냅니다. 카프카의 말처럼 인간은 신神조차 '자기의 지식으로 떡칠해' 버릴 수 있는 존재입니다. 그러나 그것이 불가능하기 때문에 신은 무사할 수 있다는 것입니다. 불가능의 긍정성이란, 기지既知를 무화시키고 미지未知를 예비하는 데 있습니다. 이를테면, 그 작가들은 삼차원에서의 '높이'가 무엇인지 알 수는 없지만 어떻든 그것이 이차원에서의 '북쪽'이 될 수 없다는 것을 계속해서 경고합니다. 그들은 어둠 속에서 팔을 뻗어 탈출구를 더듬으며, 잠든 우리를 플랫랜드 바깥으로 몰아세웁니다.

그러니까 부정의 길과 긍정의 길, 예술의 길과 지혜의 길이 완전히 갈라서 있는 것만은 아닙니다. 그것은 테두리와 중심축, 자전과 공전처럼 구분해서 생각할 수는 있지만, 분리해서 독립시킬 수는 없는 문제인 것 같아요. 이것은 또한 수학에서 허수虛數의 개념과 통하는 것 같아요. 모든 수는 복소수複素數, $a+bi$의 일종인데, 실수는 허수부가 0인 복소수이고, 허수는 실수부가 0인 복소수라 하지요. 의식으로는 지각할 수 없는 이 허수 차원, 의식의 차원에서 보자면 도무지 '불가능'으로 존재하는 이 허수를 고려하지 않는 한, 어떤 관찰이나 측정도 불완전하다는 거지요. 테두리의 입장에서 중심축, 자전의 입장에서 공전은 '불가능'으로만 존재합니다.

예,『타오르는 물』에서도 '부정의 길'과 '긍정의 길'에 대해 '서양의 비관적 인식론'과 '동양의 실존적 윤리학'을 비교하면서 말씀하신 적이 있지요. 지금 제게는 후자에 강조점을 두신 것처럼 보이는데, 선생님은 어느 쪽에 더 무게를 두고 계시는지요.

글쎄, 저도 잘 모르겠습니다. 한쪽을 놓아 버리면 예술이 사라져 버릴 테고, 다른 한쪽을 놓아 버리면 인생을 살아갈 힘을 잃게 될 것입니다. 그러나 계속 말씀드린 것처럼 그 두 축은 항상 같이 움직여야 합니다.

그렇다면 두 축을 동등하게 붙들고 계시는 겁니까. 아니면 어느 한쪽으로 기울어져 계신 겁니까.

글쎄, 저도 잘 모르겠습니다.

그런데『래여애반다라』의 발문을 썼던 홍경님 선생이 거기서 선생님에게 "무사하지 않으셔서 고맙습니다"라고 말했던 것이

기억나는데, 선생님이 예술로 열려 있는, 서양의 비관적 인식론에 조금 더 가까이 서 계시기를 바라는 독자들도 적지 않은 것 같습니다.

그렇습니다. 문학과 예술은 전자의 측면에 속해 있습니다. 예술가의 몫이라는 것은 이 세계를 초월해 버리지 않고 우리들 곁에 남아서 함께 괴로워하는 데 있습니다. 우리는 예술가가 우리와 함께 이곳에 남아 괴로워해 주기를 바라지요. 예술가란 대속자代贖者, 아픈 사람보다 더 아파하고, 아픈 사람 자신도 모르는 아픔을 대신 아파하는 사람입니다. 저에게는 그 두 측면이 계속해서 문제가 됩니다. 만약 제가 어느 한쪽만 알았다면, 좀 더 수월했을지 모르는데….

다른 자리에서 선생님이 대단하다고 평가하고 추천하신 책들 가운데 하나가 구스타프 야누흐의 『카프카와의 대화』인데, 저도 그 책을 읽었습니다. 거기서 야누흐는 우리가 일반적으로 알고 있는 카프카와는 다른 새로운 카프카를 보여 주고 있습니다. 즉 불안에 빠져서 방황하면서 절망과 정면으로 마주하는 카프카가 아닌, 또는 그러한 카프카 이면의 '카프카'인데요. 고결하고 견고한 윤리, 탁월한 지혜와 끝없는 인내로 삶을 성찰하는 동시에 세상과 맞서고 세상을 극복하는 카프카, 지혜로운 자이자 강인한 '생활인'으로서의 카프카이지요.

그건 그렇다 치고, 조금 나아가서 말씀드리자면, 카프카뿐만 아니라 베케트나 블랑쇼에게도 어떤 긍정으로 향해 있는 면이 있지 않습니까. 가령 밤과 어두움의 작가 블랑쇼도 "보편적인 재난"이 삶의 결론일지라도 "처절한 것은 몰락이 아니라 우리로 하여금 서 있게 만드는 불굴의 희망"이라고 쓴 적이 있습니다.

저도 최근에 나온 책에서 베케트가 단순히 부정주의자가 아니라는 평가를 읽은 적이 있습니다. 그의 부정은 현실을 저버리고 공무空無에 빠지는 것이 아닙니다. 삶은 희망으로서만 지속됩니다. 살아 있으면서 삶을 부정하는 것, 그것은 퇴폐입니다. 저는 죽기 얼마 전 노쇠한 베케트가 비둘기를 불러 모으지 않고, 자기가 다가가 모이를 주었다는 얘기를 읽고 잠깐 아득했던 적이 있습니다. 거듭 말하지만 작가는 생사 문제에 매달리는 사람입니다. 생사를 해결하려면 그 문제 한가운데로 뛰어들어야 합니다. '이 세상에 단 하나라도 고통받는 사람이 있다면, 나는 성불하지 않겠다'는 것이 지장보살의 서원誓願이라지요. 저는 그것이 또한 예술가의 서원이라고 생각해요. 예술가가 왜 예술가입니까. 다른 사람들이 앓는 문제를 외면하지 않고 같이 앓기에 예술가인 것입니다. 그렇게 해야 할 사명을 갖고 태어났기 때문이 아니라, 본래 그렇게 생겨 먹은 것입니다. 그것이 그의 소양이고 적성이기 때문에 예술가로 불리는 것입니다. 그런 점에서 서양의 비판적 인식론과 동양의 실존적 윤리학은 다른 것이 아닙니다. 같은 언덕을 두고 아래서 올려다보느냐 위에서 내려다보느냐의 차이일 뿐이지요.

제가 계속해서 생의 비참함을 이야기하면서도, 차원의 전환을 통해 생사 문제를 해결하려는 것은 모순되면서도 서로 연결되어 있는 것입니다. 제 자신이 그렇게 모순 속에 있습니다. 예술은 문제이지 해결이 아닙니다. 그 양쪽 어디에도 속하지 않고 양쪽을 오가는 것이 예술가의 몫일 테고, 어느 한쪽에 주저앉아 다른 쪽을 돌아보지 않는다면 도인道人이나 속인俗人일 것입니다. 예술가는 도통한 사람이 아니고, 그렇다고 세속인도 아닙니다. 그는 차안此岸도 피안彼岸도 아닌 '보살'의 자리에 놓여 있는 사람입니다. 인간-신 예수가 양쪽을 연결할 수 있었던 것도 그 때문이지요. 가능성의 실마리를 내포하지 않은 불가능은 없습니다. 불가능을 이야기하는 자는 탈출구를 모색하는 자이며, 탈출구를 모색하지 않으면 불가능도 존재하지 않습니다. 저는 이 두 지점에서 계속 헷갈리고 있지만, 두 지점 모두 포기할 수 없습니다.

'고백'에 대하여

다른 질문을 하나 드리겠습니다. 제 느낌이나 생각으로는 아마 독자들에게 가장 당황스럽거나 놀라운 것은, '고백의 형식들'이라는 선생님의 산문집 제목에서도 나타나듯이 선생님의 적나라한 자기고백일 것 같습니다. 우선 선생님이라는 인간 자신의 문제점을 '나의 치명적인 단점'이라는 표현을 들어 적나라하게 까발리고, 특히 몇몇 산문과 대담에서도 선생님 자신의 시와 글쓰기에 대해 가차 없는 평가를 내리고 계시며, 작가로서의 자신을 '글 중독환자'라고 치부해 버리기도 하십니다. 어떻게 보면 자기 비판을 넘어서서 자기 학대에 이르는 것처럼 보이는 자기고백입니다. 선생님 자신의 자기 비판, 나아가 자기 학대의 근거나 이유에 대해 말씀해 주십시오. 또한 자기 비판과 자기 학대가 이르게 되는 귀결점에 대해 말씀해 주십시오.

귀결점이 없습니다. 왜냐하면 부끄러움이나 참회가 이르게 되는 귀결점이 없기 때문입니다. 부끄러워할 수 있는 부끄러움, 참회해서 될 참회라면 그게 어디 부끄러움이며 참회이겠습니까. 본래 부끄러움과 참회는 그 자체로 불가능합니다. 선물이 불가능하고, 용서와 애도가 불가능한 것도 마찬가지입니다. 『네 고통은 나뭇잎 하나 푸르게 하지 못한다』에서도 말했듯이, 절망은 바닥이 없음으로서만 절망입니다. 절망 자체가 끝이 없고, 구실이나 의도나 핑계도 없는 것입니다.

왜 제가 그렇게 자기 비판과 자기 학대를 하는가, 거기에는 아무 이유가 없습니다. 지금 제 앞에 박 선생님이 있기에 이야기하고 있듯이, 자기 비판과 자기 학대는 계속해야 하기 때문에 계속하는 것입니다. 그것은 해도 되고 안 해도 되거나, 얼마만큼 하고 나면 그만해도 좋은 문제가 아닙니다. 만약 이 방에서 누가 한 갓난애를 잡아 뜯고 피 흘리게 하는데 우리가 대담을 계속할 수 있을까요. 대담이 계속된다는 것 자체가 있을 수 없는 일이고 기만일 것입니다. 문학은 피 흘리는 갓난애에 대해 계속 말해야 합니다. 언젠가 제가 얘기했듯이, 문학은 그것을 말하지 않으면 모든 것이 허위가 되고, 그것을 말하면 모든 것이 스캔들이 되는 어떤 것입니다. 그것을 말하지 않으면 우리는 인간도 아니게 됩니다. 인간으로서의 존재 근거를 잃게 되는 것이지요.

즉 '치욕'을 말한다는 것입니까.

그렇습니다. 그것을 말하지 않는다면, 우리는 살아야 할 최소한의 이유를 잃어버리게 됩니다. 그것을 말함으로써, 즉 그 말로써 우리 자신을 괴롭히고 학대함으로써, 살아갈 수 있는 최소한의 터전을 마련하는 것입니다.

예, 선생님이 내신 여러 책들에서 저는 그 저자의 자기 반성과 자기 학대의 장면들을 보았습니다. 그런데 인간이 왜 그렇게, 작게는 자기 반성, 크게는 자기 학대에 이르게 되는가 하고 물었을 때, 저는 그 이유가 '윤리적'이라기보다는, '윤리적'이기 이전에 '존재론적' 또는 '실존적'이라고 봅니다. 왜 그런가. 왜냐하면, 간단히, 인간이 언어를 배웠고 언어를 사용하기 때문이지요. 다시 말해 인간이 언어로 인해 몸과 의식이, 실천과 관념이, 자연과 문화가, 실상과 의미(가치)가 분리되었기 때문입니다. 또한 한 부분(관념의 한 부분)이 전체(존재 전체)를 가리고 있기 때문입니다. 그러니까 저는 자기 반성과 자기 학대는, 그리고 그 전에 자기에 대한 의식 자체가 인간이 언어를 배웠고 사용하기 때문에 나온 결과들이라고 보는데, 선생님은 이 책에서 자기 비판과 자기 학대를 약간 지나칠 정도로 개인적이고 윤리적인 관점에서 밀고 나가시는 게 아닌가라는 의문이 들었습니다.

그냥 지나쳐도 될 만한 것까지 그렇게 심하게 다룰 필요가 있겠는가, 그러한 말인지요?

음…, 그렇다기보다는 선생님이 인간 존재론적인 문제를 너무 개인적인 작가로서의 위치에서 윤리적 관점으로 보고 계신 게 아닌가라는 말씀입니다. 그러면 선생님의 자기 학대의 가장 큰 이유가, 아주 단순히 말씀드려, 언행 불일치라고 보면, 언행 불일치가 생기게 되는 가장 큰 이유는 선생님 개인뿐만이 아니라 '인간 자체'가 말을 하기 때문이 아닙니까. 물론 사회적이거나 윤리적으로 정말 문제가 되고 사람들에게 직접적으로 해악을 끼치는 종류의 언행 불일치를 정당화하려는 것은 아닙니다만, 언어로 인해 생겨난 관념과 존재 사이의 균열 속에 누구나 들어가 있다는 말씀이고, 그 존재론적 균열을 선생님이 너무 개인적이고 '윤리적'인 것으로 받아들이면서 극적으로 만들어 놓으신 게 아닌가 하는 말씀입니다. 그 존재론적 균열은 아마도 타인들과의 소통을 위해 다만 받아들이고 견뎌내고 극복하려고 끊임없이 시도해야 할 '불가능'의 한 조건(인간 공동의 조건)이 아닌가, 그 균열 앞에서 과연 극적으로, 개인적인 동시에 윤리적 차원에서 선생님 자신에 대해 단정을 내리셔야 하는지 의문이 듭니다.

인간 존재와 언어의 간극은 어쩔 수 없는 것이지만, 제가 제 자신을 괴롭히는 것은 피할 수 없는 존재조건의 문제라기보다 제 자신의 허위와 불충실 때문입니다. 가령 '사람은 시 없이 살 수 있는가'라는 근본적인 물음을 지금까지의 제 삶과 지금의 저 자신에게 딱 들이댄다면, 어떻게 부끄러움과 치욕에 대해 말하지 않을 수 있겠어요. 그것은 현미경으로 손바닥을 들여다보는 것과 같습니다. 그냥 손바닥을 보면 아무것도 없지만, 현미경을 갖다 대면 대장균 같은 것들이 무수히 많을 것입니다.

문학은 그렇게 자기 삶 앞에 현미경을 들이대는 것입니다. 카프카에게서 제가 배운 것은 빈대 한 마리 잡기 위해 초가삼간 다 태우는 글쓰기입니다. 그러나 저는 비겁하기 때문에 한 번도 집을 태워 본 적이 없어요. 남 눈치 보며 태우는 시늉만 해 왔지요. 저는 저 자신이 기본적으로 약한 작가라고 생각합니다. 글쓰기라는 것이 타들어 가는 도화선을 누가 오래 붙들고 있는가 하는 게임이라면, 저는 마음이 약하기 때문에 도화선을 오래 붙들지 못한 채 튕겨져 나갑니다. 그럼에도 불구하고, 어떻든지 도화선을 놓지 않고, 견딜 수 있을 때까지 견뎌야 한다는 것도 아닙니다.

또한 제게는 앞서 이 길을 갔던 작가들에 대한 존경심이 있고, 그 앞에서 늘 모자람과 부끄러움을 느낍니다. '제가 부끄럽습니다' 이렇게 말하는 것도 사실 부끄러워하는 게 아닙니다. 정말 부끄러운 사람은 부끄럽다는 말도 못 해요. 내심에서 저는 제가 누구인지 압니다. 어느 지점에서 책임을 회피했고 어느 지점에서 변절했는지 제가 왜 모르겠습니까. 특히 글쓰기와 관련해서는 자신에게 너그러울 수가 없습니다. 제가 정말 문학이라는 도화선을 더 오래 붙들고 있었더라면, 그런대로 괜찮은 작가가 되었을지도 모릅니다. 얼마 전에 히말라야 여덟 개 봉을 등정했다는 사람이, 알고 보니 꼭대기 끝까지 안 가고 그 밑에서 사진만 찍고 왔다더군요. 제 글쓰기도 그랬던 것이 아닌가 하는 생각이 듭니다.

그렇지 않습니다. 무슨 위로를 드리려는 것은 아니고 그럴 수 있는 주제도 되지 못하지만, 선생님의 글쓰기에 대한 마지막 판단은 선생님의 몫이 아닙니다. 선생님은 이미 한 산문에서 "마지막 성과는 나와 무관한 일이다"라고 쓰셨지요. '마지막 실패'도, 만약 그러한 것이 있게 된다면, 선생님의 몫이 아닙니다. 또 이어서 이렇게 쓰셨습니다. "내가 이 세상에 태어난 것이 나의 잘못이 아니듯이, 허락되지 않은 재능으로 인한 변변찮은 결과는 내 탓이 아니다. 그러나 희망이라는 구멍 앞에서 물러나는 것은 전적으로 내 잘못이다." 이미 답을 말씀해 주셨군요. 선생님과 제가 좋아하고 존경하는 카프카는 자신과 자신의 글쓰기에 절망하지 않았을까요. 그렇지 않았다면 그가 왜 자신의 원고 모두를 태워 버리라고 말했겠습니까. 글쓰기란 어떠한 결론이나 결과도 아니고 다만, 그래요, 선생님이 강조하시는 '불가능'을 향해 끊임없이 다가가는 불굴의 움직임이 아닐까요. '내'가 의식적 '자아'로서 그것을 향해 다가갈 수는 없지요. 글쓰기란 다만 사력을 다해 춤추듯이 노래하듯이 활시위를 당기듯이 무념의 상태에서, 즉 궁극적으로는 나도 모르게 움직이는 것이 아닐까요. 저는 독자들이 바로 그 움직임을 마지막에 목격한다고 봅니다.

그리고 한 작가의 글쓰기는 자신의 손을 떠나면 공동의 영역으로 들어가는 것입니다. 다시 말해 독자가 한 작가의 책을 읽을 때 궁극적으로는 작가를 읽는 것이 아니라 자기 자신을 읽는 겁니다. 자기 자신에게 결핍된 어떤 것과 자신이 지향하는 어떤 것을 읽는 것이지요. 「시에 대한 각서」에서 선생님 자신이 쓴 이러한 대목을 기억해 주시기 바랍니다. "시를 읽는 것은 읽는 사람 자신의 삶을 읽는 것이다." 물론 작가에 의해 촉발되어 '자신의 삶'을 읽는 것이겠지요. 어쭙잖게 위로해 드리려는 것이 아니고 그냥 사실을 말씀드리는 겁니다. 선생님의 글쓰기에 대한 선생님 자신의 그러한 평가는 최후의 것이 될 수는 없고, 최후의 평가는 결국 독자들이 하게 되겠지요. 이번에 선생님의 여러 대담들을 읽으면서, 저에게 하나의 확신이 있었는데, 바로 선생님이 싸움을 계속하고 계시다는 것이었습니다. 저는 그 싸움에 동참하고 있는 사람은 아니고, 다만 어느 정도 안타까워하면서 지켜보고 있는 사람에 불과합니다. 그래서 선생님도 아시다시피 이번 대담을 해야 하나 말아야 하나 갈등이 있었습니다. 그러나 저는 그 싸움을 지켜보면서 '할 말이 없다'라고 스스로에게 말하게 되는 순간에 적지 않게 도달했습니다.

가령 카뮈의 『표리』 서문에는 "내가 노벨상을 받기는 했지만 나보다 뛰어난 작가들이 여럿 있다"는 고백이 나옵니다. 나는 그것이 카뮈라고 생각합니다. 그 스스로 인정한 한계가 그를 위대한 작가로 만든 것이지요. 또 『논어』에서 제가 제일 좋아하는 구절은 "어찌 네 생각을 하지 않으리오만, 집이 멀구나" 하는 옛날 시에 공자가 코멘트 하는 부분이에요. "아직 생각을 덜 한 것이다. 어찌 멀리 있으리오 未之思也 夫何遠之有." 그리고 이집트 사막의 은수자隱修者 얘기도 재미있어요. 천국 문 앞에 한 발을 들여놓은 마카리우스에게 악마들이 "위대한 마카리우스, 우리는 너한테 졌다!"며 기립박수를 하자, 그는 한 발을 마저 들여놓으면서 "아직은 아니다" 했다는 거예요. 그 마지막 한 발이 그를 천국에 들어갈 수 있게 한 거잖아요. '아직 아님'을 뜻하는 '미未'자 한 자에 모든 것이 달려 있습니다. 그럴 수밖에 없는 것이, 공자 식으로 말하면 '인을 원하는 것이 인'이며, 틱낫한 식으로 말하면 '평화로 가는 길이 평화'이니까요.

제가 하는 자기 비판과 자기 박해는 겸손도 미덕도 아닙니다. 그건 부정할 수 없는 사실이고 현실이에요. 지금까지 이 대담을 하면서 정말 제 말이라 할 게 뭐가 있겠어요. 거의 다 장물臟物이에요. 장물인 줄도 모르고 했거나, 장물인 줄 알면서도 그럴싸하게 보이려고 한 거지요. 그러나 이런 얘기들은 일반적으로 하는 것이고, 제가 제 자신에게서 보는 것은 좀 그렇습니다. 이것 가지고 어떻게 작가라고….

아닙니다. 그래서 방금 전에, 선생님은 자신의 글쓰기를 너무 개인적인 관점이나 의식 속에서 보고 계시다, 라고 말씀드렸던 것입니다. 물론 선생님 안에서 심정적으로 자신의 글쓰기에 대한 이러저런 평가를 스스로 하실 수 있을 것입니다. 그러나 그 글쓰기가 침묵 속에서가 아니라 언어를 통해 전개되고 전달될 수밖에 없는 한, 결국 선생님의 손을 떠나게 되고, 독자들이 함께 참여하는, 아니 오히려 독자들이 주도하는 공동의 영역으로 들어갈 수밖에 없게 되는 겁니다. 글쓰기는 결국 작가와 독자가 함께 완성시키는 것이지요.

그렇게 박 선생님이 말씀하신다면, 그것은, 그래요, 제가 터치할 수 있는 부분이 아닙니다.

이번에 이 책에서도 가령 선생님은 스스로 자신의 글쓰기에 대해 '이류'라고 단정하시는데, 그게 저는 좀 당황스럽습니다. 용기라 해야 할지, 솔직함이라 해야 할지, 과도한 솔직함이라는 것이 사실인 것 같습니다. 거의 모든 작가가 자신의 글쓰기에 대해 그렇게 단정하지는 않거든요. 그러나 모든 단정적인 평가는 작가의 몫이 아닙니다.

그랬으면 좋겠지요. 아, 이렇게 말하는 것도 나의 몫이 아니겠지요. 결국 저는 끝 지점에 가면 항상 이렇습니다. 프로스트 식으로 말하면 제 앞에 두 갈래 길이 놓여 있었습니다. 그런데 저는 지금까지 이 두 가지 길을 한꺼번에 가려 했던 것 같습니다. 그래서 결국 어느 쪽도 아닌 곳에 서 있게 된 거지요.

아, 그런데 그 두 가지 길이 어떠한 것입니까. 지금까지 여러 두 가지 길들에 대해 말씀하셨습니다.

자전과 공전이기도 하고, 서양과 동양이기도 하지요. 혹은 세속의 길과 초월의 길, 예술의 길과 지혜의 길이지요. 그 두 가지 길 가운데 저는 어느 쪽도 놓을 수 없었는데, 그것이 제 미진함의 원인이 아닐까 해요. 만약 제가 시만 쓰는 사람이었다면, 어쩌면 시인으로서 뭔가를 더 할 수 있었을지 모릅니다. 제가 초월의 문제에 관심을 가짐으로써 시의 상당 부분을 잃어버렸다는 생각이 듭니다. 또 초월한 위치에서 저 같은 사람을 보면 구두선口頭禪에 불과하다고, 번뇌에 그대로 묻힌 채 망상 속에서 저러고 있다고 할 것입니다. 그러나 제 안에서 그 두 가지 길은 떨어질 수가 없었습니다. 어쩌면 그것이 저라는 작가의 한계이면서 존재 이유이기도 하겠지요.

어쩌면 사람들이 저 작가는 시인으로서의 길을 충실히 가지 못했지만 생사 문제를 해결하고자 애썼다 할 수도 있겠고, 생사 문제를 해결하려고 애썼다 하지만 예능인 수준에서 못 벗어났다고 할 수도 있을 것입니다. 이를테면, 교수가 시인이 되면 시인 판에서는 교수라 폼 잡고, 교수 판에서는 시인이라 무게 잡고, 뭐 그런 것 아니겠어요. 그 어느 쪽도 제대로 아니면서 말이에요. 그렇지만 그의 본령이 전혀 없다고는 할 수 없겠지요. 본령 없는 것도 일종의 본령일 테니까요. 가령 「토니오 크뢰거」의 표현을 좀 바꾸어 말하자면, 예술가는 '길道 잃은 도인道人'이에요. 그는 탈속도 환속도 할 수 없는 사람입니다. 이 두 가지 길 가운데 어느 한쪽도 놓칠 수 없다는 것, 그것이 바로 예술의 존재방식이지요.

어떻든 저는 '도통'이라는 말을 믿지 않고, 믿고 싶지도 않습니다. 어떤 스님이 파리 한 마리를 손바닥으로 쳐 죽이면서 '예끼, 이놈 성불해라!' 했다는데, 저로서는 매우 불쾌합니다. 저는 그렇게 하면서, 제가 성불하거나 파리를 성불하게 할 생각이 없습니다. 어차피 파리를 죽이게 될지 모르지만, 파리와 함께 조금이라도 같이 죽어야 한다고 생각합니다. 바로 그 때문에 '도통'하지 못하는지 모르겠습니다. (웃음)

*

이성복 시인으로서는 정작 해야 할 말을 다 하지 못한 대화가 여기서 끝났다. 물론 대화 상대자의 부족함 때문이었겠지만, 그 중요한 말이 그와 독자들의 대화에서 이어져 나가리라 믿는다.

사실 시인은 그 말을 하기 위한 준비를 하고 있었다. 그는 내게 앞으로 보다 긴 철학적 산문을 통해 자신의 사유의 중심에 다가갈 생각이 있다고 말해 주었다. 물론 우리로서는 기다릴 수밖에 없지만, 단 하나 확신할 수 있는 것이 있다. 그가 다시 한번 다가가려고 할 사유의 중심에 또한 시의 중심이 놓여 있으리라는 것이다.

수록 대담이 처음 발표된 지면

「시·삶·역사」『계명대학보』, 1983. 5. 「중년, 시와의 불화」『문학동네』, 1994년 겨울호. 「맑은 눈, 정신의 옷깃, 그 명징함」『BOOKIAN』, 2002. 2. 「'날림'에 대한 지독한 강박」『베스트셀러』, 2002년 봄호. 「삶의 빛, 시인의 숨결」『FL』, 2003년 여름호. 「『아, 입이 없는 것들』, 치명적인 매혹(들)」『텍스트』, 2003. 10. 「흑색 신비의 풍경」『대산문화』, 2005년 봄호. 「튀어나온 내장으로 환幻을 읽다」『열린시학』, 2005년 여름호. 「문학은 가장 낮은 곳에 머물러야 한다」『기획회의』, 2007. 12. 「이성복을 사랑할 때」『서시』, 2008년 여름호. 「김과 백이 만난 사람: 시인 이성복」『풋』, 2009년 여름호. 「문득 그런 표정이 있다」『GQ』, 2011. 3. 「삶, 서러움에 대하여」『HEREN』, 2013. 3. 「불가능의 시」, 케이비에스 '즐거운 책읽기', 2013. 3. 「불가능에 대한 불가능한 사랑」『문학동네』, 2013년 여름호. 「예술, 탈속과 환속 사이」『문학과 사회』, 2014년 봄호.

이성복李晟馥은 1952년 경북 상주에서 태어나 서울대 불문과와
동 대학원을 졸업했다. 1977년 시「정든 유곽에서」를 계간
『문학과 지성』에 발표하며 등단했다. 시집으로『뒹구는 돌은
언제 잠 깨는가』『남해 금산』『그 여름의 끝』『호랑가시나무의
기억』『아, 입이 없는 것들』『달의 이마에는 물결무늬 자국』
『래여애반다라』등이 있으며, 산문집으로『네 고통은 나뭇잎
하나 푸르게 하지 못한다』『나는 왜 비에 젖은 석류 꽃잎에 대해
아무 말도 못 했는가』『오름 오르다』『타오르는 물』『프루스트와
지드에서의 사랑이라는 환상』등이 있다.

끝나지 않는 대화
시는 가장 낮은 곳에 머문다

이성복 엮음

초판1쇄 발행 2014년 9월 20일 **초판2쇄 발행** 2016년 1월 20일
발행인 李起雄 **발행처** 悦話堂
경기도 파주시 광인사길 25(문발동 520-10) 파주출판도시
전화 031-955-7000, 팩스 031-955-7010
www.youlhwadang.co.kr yhdp@youlhwadang.co.kr
등록번호 제10-74호 **등록일자** 1971년 7월 2일
편집 조윤형 박미 **디자인** 공미경 **인쇄 제책** (주)상지사피앤비

*값은 뒤표지에 있습니다.

ISBN 978-89-301-0472-2 03810

Unending Dialogue: Poetry Resides in The Lowest of Lows ⓒ 2014 by Lee Seongbok.
Published by Youlhwadang Publishers. Printed in Korea.

이 도서의 국립중앙도서관 출판시도서목록(CIP)은
e-CIP 홈페이지(http://www.nl.go.kr/ecip)에서 이용하실 수 있습니다.
(CIP제어번호: CIP2014024735)